世界文學經典名作

勸導

PERSUASION

JANE AUSTEN

珍・奧斯汀 著
孫致禮 譯

譯序

珍·奧斯汀（一七七五～一八一七），英國十九世紀初期傑出的現實主義小說家。

她出生在英格蘭漢普郡一個鄉村牧師的家庭，從小沒有上過正規學校，只在父母的指導下，閱讀了大量古典文學作品和流行小說。她終身未婚，二十歲左右開始寫作，先後寫出六部反映英國鄉紳生活的長篇小說。一八一一年，匿名發表了《理性與感性》，受到好評，以後又接連出版了《傲慢與偏見》（一八一三）、《曼斯菲爾德莊園》（一八一四）、《愛瑪》（一八一五）。她逝世後的第二年，《諾桑覺寺》和《勸導》同時問世，並且第一次署上作者的眞名。

一般說來，奧斯汀最受歡迎的作品是《傲慢與偏見》。但是她的其他幾部小說也都各具特色，部部不乏推崇者。即以《勸導》爲例，這是作者進入四十歲後寫出的最後一部小說，比以前的作品寫得更有思想和感情深度，因而被許多評論家視爲「奧斯汀的最好的作品」。

《勸導》描寫了一個曲折多磨的愛情故事。貴族小姐安妮·艾略特同青年軍官溫特沃思傾心相愛，訂下了婚約。可是，她的父親沃爾特爵士和教母拉塞爾夫人，嫌溫特沃思出身卑賤，沒有財產，極力反對這門婚事。安妮出於「謹愼」，接受了教母的勸導，忍痛同心上人解除了婚約。八年後，在戰爭中升了官、發了財的溫特沃思海軍上校退役回鄉，隨姊姊、姊夫當上了沃爾特爵士的房客。他雖說對安妮怨忿未消，但兩人不忘舊情，終於歷盡曲折，排除干擾，終於結成良緣。

《勸導》的意義並不限於它那動人的愛情描寫，也不限於它那關於愛情與謹慎的道義說教，更重要的是，它還具有比較深遠的社會意義。這首先表現在：小說對腐朽沒落的貴族階級，進行了無情的揭露和批判。沃爾特爵士是個「愚昧、奢侈的從男爵」，他「既缺乏準則，又缺乏理智，無法保持上帝爲他安排的地位」，最後失去了在自己莊園上生息的「義務和尊嚴」，只能躲到一個小鎮上去「沾沾自喜」。作者告訴我們，「愛慕虛榮構成了他的全部性格特徵」；而在這愛慕虛榮的背後，又掩蓋著他的勢利與自私。爲了提高自己的「社會地位」，他不惜低三下四地去巴結達爾林普爾子爵夫人母女；爲了維護家族的「聲譽」，他又竭力阻止安妮嫁給「出身卑賤」的溫特沃思海軍上校，阻止安妮同「低賤的夥伴」史密斯夫人交往。不過，具有諷刺意味的是，沃爾特爵士在阻撓女兒的同時，自己家裡卻收養著一位出身卑賤的妖女人——克萊夫人，長期同她卿卿我我的，差一點把她變成「沃爾特爵士夫人」。這是對那位貴族老爺的絕妙諷刺，充分暴露了他的僞善面孔。

如果說小說對沃爾特爵士的描寫，體現了作者對貴族等級觀念的嘲諷，那麼它對艾略特先生的刻畫，則顯示了作者對貴族世襲制度的抨擊。沃爾特爵士因爲沒有兒子，便選定他的侄兒威廉·艾略特做假定繼承人，並指望他能娶他的長女伊麗莎白爲妻。怎奈艾略特是個「詭計多端、冷酷無情」的負心人，他一心嚮往發財致富，竟「把家族的榮譽視若糞土」，根本不把爵士父女放在眼裡，硬是娶了一個「出身低賤的闊女人」。後來，在貪婪和縱樂之餘，他逐漸認識了從男爵的「價值」，趕忙跑到爵士府上重修舊好。當他發現克萊夫人正在追求沃爾特爵士，因而有可能危及他的繼承權時，便又不擇手段地使用陰謀詭計，甚至想娶安妮為妻，以便利用做女婿之便，守在近前監視沃爾特爵士，不讓他續娶克萊夫人。安妮同溫特沃思訂婚後，他的奢望破滅，最後使出殺手鐧，誘使克萊夫人做了他的姘頭。看，沃爾特爵士的未來繼承人，竟是這樣一個心狠手辣的惡棍！

《勸導》不僅塑造了幾位令人生厭的反面人物，而且塑造了一些討人喜愛的正面人物。安妮．艾略特是個異乎尋常的女主角，她聰慧，美麗，對愛情既忠貞，又謹慎，因而導致了八年的不幸遭遇。後來，她同溫特沃思回顧這段不幸時，能用一種遁世、和解的眼光看待是非，並不怨天尤人。所以有的評論家感嘆說：「所有小說的女主角中，很少有人像安妮．艾略特那樣招人喜愛，令人同情。」另外，以溫特沃思海軍上校為代表的一夥海軍軍官，他們一個個是那樣開朗，那樣真摯，那樣熱情，與沃爾特爵士、艾略特一夥形成了鮮明的對照。難怪安妮能以「身為一個水兵的妻子而感到自豪！」

從藝術手法來看，《勸導》並不追求情節的離奇，而以結構嚴謹、筆法細膩著稱。小說中有許多細節描寫，乍看平淡無奇，可是細細體會，卻感到餘味無窮。人們常把奧斯汀的小說比作「二寸牙雕」，經過此般精雕細琢的《勸導》，對這美稱確是受之無愧的！

主要人物表

沃爾特·艾略特爵士	凱林奇莊園主，從男爵
伊麗莎白·艾略特	沃爾特爵士的長女
安妮·艾略特	沃爾特爵士的二女兒，小說女主角
威廉·沃爾特·艾略特	沃爾特爵士的侄子兼繼承人
默斯格羅夫先生	厄潑克勞斯莊園主
默斯格羅夫太太	默斯格羅夫先生的妻子
查爾斯·默斯格羅夫	默斯格羅夫先生的長子兼繼承人
查爾斯·默斯格羅夫夫人	沃爾特爵士的三女兒瑪麗
亨麗埃塔·默斯格羅夫	默斯格羅夫先生的大女兒
路易莎·默斯格羅夫	默斯格羅夫先生的二女兒

查爾斯·海特	亨麗埃塔的表兄與情人
弗雷德里克·溫特沃思	海軍上校，小說男主角
克羅夫特	海軍少將，沃爾特爵士的房客
克羅夫特夫人	溫特沃思海軍上校的姊姊
哈維爾	海軍上校，溫特沃思海軍上校的好友
哈維爾夫人	哈維爾海軍上校的妻子
詹姆斯·本威克	海軍中校，溫特沃思海軍上校的好友
拉塞爾夫人	安妮的教母
史密斯夫人	安妮的知己
約翰·謝潑德	律師，沃爾特爵士的代理人
克萊夫人	謝潑德先生的女兒
達爾林普爾夫人	子爵夫人，沃爾特爵士的表妹
卡特雷特小姐	子爵夫人的女兒

第一章

薩默塞特郡❶凱林奇大廈的沃爾特．艾略特爵士為了自得其樂，一向什麼書都不沾手，單單愛看那《貴紳錄》❷。一捧起這本書，他閒暇中找到了消遣，煩惱中得到了寬慰。讀著這本書，想到最早加封的爵位如今所剩無幾，他心頭不由得激起一股艷羨崇敬之情。家中的事情使他感覺不快，但是一想到上個世紀❸加封的爵位多如牛毛，這種不快的感覺，便自然而然地化做了憐憫和鄙夷。

這本書裡，若是其他頁上他會覺得索然乏味，但他可以帶著經久不衰的興趣，閱讀他自己的家史。每次打開他頂寶貝的那一卷，他總要翻到這一頁：

凱林奇大廈的艾略特

---

❶ 英格蘭西南部一郡名。

❷ 係指一八〇八年初次出版的J．德布雷特編纂的《英國貴紳錄》：分上下兩卷。

❸ 指十八世紀。

沃爾特，艾略特，一七六〇年三月一日生，一七八四年七月十五日娶格羅斯特郡南方莊園的詹姆斯．史蒂文森先生之女伊麗莎白爲妻。該妻卒於一八〇〇年，爲他生有以下後嗣：伊麗莎白，生於一七八五年六月一日；安妮，生於一七八七年八月九日；一個男嬰死胎，一七八九年十一月五日；瑪麗，生於一七九一年十一月二十日。

這就是那段話的原文，出版商的字跡寫得清清楚楚。可是沃爾特爵士爲了給自己和家人提供資料，卻來了個錦上添花，在瑪麗的生辰後面加上這樣一句話：「一八一〇年十二月十六日，嫁與薩默塞特郡厄潑克勞斯的查爾斯．默斯格羅夫先生之子兼繼承人查爾斯爲妻。」並且添上了他自己失去妻子的確鑿日期。

接下來便用慣常的字眼，記錄了他那貴門世家青雲直上的歷史：起先如何到柴郡❹定居，後來如何載入達格代爾的史書❺，如何出任郡長，如何接連當了三屆國會議員，盡忠效力，加封爵位，以及在查爾斯二世登基後的第一年，先後娶了那些瑪麗小姐、伊麗莎白小姐，洋洋灑灑地構成了那四開本的滿滿兩頁，末了是族徽和徽文：「主府邸：薩默塞特郡凱林奇大廈。」

最後又是沃爾特爵士的筆跡：

假定繼承人❻：第二位沃爾特爵士的曾孫威廉．沃爾特．艾略特先生。

沃爾特・艾略特爵士自命不凡，覺得自己要儀表有儀表，要地位有地位，以至於愛慕虛榮構成了他的全部性格特徵。他年輕的時候是個出類拔萃的美男子，如今到了五十四歲仍然一表人才。他是那樣注重自己的儀表，這在女人之中也很少見。就連新封爵爺的貼身男僕也不會像他那樣滿意自己的社會地位。他認爲，美貌僅次於爵位。而書中兩者兼得的沃爾特・艾略特爵士，一直是他無限崇拜、無限熱愛的對象。

理所當然，他的美貌和地位使他有權利獲得愛情，也正是沾了這兩方面的光，他才娶了一位人品比他優越得多的妻子。艾略特夫人是位傑出的女人，她明白事理，和藹可親，如果說我們可以原諒她年輕時憑著一時感情衝動而當上了艾略特夫人，那麼，她以後的見解和舉止再也無需承蒙別人開恩解脫了。十七年來，但凡丈夫有什麼不足的地方，她總是能遷就的就遷就，能緩和的就緩和，能隱瞞的就隱瞞，使丈夫眞的變得越來越體面。她自己雖說並不是世上最幸福人，但是她在履行職責、結交朋友和照料孩子中找到了足夠的樂趣，因而當上帝要她離開人間時，她不能不感到戀戀不捨。她撇下三個女兒，大的十六，老二十四，把她

---

❹ 威廉・達格代爾（一六〇八～八六），英國考古學家，著有《英格蘭貴紳錄（一六七五～七六）》等書。

❺ 英格蘭西部郡名。

❻ 雖為繼承人，但可因更近親屬之誕生而失去繼承權。

們托給一個自負而愚蠢的父親管教，眞是個令人可怕的包袱。

好在她有個知心朋友拉塞爾夫人，那是個富有理智、値得器重的女人，因爲對艾略特夫人懷有深厚的感情，便搬到凱林奇村來住，守在她身旁。艾略特夫人從她的朋友那裡得到了最大的幫助，她之所以能堅持正確的原則，對女兒們進行諄諄教導，主要依賴於這位朋友的好心指點。

不管親朋故舊如何期待，這位朋友與沃爾特爵士並未成親。艾略特夫人去世十三年了，他們依然是近鄰和摯友，一個還當鰥夫，一個仍做寡婦。

這位拉塞爾夫人已經到了老成持重的年紀，加上生活條件又極其優越，不會再興起改嫁的念頭，這一點用不著向公衆陪不是，因爲改嫁比守寡還要使這些人感到忿忿不滿。不過，沃爾特爵士之所以還在打光棍，卻必須解釋一下。要知道，沃爾特爵士曾經很不理智地向人求過婚，私下碰了一、兩次釘子之後，便擺出一個慈父的樣子，自豪地爲他的幾個寶貝女兒打光棍。爲了一個女兒，就是他的那位大女兒，他倒眞的會做出一切犧牲，不過迄今爲止，他還不是很願意那樣做罷了！

伊麗莎白長到十六歲，她母親的權利和作爲但凡能繼承的，她都繼承下來了。她人長得很漂亮，很像她父親，因此她的影響一直很大，父女倆相處得極其融洽。他的另外兩個女兒可就沒有那麼高貴了。瑪麗當上了查爾斯．默斯格羅夫夫人，多少還取得了一點徒有虛表的身價；而安妮倒好，憑著她那優雅的心靈、溫柔的性格，若是碰到個眞正有見識的人，她一定會大受抬舉的，誰想到在她父親、姊姊眼裡，她卻是個微不足道的小妮子，她的意見無足輕重，她的個人安適總是被撇在一邊——她只不過是安妮而已！

可是對於拉塞爾夫人來說，安妮簡直是個頂可親、頂寶貝的教女、寵兒和朋友。拉塞爾夫人對三個女兒都喜愛，但是只有在安妮身上，她才能見到那位母親的影子。

安妮．艾略特幾年前還是位十分漂亮的小姐，可是她早早地失去了青春的艷麗。不過，即使在她青春的鼎盛時期，她父親也不覺得她有什麼討人喜愛的地方，因爲她五官纖巧，一對黑眼睛流露出溫柔的神情，壓根兒就不像他。如今她年歲增長、身形削瘦，當然就更沒有什麼能贏得他的器重。本來他就不怎麼期望會在那本寶貝書裡別的頁上讀到她的名字，現在更連一絲希望也不抱持了。要結成一起門當戶對的姻緣，希望全寄託在伊麗莎白身上了，因爲瑪麗僅僅嫁給了一戶體面有錢的鄉下佬，因此盡把榮耀送給了別人，自己沒沾上半點光。有朝一日，伊麗莎白準會嫁個門當戶對的好人家。

有時會出現這樣的情況：一位女子到了二十九歲倒比十年前出落得還要漂亮。一般說來，人要是沒災沒病，到這個年齡還不至於失去任何魅力。伊麗莎白便屬於這類情況。十三年前，她開始成爲漂亮的艾略特小姐，現在還依然如故。所以，人們或許可以原諒沃爾特爵士忘記了女兒的年齡，或者至少會覺得他只是有點半傻不傻，眼見著別人都已失去美貌，卻以爲自己和伊麗莎白會青春常駐；因爲他可以清楚地看到，親朋故舊都在變老。安妮形容憔悴，瑪麗面皮不光潤，左鄰右舍人人都在衰老，拉塞爾夫人鬢角周圍的皺紋在迅速增多，這早就引起了他的擔憂。

就個人而論，伊麗莎白並不完全像她父親那樣遂心如意。她當了十三年凱林奇大廈的主婦，掌家管事，沉著果斷，這決不會使人覺得她比實際上年輕。十三年來，她一直當家作主，制定家規，帶頭去乘駟馬車，緊跟著拉塞爾夫人走出鄉下的客廳、餐廳。十三個週而復始的寒冬，在這個小地方所能舉辦的令人讚賞的舞會上，她總是率先第一個開舞的；十三個百花盛開的春天，她每年都要隨父親去倫敦過上幾個星期，享受一番那大世界的樂趣。她還記得這一切，她意識到自己已經二十九歲，心裡不禁泛起了幾分懊惱和憂慮。她爲自己仍然像過去一樣漂亮而感到高興，但是她覺得自己在步步逼近那危險的年頭，倘若能在一、兩年內攀上一位體面的從男爵，她將爲之大喜若狂。到那時候，她將像青春年少時那樣，再次興致勃勃地捧起那本寶書，不過眼下她並不喜歡這本書。書中總是寫著她的生辰日期，除了一個小妹妹之外，見不到別人成婚，這就使它令人厭惡。不止一次，她父親把書放在她面前的桌上忘了合上，她躲開眼睛把書一合，然後推到一邊。

另外，她還有過一樁傷心事，那本書——特別是她的家史部分隨時提醒她不能忘懷。就是那位假定繼承人威廉·沃爾特·艾略特先生，儘管她父親總的來說還是在維護他的繼承權，但他卻使她大失所望。

伊麗莎白還是做小姑娘的時候，一聽說她若是沒有弟弟，艾略特就是未來的男爵，她便打定主意要嫁給他，她父親也一向抱有這個打算。艾略特小時候，他們並不認識，然而艾略特夫人死後不久，沃爾特爵士主動結識了他，雖然他的主動表示沒有得到熱烈的反響，但是考慮到年輕人有羞羞答答、畏畏縮縮的弱點，便堅持要結交他。於是，就在伊麗莎白剛剛進入青春妙齡的時候，他們趁著到倫敦春遊的機會，硬是結識了艾略特先生。

那時，他是個年紀輕輕的小後生，正在埋頭攻讀法律。伊麗莎白覺得他極其和悅，便進一步確定了青睞他的各項計畫。他們邀請他到凱林奇大廈做客。當年餘下的時間裡，他們一直在談論他，期待他，可他始終沒有來。

第二年春天，他們又在城裡見到了他，發現他還是那樣和藹可親，於是再次鼓勵他，邀請他，期待他，結果他還是沒有來。接著便傳來消息，說他結婚了。艾略特先生沒有遵循爵士父女爲他選定的艾府繼承人的途徑，來抬高自己的地位，而是爲了贏得自主權，娶了一位出身低賤的闊女人。

沃爾特爵士對此大爲不滿。他作爲一家之長，總覺得這件事理應同他商量才是，特別是在他領著那位年輕人公開露面之後。「人家一定見到我們倆在一起了，」爵士說道：「一次在塔特索爾拍賣行❼，兩次在下議院會客廳。」他表示不贊成艾略特的婚事，但是表面上又裝作並不介意的樣子。艾略特先生也沒道歉，顯示自己不想再受到爵士一家人的關照，不過沃爾特爵士卻認爲他不配受到關照，於是他們之間的交情完全中斷了。

---

❼ 倫敦有名的馬匹拍賣行。

幾年之後，伊麗莎白一想起艾略特先生的這段尷尬的歷史，依然很生氣。她本來就喜愛艾略特這個人，加上他是她父親的繼承人，她就更喜歡他了。她憑著一股強烈的家庭自豪感，認爲只有他才配得上沃爾特．艾略特爵士的大小姐。天下的從男爵中，還沒有一個人可以像他那樣，使她如此心甘情願地承認與她正相匹配呢！然而，艾略特先生表現得著實下賤，伊麗莎白眼下（一八一四年夏天）雖然還在爲他妻子戴黑紗❽，她卻不得不承認：他不值得別人再去想他。他的第一次婚姻縱使不光彩，人們卻沒有理由認爲它會遺臭萬代，因此，他若不是做出了更惡劣的事情，他那恥辱也早就完結了。誰料想，好心的朋友愛搬弄是非，告訴爵士父女說，艾略特曾經出言不遜地議論過他們全家人，並且用極其蔑視、極其鄙夷的口吻，詆毀他所隸屬的家族和將來歸他所有的爵位。這是無可饒恕的。

這就是伊麗莎白．艾略特的思想情感。她的生活天地既單調又高雅，既富又貧乏，她心思重重，迫不及待地想加以調節，變換變換花樣。她長久住在鄉下的一個圈圈裡，生活平平淡淡，除了到外面從事公益活動和在家裡施展持家的才幹技能以外，還有不少空閒時間，因而她想給生活增加些趣味，藉以打發這些閒暇。

可是眼下，除了這一切之外，她又添加了另一樁心事和憂慮。她父親越來越爲錢財所苦惱。她知道，父親現在再拿起《貴紳錄》，乃是爲了忘掉他的商人的纍纍帳單，忘掉他的代

---

❽ 艾略特先生新近喪偶，正在戴孝。

理人謝潑德先生的逆耳忠告。凱林奇莊園是一宗很大的資產，但是照沃爾特爵士看來，還是與主人應有的身分不相稱。艾略特夫人在世的時候，家裡管理得有條有理，需求有度，節省開銷，使得沃爾特爵士恰好收支相等。但是隨著夫人的去世，一切理智也便毀於一旦，從那時起，沃爾特爵士總是入不敷出。他不可能節省開支，他只是做了他迫切需要做的事情。然而，儘管他是無可責難的，可他卻步步陷入可怕的債務之中，非但如此，因爲經常聽人說起，再向女兒進行隱瞞，哪怕是部分隱瞞，也是徒然的。

去年春天進城時，他向伊麗莎白做了一些暗示，甚至把話說到這個地步：「我們可以節省些開支嗎？妳是否想到我們有什麼東西可以節省的？」說句公道話，伊麗莎白在感到女性慣有的大驚小怪之餘，卻也認眞思忖過了應該怎麼辦，最後提出了可以節省開支的兩個方面：一是免掉一些不必要的施捨，二是不再爲客廳添置新家具。這是兩個應急的辦法，後來她又想出了一個很妙的點子：他們要打破每年的慣例，以後不再給安妮帶禮物回來。

但是，這些措施雖說都很好，卻不足以補救達到嚴重程度的不幸。過沒多久，沃爾特爵士便不得不向女兒供認了事情的眞正嚴重性。伊麗莎白提不出卓有成效的辦法。她同父親一樣，覺得自己時運不濟，受盡了虐待。他們兩人誰也想不出什麼辦法，一方面既能減少開支，另方面又不會有損他們的尊嚴，不會拋棄他們的舒適條件，以至達到無法容忍的地步。

沃爾特爵士的田產，他只能處理掉很少一部分。不過，即使他可以賣掉每一畝土地，那也無關緊要。他可以在力所能及的範圍內向外抵押土地，但是決不肯紆尊降貴地出賣土地。

不，他決不會把自己的名聲辱沒到這般田地。凱林奇莊園是如何傳給他的，他也要如何完完整整地傳下去。

他們的兩位知心朋友——一位是住在附近集鎮上的謝潑德先生，一位是拉塞爾夫人，被請來替他們出謀劃策。沃爾特爵士父女倆似乎覺得，他們兩人中的某一位會想出個什麼辦法，既能幫他們擺脫困境，減少開支，又不至於使他們失去體面和自尊。

第二章

謝潑德先生是位斯文謹慎的律師，他對沃爾特爵士不管有多大的制約，有什麼看法，碰到什麼不愉快的事情，總是寧肯讓別人提出，因而他推說自己拿不出半點主意，委婉地建議他們聽聽拉塞爾夫人的精闢見解。拉塞爾夫人是個有名的聰明人，他認爲最終想要沃爾特爵士採納的具體措施，完全可以指望讓她提出來。

拉塞爾夫人對這樁事可眞是既焦急又熱心，認認眞眞地做了一番考慮。她這個人與其說思想敏捷，不如說辦事穩健，在眼下這個問題上，她遇到了兩個互相對立的主要原則，一時很難打定主意。她本人倒十分誠摯，也很講體面，但她又像其他通情達理的誠實人一樣，一心想要顧全沃爾特爵士的感情，維持他們家族的聲譽，從貴族的角度設身處地的爲他們的應得利益著想。

她是個寬厚慈善的好女人，感情強烈，品行端正，拘泥禮儀，言談舉止被視爲有教養的楷模。她心性嫻雅，一般說來也很明智，堅定。

不過，她有些偏愛名門貴族，尊崇高官厚位，因而對達官貴人的缺點便有點視而不見。她自己僅僅是個騎士的遺孀，對一位從男爵也就尊崇備至。沃爾特爵士不僅是她的老朋友、客氣的鄰居、熱心的房東、密友的丈夫、安妮姊妹的父親，而且是她心目中的沃爾特爵士，他如今陷入了困境，值得引起別人的深切同情和關心。

他們必須節省開支，這是毋庸置疑的。但是她很想把事情辦得妥帖些，以便盡量不給沃爾特爵士和伊麗莎白帶來痛苦。她擬定了節約計畫，進行了精確的計算，並且做出了別人意想不到的事情：她徵求了安妮的意見，而在別人看來，這位安妮好像對這件事永遠不感興趣似的。而且在制定最後遞交給沃爾特爵士的那份節約計畫的過程中，還多多少少受到了安妮的影響。

安妮的每一點修改意見，都主張實事求是，不要自我炫耀。她要求採取更加有力的措施，來一個更加徹底的改革，更快地從債務中解脫出來，聽語氣，更加強調要入情入理，別的因素概不考慮。

「如果我們能說服妳父親接受這些意見，」拉塞爾夫人一面看著她的改革方案，一面說道：「那就解決大問題啦！如果他肯採納這些調整措施，他七年後便能還清欠債。我希望我們能讓他和伊麗莎白認識到：凱林奇大廈本身是體面的，這種體面不會因爲縮減開支而受到影響；沃爾特．艾略特爵士是有尊嚴的，而在明智人的心目中，這種眞正的尊嚴，絕不會因爲他按照原則辦事而受到損害。事實上他要做的不正是許多名門世家做過，或者應該做的事情嗎？他的情況並沒有什麼特殊的地方，這種特殊論往往使我們的行動遭到非難，也使我們吃盡最大的苦頭。我們大有希望說服他。我們一定要嚴肅堅決，因爲負債的人歸根到底總得償還。雖然我們要充分照顧像妳父親這樣一位紳士、家長的感情，但是，我們更要注意維護一個誠實人的人格。」

安妮要她父親遵循的，要他的朋友們敦促他接受的，正是這條原則。她認為，採取全面的節儉措施，以最快的速度償清一切債務，這是義不容辭的行動，捨此絕沒有什麼尊嚴可談。她要求把這一條規定下來，讓大家視為一項義務。

她似乎高估了拉塞爾夫人影響；至於說她自己憑著良心提出的嚴於克己，她相信，要說服大家來一場徹底的改革，也許不會比動員一場半調子改革更困難、她了解父親和伊麗莎白，綜觀拉塞爾夫人提出的那個過於溫和的節儉清單，她覺得減掉一對馬不見得比減掉兩對馬更好受一些。

安妮那些更苛刻的要求會遇到何種反應，這已經無關緊要了。拉塞爾夫人的要求壓根兒沒有獲得成功：對方無法接受，無法容忍，「什麼！砍掉生活中的一切舒適條件！旅行、進城、傭人、馬匹、用餐——樣樣都要縮減，樣樣都要限制！以後的生活連個無名紳士的體面都沒有了！不，我寧可馬上離開凱林奇大廈，也不願意按這樣的屈辱條件繼續待在這兒。」

「離開凱林奇大廈！」謝潑德先生即接過話頭。他一心想要促使沃爾特爵士真正節省開支，但是他又十分清楚地認識到：倘若不讓他換個住所，則將一事無成。「既然有權發號施令的人提出了這個念頭，」他說：「那我也就毫無顧忌地承認：我完全同意這個意見。據我看來，沃爾特爵士在大廈裡既然要保持名門世家、殷勤好客的聲譽，就不可能從根本上改變現在的生活派頭。換個別的地方，沃爾特爵士就能自己作主，隨心所欲地選擇自己的生活方式，安排自己的家務，並且受到人們的敬仰。」

沃爾特爵士準備離開凱林奇大廈。猶豫了幾天之後，去向的大問題解決了，這次重大變革的初步方案也擬定好了。

有三個可供選擇的去處：倫敦、巴斯❶和鄉下的另外一所住宅。安妮滿心希望選擇後者。那是一幢離他們莊園不遠的小房子，住在那裡可以同拉塞爾夫人繼續交往，還可以與瑪麗挨得很近，有時還可以欣賞一下凱林奇的草坪和樹林，這眞是安妮夢寐以求的目標。但是安妮命該如此，事情的結果往往同她的意願背道而馳。她不喜歡巴斯，覺得那地方不合她的胃口，可她偏偏得住到巴斯。

沃爾特爵士起先想去倫敦，可是謝潑德先生覺得他在倫敦叫人放心不下，便巧言軟語地勸說他打消了這個念頭，從而選中了巴斯。對於一個身處逆境的人來說，這個地方保險得多：在那兒，他可以相對地少花錢，而又過得很顯貴。

不用說，巴斯和倫敦比起來，是有兩個優越條件起了作用：一是它距離凱林奇只有五十英里，來往更方便，二是拉塞爾夫人每年冬天可以去那裡住些日子。本來，拉塞爾夫人在規劃改革的過程中，最先考慮的就是巴斯，現在也大爲滿意了。沃爾特爵士和伊麗莎白經過開

---

❶ 英格蘭西部著名的天然溫泉療養勝地，建於西元43年，最出名的是羅馬浴場、巴斯大教堂。

導，覺得搬到巴斯既不會丟掉身分，也不會失去樂趣。

拉塞爾夫人分明知道親愛的安妮的心願，卻又不得不加以反對。要讓沃爾特爵士紆尊降貴地住進他莊園附近的一座小房子裡，這委實太過分了。就連安妮自己也會發現，這比她預先想像的更加有失體面，沃爾特爵士感情上一定通不過。至於說安妮不喜歡巴斯，拉塞爾夫人認爲那不過是一種偏見和誤解，安妮之所以產生這種偏見和誤解，首先是由於她在母親死後，曾到那裡讀了三年書，其次是由於她同拉塞爾夫人在那裡度過了唯一的一個冬天，卻碰巧趕上精神不很愉快。

總而言之，拉塞爾夫人很喜歡巴斯，便以爲這地方一定能讓大夥兒中意。至於說到她的年輕朋友的身體，只要她趕天熱的時候來凱林奇村同教母住上幾個月，一切有損健康的因素都可避免。

其實，換換環境對她的身心都有好處。安妮很少出門，別人也很少見到她。她情緒不高，多跟人交往交往會使情緒有所好轉。她希望有更多的人認識安妮。

對沃爾特爵士來說，他們的搬遷計畫幸好從一開始便包括一項內容，而且是很重要的一項內容，這就使他更不喜歡在方圓附近找座房子。原來，他不但要離開自己的家，而且要看著它落到別人手裡；這即使對毅力比沃爾特爵士更強的人，也是個難以承受的考驗。凱林奇大廈要出租。不過這是絕對機密的，不得洩露給外人知道。

沃爾特爵士不願讓人知道他想出租房子，他忍受不了這個屈辱。有一次，謝潑德先生提到了「登廣告」，可是後來再也沒敢說起這話。沃爾特爵士堅決反對主動提出出租，不管採取什麼形式。絲毫不准向人透露他有這種打算。只有假定有位極其合適的申請人主動向他提出請求，他才會按照自己的條件，作爲大恩大典而出租凱林奇大廈。

人要是喜歡什麼，找起理由來還眞夠快當的！

拉塞爾夫人之所以對沃爾特爵士一家搬出鄉下感到無比高興，還有一個極其過硬的理由。伊麗莎白最近結交了一位知心朋友，拉塞爾夫人巴不得讓她們一刀兩斷。這位朋友是謝潑德先生的女兒，她婚後感到不幸福，便帶著兩個累贅孩子，回到了娘家。她是個機靈的年輕女人，懂得賣乖討好的訣竅——至少懂得在凱林奇大廈賣乖討好的訣竅。她贏得了艾略特小姐的歡心，儘管拉塞爾夫人認爲結交這個朋友不合適，一再暗示小姐要當心、要克制，可是那位朋友來大廈盤桓已經不止一次了。

的確，拉塞爾夫人對伊麗莎白是沒有什麼可以左右她的力道，不過她看樣子還喜歡她，這倒不是因爲伊麗莎白討人喜愛，而是因爲拉塞爾夫人願意這麼做。這位夫人從伊麗莎白那裡得到的，僅僅是表面上的客客氣氣，只不過是表示表示禮貌罷了！

她從來沒有說服伊麗莎白克服以往的偏見，接受她要表明的觀點。沃爾特爵士父女每次去倫敦都把安妮撇在家裡，拉塞爾夫人深知這種安排自私不公，有失體面，曾幾次三番地力爭讓安妮跟著一起去，並且多次試圖拿自己的見解和經驗開導伊麗莎白，但總是徒勞無益，伊麗莎白偏要一意孤行。而在選擇克萊夫人作朋友的過程中，她同拉塞爾夫人作對的思想，從來沒有表現得那麼堅決。她拋開一個如此可愛的妹妹，而去錯愛一個按理只配受到淡然以禮相待的女人，並把她當作了知心人。

從地位上判斷，拉塞爾夫人覺得克萊夫人與伊麗莎白很不相稱；從人品上看，拉塞爾夫人又認爲克萊夫人是個十分危險的夥伴。因此，通過搬家甩掉克萊夫人，讓艾略特小組結交一些更爲合適的知心朋友，便成爲一個頭等重要的目標。

第三章

一天早晨，謝潑德先生來到凱林奇大廈，他放下手中的報紙說道：「沃爾特爵士，請聽我說，眼前的局面對我們十分有利。天下太平了❶，有錢的海軍軍官就要回到岸上。他們都要安個家。沃爾特爵士，時機再好不過了，你可以隨意挑選房客，非常可靠的房客。戰爭期間，許多人發了大財。我們要是碰到一位有錢的海軍將領，沃爾特爵士……」

「我只能這麼說，」沃爾特爵士答道：「那他可就是個鴻運亨通的人囉！凱林奇大廈的的確確要成為他的戰利品啦！就算他過去得了許許多多的戰利品，凱林奇大廈可是最了不起的戰利品，你說對吧，謝潑德？」

謝潑德先生聽了這番俏皮話，不由得失聲笑了起來（他知道他一定要笑），然後說道：「沃爾特爵士，我敢斷言，論起做交易來，海軍的先生是很好說話的。我多少了解一點他們做交易的方式。我可以坦率地告訴你，這些人非常寬懷大度，可以成為稱心如意的房客，比你遇見的什麼人都不遜色。因此，沃爾特爵士，請允許我提個這樣的建議：如果你的打算給

❶ 這裡指歐洲聯軍對拿破崙戰爭（一七九二～一八一五）已經宣告結束。

張提出去——應該承認這種事情是可能的，因爲我們都知道，在如今的世界上，一個地方的人們有什麼行動和打算，很難保證不引起別處人們的注意和好奇。地位顯赫有它的副作用。我約翰·謝潑德可以隨心所欲地把家裡的事情隱瞞起來，因爲沒有人會認爲我還值得注意。不過你是沃爾特·艾略特爵士，別人的眼睛總是盯著你，你想躲也躲不開。因此，我並不會感到大驚小怪。我剛才正要說，假定出現這種情況，無疑會有人提出申請，對於闊氣的海軍軍官，我想應該給以特別照顧。請允許我再補充一句：不管什麼時候，一經召喚，我兩小時之內就能趕到府上，代爲覆函。」

沃爾特爵士只是點了點頭。過不一會兒工夫，他立起身來，一邊在屋裡踱步，一邊譏誚地說道：「我想，海軍的先生們住進這樣一座房子，幾乎沒有什麼人不感到大喜若驚的。」

「毫無疑問，他們要環顧一下四周，慶幸自己有這般好運氣，」在場的克萊夫人說道。她是跟著她父親一起過來的。乘馬車來凱林奇做客，對她的身體大有裨益。「不過我很贊同我父親的觀點：做水兵的可以成爲稱心如意的房客。我很了解做水手的，他們除了寬懷大度以外，做什麼事情都有條不紊，仔仔細細！沃爾特爵士，您的這些寶貝畫若是不打算帶走，保證萬無一失。屋裡屋外的東西樣樣都會給你保管得妥妥帖帖的！花園也好，矮樹叢也好，都會像現在這樣收拾得井然有序。艾略特小姐，妳不用擔心妳那漂亮的花圃會給荒廢了。」

「說到這個嘛，」沃爾特爵士冷冷地回道：「假使我受你們的慫恿決定出租房子的話，我可萬萬沒有打定主意要附加什麼優惠條件。我並非很想厚待一位房客。當然，獵場還是要供他使用的，無論是海軍軍官還是其他形形色色的人，誰能有這麼大的獵場？不過，如何限制使用遊樂場都是另外一碼事兒。我不喜歡有人隨時可以進出我的矮樹叢。我要奉勸艾略特小姐留心她的花圃。實話對你們說吧，我根本不想給予凱林奇大廈的房客任何特殊的優待，不管他是水兵還是大兵。」

停了不一會兒，謝潑德先生冒然說道：「這類事情都有常規慣例，澄清了房東與房客之間的一切問題，雙方都不用擔心。沃爾特爵士，你的事情把握在牢靠人手裡。請放心，我保證你的房客不會超越他應有的權利。我敢這樣說，沃爾特．艾略特爵士保護自己的權利，遠遠不像替他保駕的約翰．謝潑德那樣謹慎戒備。」

這時，安妮說道：「我想，海軍為我們出了這麼大的力，他們至少應該像其他人一樣，有權享受任何家庭所能提供的一切舒適條件，一切優惠待遇。我們應該承認，水兵們艱苦奮鬥，應該享受這些舒適條件。」

「千真萬確，千真萬確。安妮小姐說的話千真萬確，」謝潑德先生答道。他女兒也跟著說了聲，「哦！當然如此。」可是歇了片刻，沃爾特爵士卻這樣說道：

「海軍這個職業是有用處的，但是一見到我的哪位朋友當上了水兵，我就感到惋惜。」

「真的嗎？」對方帶著驚訝的神氣說道。

「是的。它在兩方面使我感到厭煩，因此我也就有兩個充足的理由對它表示反感。首先，它給出身微賤的人帶來過高的榮譽，使他們得到他們的先輩從來不曾夢想過的高官厚祿。其次，它怵目驚心地毀滅了年輕人的青春與活力，因為水兵比其他人老得都快。我觀察了一輩子。一個人進了海軍，比參加其他任何行業都更容易受到一個他父親不屑搭理的傭人的兒子的凌辱，更容易使自己過早地受人嫌棄。去年春上，我有一天在城裡遇見兩個人，他們可以為我的話提供有力的證據。我們都知道，聖艾夫斯勛爵的父親是個鄉下的副牧師，窮得連麵包都吃不上。可我偏偏要讓位給聖艾夫斯勛爵和一位鮑德溫海軍少將。這位海軍少將眞是要多難看有多難看。他的臉膛是紅褐色的，粗糙到了極點。滿臉都是皺紋，一邊腦幫上掛著九根灰毛，上面是個粉撲撲的大禿頂。『天哪，那位老兄是誰呀？』我對站在跟前的一位朋友（巴茲爾．莫利爵士）說道。『老兄！』巴茲爾爵士嚷道：『這是鮑德溫海軍少將。你看他有多大年紀？』『六十，』我說：『也許是六十二。』『四十，』巴茲爾爵答道：『剛剛四十。』你想像一下我當時有多驚奇。我不會輕易忘掉鮑德溫海軍少將。我從沒見過海上生活能把人糟蹋成這副慘像，不過略知一、二罷了！我知道他們都是如此：東飄西泊，風吹雨打，直至折磨得不成樣子。他們乾脆一下子給劈死了倒好，何苦要挨到鮑德溫海軍少將的年紀。」

「別這麼說，沃爾特爵士，」克萊夫人大聲說道：「你這話實在有點尖刻。請稍微可憐可憐那些人吧！我們大家並非生下來都很漂亮。大海當然也並非是美容師，水兵的確老得早。我也經常注意到這一點：他們很快便失去了青春的美貌。可是話又說回來，許多職業（也許是絕大多數職業）的情況不也統統如此嗎？在陸軍服役的大兵境況一點也不比他們好。即使是那些安穩的職業，如果說不傷身體的話，卻要多傷腦筋，這就很難使人的相貌只受時光的自然影響。律師忙忙碌碌，落得形容憔悴；醫生隨叫隨到，風雨無阻；即使牧師——」她頓了頓，尋思對牧師說什麼才是——「你們知道，即便牧師也要走進傳染病房，使自己的健康和相貌受到有毒環境的損害。其實，我歷來認爲，雖然每個行業都是必要的，光榮的，但是有幸的只是這樣的人，他們住在鄉下，不用從事任何職業，過有規律的生活，自己安排時間，自己搞些活動，靠自己的財產過日子，用不著苦苦鑽營。我看只有這種人才能最大限度地享受到健康和美貌的洪福。據我所知，其他情況的人都是一過了青春妙齡，便要失去幾分美貌。」

謝潑德先生如此急切地想要引起沃爾特爵士對海軍軍官做房客的好感，彷彿他有先見之明似的；因爲頭一個提出申請要租房子的，正是一位姓克羅夫特的海軍少將，謝潑德先生不久出席湯頓❷市議會舉行的季會，偶然結識了他。其實，他早就從倫敦的一位通信者那裡，打聽到了有關這位海軍少將的線索。他急匆匆地趕到凱林奇報告說，克羅夫特海軍少將是薩默塞特人，如今發了大財，想回本郡定居。他這次來湯頓，本想在這附近看看廣告中提到的幾處房子，不料這些房子都不中他的意。後來意外地聽說——（謝潑德先生說，正像他預言的那樣，沃爾特爵士的事情是保不住密的）——意外地聽說凱林奇大廈可能要出租，而且又

❷ 薩默塞特郡郡府。

了解謝潑德先生同房主人的關係，便主動結識了他，以便好問個仔細。在一次長談中，他雖說只是聽了聽介紹，卻表示非常喜歡這幢房子。他在明言直語地談到自己時，千方百計地要向謝潑德先生證明：他是個最可靠、最合格的房客。

「克羅夫特海軍少將是何許人？」沃爾特爵士有些疑心，便冷冷地問道。

謝潑德先生擔保說，他出身於紳士家庭，而且還提到了地點。

停了片刻，安妮補充說道：「他是白色中隊的海軍少將，參加過特拉法加戰役，此後一直待在東印度群島。我想，他駐守在那裡已經好多年了。」

「這麼說來，」沃爾特爵士說道：「他的面色想必和我僕人號衣袖口和披肩一樣是赤黃色的啦！」

謝潑德先生急忙對他說，克羅夫特海軍少將是個強健漂亮的男子漢，確實有點飽經風霜，但不是很嚴重，思想舉止大有紳士風度。他絲毫不會在條件上爲難沃爾特爵士，他只想能有一個舒適的家，並能盡快地搬進去。他知道，要舒適就得付出代價。知道住這麼一座陳設齊備的大廈要付多少房租。假使沃爾特爵士當初開價再高一些，他也不會大驚小怪。他了解過莊園的情況。當然希望得到在獵場上打獵的權利，不過並沒有極力要求。說他有時雖會拿出槍來，但是從來不殺生。眞是個有教養的人。

謝潑德先生滔滔不絕地絮叨著，把海軍少將的家庭底細統統亮了出來，顯得他是個再理想不過的房客。他成了婚而又沒有孩子，這眞是個求之不得的情況。謝潑德先生還說，屋裡缺了女主人，無論如何也照料不好。他不知道家裡沒有太太與子女滿堂相比，究竟哪種情況使家具破損得更快。一位沒有兒女的太太是世上最好的家具保管員。他也見過克羅夫特夫人。她同海軍少將一起來到湯頓，他們兩個進行洽談的時候，她幾乎一直在場。

「看樣子，她是個談吐優雅、文質彬彬、聰明伶俐的女人，」謝潑德先生繼續說道：「對於房子、出租條件和賦稅，她提的問題比海軍少將自己提的還多，彷彿比他更懂得生意經。另外，沃爾特爵士，我發現她不像她丈夫那樣，在本地完全無親無故。這就是說，她同曾經住在我們這帶的一位紳士是親姊弟。這是她親口對我說的。她還是幾年前住在蒙克福德的一位紳士的親姊姊。天哪！他叫什麼來著？他的名字我雖然最近還聽人說過，可眼下卻記不起了。親愛的佩內洛普，妳能不能幫我想起以前住在蒙克福德的那位紳士，也就是克羅特夫人的弟弟叫什麼名字？」

誰想克萊夫人同艾略特小姐談得正熱火，並沒聽到他的求告。

「謝潑德，我不曉得你指的是誰。自打特倫特老先生去世以來，我不記得有哪位紳士在蒙克福德居住過。」

「天哪，好奇怪呀！我看不用多久，我連自己的名字都要忘掉了。我那麼熟悉的一個名字。我同那位先生那麼面熟，見過他足有一百次。我記得他有一次來請教我，說是有一位鄰居非法侵犯了他的財產。一位農場主的傭人闖進他的果園，扒倒圍牆，偷盜蘋果，被當場抓住。後來，出乎我的意料，他居然同對方達成了和解。真夠奇怪的！」

又等了片刻，安妮說道：「我想你是指溫特沃思先生吧？」

謝潑德先生一聽大為感激。

「正是溫特沃思這個名字！那人就是溫特沃思先生。你知道，沃爾特爵士，溫特沃思先生以前曾經做過蒙克福德的副牧師，做了兩、三年。我想他是一八〇五年來到那裡的。你肯定記得他。」

「溫特沃思？啊，對了！溫特沃思先生，蒙克福德的副牧師。你剛剛用紳士這個字眼可把我給懵住了。我還以為你在談論哪一位有產者呢！我記得溫特沃思先生是個無名之輩，完全無親無故，同斯特拉福德家族毫無關係。不知道為什麼，我們許多貴族的名字怎麼變得如此平凡。」

謝潑德先生發覺，克羅夫特夫婦有了這位親戚並不能增進沃爾特爵士對他們的好感，便只好不再提他，而將話鋒一轉，又滿腔熱忱地談起了他們那些毋庸置疑的有利條件：他們的年齡、人數和財富；他們如何對凱林奇大廈推崇備至，唯恐自己租不到手。聽起來，他們似乎把做沃爾特．艾略特爵士的房客，視為最大的幸福。當然，他們假如能夠得悉沃爾特爵對房客的權利所抱的看法，這種渴求就太異乎尋常了。

無論如何，這筆交易還是做成了。雖然沃爾特爵士總是要用惡狠狠的目光注，視著打算住進凱林奇大廈的任何人，認為他們能以最高的價錢把它租下來眞是太幸運了；但是經過勸說，他還是同意讓謝潑德先生繼續洽談，委任他接待克羅夫特海軍少將。海軍少將眼下還住在湯頓，要定個日期讓他來看房子。

沃爾特爵士並不是個精明人，不過他憑著自己的閱歷可以感到：一個本質上比克羅夫特海軍少將更加無可非議的房客，不大可能向他提出申請。他的見識就只能達到這一步。他的虛榮心還給他帶來了一點額外的安慰，覺得克羅夫特海軍少將的社會地位恰好夠高的，而且也不偏高。「我把房子租給了克羅夫特海軍少將，」這話聽起來有多體面，比租給某某先生體面多了。凡是稱爲先生的，也許全國除了五、六個以外，總是需要做點說明。而海軍少將這個頭銜本身就說明了他的舉足輕重，同時又決不會使一位從男爵相形見絀。在與他人相互交往中，沃爾特．艾略特爵士總是希望高對方一籌。

凡事都要同伊麗莎白商量才能辦成，不過她一心就想搬家，現在能就近找到位房客，迅速了結這樁事，她自然感到很高興，壓根兒沒有提出異議。

謝潑德先生被授以全權處理這件事。本來，安妮一直在聚精會神地聽他們議論，不覺脹得滿臉通紅，現在一見有了這樣的結果，便連忙走出屋子，想到外面透透氣。她一邊沿著心愛的矮樹叢走去，一邊輕輕嘆了口氣，一邊喃喃說道：「也許再過幾個月，他就會在這裡散步了。」

第四章

此人不管外表看來如何令人可疑，他卻不是蒙克福德以前的副牧師，而是副牧師的弟弟弗雷德里克・溫特沃思海軍上校。這位溫特沃思當年由於參加了聖多明哥附近的海戰❶，而被晉升為海軍中校，再加之一時沒有任務，便於一八〇六年夏天來到薩默塞特郡。可憐他父母雙亡，只好在蒙克福德住了半年。當時，他是個出類拔萃的好青年，聰明過人，朝氣蓬勃，才華橫溢，而安妮是個極其美麗的少女，性情溫柔，舉止嫻靜，興致高雅，感情豐富。本來，雙方只要具備一半的魅力也就足夠了，因為小伙子無所事事，姑娘卻又簡直無人可愛。然而，雙方都有這麼多的優點長處，相逢之後豈有不成功的道理。他們逐漸結識了，結識後便迅速陷入了深摯的愛情。很難說誰覺得對方更完美，也很難說誰感到更幸福：是受到小伙子求愛的姑娘，還是得到姑娘應允的小伙子？

接踵而來的是一段無比幸福的美好光陰，可惜好景不長，不久便出現了麻煩。當小伙子向沃爾特爵士提出請求時，沃爾特爵士既不實說不同意，也不明示這永遠不可能，而是用大

---

❶ 歐洲聯軍對拿破崙戰爭中的一次海戰，發生於一八〇六年二月六日。

爲驚訝和冷漠不語的方式表示否決，並且明確表示：決不給女兒任何好處。他覺得，這是一起極不體面的姻緣。拉塞爾夫人雖然像爵士那樣傲氣十足，不可一世，但還是認爲這門親事極不恰當。

安妮．艾略特出身高貴，才貌超群，十九歲就要把自己葬送掉，去跟這樣一個年輕人訂婚。他除了自己的人品之外別無其他長處，沒有希望發家致富，一切指望著一項極不可靠的職業，而且即使從事這項職業，也沒有親朋故舊可以確保他步步高升，安妮嫁給他可眞是自我葬送。拉塞爾夫人一想起來就痛心！安妮．艾略特這麼年輕，見識的人這麼少，現在要讓一個無親無故、沒有財產的陌生人搶走；或者說使她墮落到憂慮重重、扼殺青春的從屬地位！這可不行，她對安妮幾乎懷有母親般的愛，享有母親般的權利，她若是採取正當的方式，朋友式地出面干預，向她陳述利害，事情還是可以挽救的。

溫特沃思沒有財產。他在海軍混得不錯，但是錢來得隨便花得也隨便，他一直沒有積下財產。不過他確信，他很快就會有錢的。他生氣勃勃，熱情洋溢，知道自己不久便會當上艦長，不久便會達到要啥有啥的地步。他始終是幸運的，他知道以後還會如此。他這種信心本身就很強烈，再加上又往往表示得那樣逗趣，安妮豈能不爲之心搖神馳。可是拉塞爾夫人卻大不以爲然。溫特沃思的樂天性格和大無畏精神使她產生了迴然不同的反響。她認爲，這只不過是罪孽的惡性發展，僅僅爲溫特沃思增添了危險性。他才華橫溢而又剛愎自用。拉塞爾夫人不喜歡聽人逗趣，極端厭惡一切輕率的舉動。她從各方面表示不贊成這門親事。

拉塞爾夫人懷著這樣的感情表示反對，這是安妮無法抗拒的。她雖然年輕溫柔，又得不到姊姊好言好色的安慰，可是父親的不懷好意她或許還是可以頂得住的。然而，拉塞爾夫人是她熱愛信賴的人，她一直在堅定不移、滿懷深情地勸導她，豈能徒勞無益。她被說服了，認為他們的訂婚是錯誤的，既不慎重又不得體，很難獲得成功。不過，她之所以能謹慎從事，解除了婚約，並不僅僅是出於自私的考慮。假若她認為她是在為自己著想，而不是更多地在為溫特沃思著想，她根本不可能捨棄他。她相信自己這樣謹慎從事，自我克制，主要是為了他好，這是她忍痛與他分離（也是最終分離）的主要安慰。而每一點安慰又是必要的，因為使安妮感到格外痛苦的是，溫特沃思固執己見，無法說服，總覺得自己受到虐待，被人強行拋棄。因此，他離開了鄉下。

他們前前後後只交往了幾個月。但是，安妮由此而引起的痛苦，卻沒有在幾個月中消釋。長年以來，痴情和懊惱的陰雲一直籠罩著她的心頭，使她絲毫嘗不到青年人的歡樂。結果，她過早地失去了青春的艷麗和興致。

這段令人心酸的短暫歷史結束七年多了。

隨著時光的流逝，她對溫特沃思的特殊感情已經大大淡薄了，也許可以說，幾乎整個地淡薄了，然而她過於完全依賴時光的作用了。她沒有採取其他的輔助手般，比如換換地方（她只在他們關係破裂後不久，去過一趟巴斯），或者多結交些新朋友。在她的心目中，凡是來過凱林奇一帶的人裡，沒有一個比得上弗雷德里克·溫特沃思的。在她這個年紀，要治癒她心頭創傷的最自然、最恰當、最有效的辦法就是再找個對象。可是她心比天高，挑三揀四，要在周圍有限的小天地裡再找個對象，談何容易。當她大約二十二歲的時候，有位年輕人向她求婚，她不同意，小伙子過不多久便娶了她那位心甘情願嫁給他的妹妹。拉塞爾夫人對她的拒絕表示惋惜，因爲查爾斯·默斯格羅夫是個長子，他父親的地產和整個聲勢在本郡僅次於沃爾特爵士，而且查爾斯本人名聲很好，儀表堂堂。

安妮十九歲的時候，拉塞爾夫人儘管對她要求可能更高些，可是等她到了二十二歲，她又很想看見她體面地搬出凱林奇大廈，擺脫她父親的偏見不公，在她近旁找個終身的歸宿。可是在這件事情中，安妮根本不給人留有忠告的餘地。雖然拉塞爾夫人對自己的謹愼態度一如既往地感到很滿意，並不希望挽回過去的局面，但是她現在開始擔憂了，而且這擔憂有些近似絕望。她認爲安妮感情熱烈，善於持家，特別適宜過小家庭生活，可現在她恐怕再也不會被哪位富有才幹、獨立自主的男子所打動，而與他結成美滿姻緣。

對於安妮的行爲，她們在一個主要問題上並不了解相互間的觀點，不知道對方的觀點改變了沒有，因爲這個問題從來不曾談起過。不過安妮到了二十七歲，心裡的想法和十九歲時的想法大不相同。她曾經接受過拉塞爾夫人的指引，爲此她既不責怪拉塞爾夫人，也不責怪她自己。可她覺得，假使有哪位處於同樣情況的年輕人向她求教，她決不會給人家出那樣的主意，以至眼前的痛苦毋庸置疑，而長遠的好處又不可捉摸。她相信，在遭到家人反對的不利情況下，儘管他們會對溫特沃思的職業感到焦灼不安，儘管這可能引起憂慮、延誤和失望，但是她假如保持婚約的話，還是會比解除婚約來得更幸福些。

而且，她完全相信，即使他們感到通常分量、甚至超過通常分量的焦慮不安，她也會感到更幸福些。何況，他們的實際情況還並非如此。事實上，他們發財走運的時間將比人們合理推測的要早。溫特沃思的樂觀期待和滿懷信心，統統被證明是有道理的。天賦與熱情似乎給他帶來了先見之明，指引他走上了成功之路。他們解除婚約之後不久，他就得到了任用。他原先告訴她要出現的情況，全部應驗了。他表現突出，很快又被晉升了一級。由於接連繳獲戰利品，他現在一定攬下了一筆可觀的巨款。安妮只有海軍花名冊和報紙作爲依據，但是她無法懷疑他發了財。而且，她相信他是忠貞不渝的，沒有理由認爲他已經結婚。

安妮．艾略特的想法要是說出來，還眞能令人信服呢！至少，她對早年熾熱戀情的渴望，對未來的滿懷喜悅和信心，是有充分理由的，而過去的謹小愼微似乎成了胡作非爲和對上帝的褻瀆！她年輕的時候被迫採取了謹愼小心的態度，隨著年齡的增長，她逐漸染上了浪漫色彩，這是一個不自然開端的自然結果。

她懷著這樣的心情，回想起這一切情景，一聽說溫特沃思海軍上校的姊姊可能住進凱林奇，心裡怎能不勾起過去的隱痛。她需要多次的散步，多次的嘆息，方能消除內心的激動不安。她經常告誡自己這樣做是愚蠢的，後來才鼓足勇氣，覺得大家接連討論克羅夫特夫婦要租房子的事情並沒有什麼不好。

而且使她感到寬慰的是，她的朋友中了解過去這段隱情的總共不過三個人，而這三個人看上去又似不知不覺、不聞不問的，彷彿壓根兒記不起這件事兒了。她可以公平地斷定，拉塞爾夫人這樣做的動機，要比她父親和伊麗莎白來得光明磊落。她欽佩她那鎮靜自若的體諒態度。然而他們之間存在著的那種若無其事的氣氛，不管起因何在，對她卻是至為緊要的。倘若克羅夫特海軍少將果眞住進凱林奇大廈，她可以一如既往地高高興興地相信：她的親戚朋友中只有三個人了解她的過去，這三個人想來決不會走漏一點風聲。而在溫特沃思的親戚朋友中，只有同他住在一起的哥哥，知道他們之間有過一次短命的訂婚。這位哥哥已經早就離開了鄉下，鑒於他是個通情達理的人，而且當時又是個單身漢，安妮可以心安理得地相信，不會有人從他那裡聽到這段隱情的。

溫特沃思的姊姊克羅夫特夫人當時不在英國，隨著丈夫到海外駐防去了，而安妮自己的妹妹瑪麗呢？當發生這一切情況的時候，她正在上學，別人有的出於自尊，有的出於體貼，後來一絲半點也沒告訴她。

有了這些安慰，她覺得即使拉塞爾夫人仍然住在凱林奇，瑪麗就在三英里之外，她也必須結識一下克羅夫特夫婦，而不必感到有什麼特別的尷尬的地方。

第五章

安妮幾乎每天早晨都有散步的習慣。就在約定克羅夫特夫婦來看凱林奇大廈的那天早上，她便自然而然地跑到拉塞爾夫人府上，一直躲到事情完結。不過，後來她卻爲錯過一次拜見客人的機會，又自然而然地感到遺憾。

雙方這次會見，結果十分令人滿意，當下就把事情談妥了。兩位夫人小姐事先就滿心希望能達成協議，因此都發現對方非常和藹可親。至於說到兩位男主人，海軍少將是那樣和顏悅色，那樣誠摯大方，這不可能不使沃爾特爵士受到感染。此外，謝潑德先生還告訴他，海軍少將聽說沃爾特爵士堪稱卓有教養的楷模，更使他受寵若驚，言談舉止變得極其得體，極其優雅。

房屋、庭園和家具都得到了認可，克羅夫特夫婦也得到了認可，時間、條件、一切人、一切事，都不成問題。謝潑德先生的書記員奉命著手工作，整個契約的初稿中，沒有一處需要修改。

沃爾特爵士毫不遲疑地當衆宣布：克羅夫特海軍少將是他見到的最漂亮的水兵，而且竟然把話說到這個地步：假如他的貼身男僕當初幫海軍少將把頭髮修理一下，他陪他走到哪裡也不會感到羞愧。再看海軍少將，他乘車穿過莊園往回走時，帶著眞摯同情的口吻對他夫人說：「親愛的，儘管我們在湯頓聽到些風言風語，可我還是認爲我們很快就能達成協議。從男爵是個碌碌無爲的人，不過他似乎也沒有什麼害處。」

俗話說禮尙往來，這大致可以被視爲旗鼓相當的恭維話了吧！

克羅夫特夫婦定於米迦勒節❶那天搬進凱林奇大廈。由於沃爾特爵士提議在前一個月搬到巴斯，大家只好抓緊時間做好一切準備工作。

拉塞爾夫人心裡有數，沃爾特爵士父女選擇住房時，安妮是不會獲許有任何發言權的，因此她不願意這麼匆匆地把她打發走，而想暫且讓她留下，等聖誕節過後親自把她送到巴斯。可是，鑒於她有自己的事情，必須離開凱林奇幾個星期，她又不能盡心如願地提出邀請。再說安妮，她雖然懼怕巴斯九月份的炎炎烈日，不願拋棄鄉下那悲涼而宜人的秋天氣候，但是通盤考慮一下，她還是不想留下。最恰當、最明智的辦法還是同大夥兒一起走，這樣做給她帶來的苦楚最小。

不料發生了一個情況，使她有了一項別的任務。原來，瑪麗身上經常有點小毛病，而且她總是把自己的病情看得很重，一有點毛病就要來喊安妮。眼下她又感覺不舒服了。她預感自己整個秋天都不會有一天的好日子，便請安妮去，或者更確切地說，是要求她去，因爲讓

❶ 九月二十九日，英國四大結帳日之一。

她放著巴斯不去，卻來厄潑克勞斯農舍同她作伴，而且要她待多久就得待多久，這就很難說是請求了。

「我不能沒有安妮，」瑪麗申述了情由。伊麗莎白回答說：「那麼，安妮當然最好留下啦！反正到了巴斯也不會有人需要她。」

被人認爲還有些用處，雖說方式不夠妥當，至少比讓人當作無用之材而遺棄爲好。安妮很樂意被人看作還有點用處，很樂意讓人給她分派點任務，當然她也很高興地點就在鄉下，而且是她自己可愛的家鄉。於是，她爽爽快快地答應留下。

瑪麗的這一邀請解除了拉塞爾夫人的窘迫，因此事情馬上說定，安妮先不去巴斯，等以後拉塞爾夫人帶她一起去。在此期間，安妮就輪流著住在厄潑克勞斯農舍和凱林奇鄉舍。

迄今爲止，一切都很順利。誰想到拉塞爾夫人突然發現，凱林奇大廈的計畫裡有個問題幾乎把她嚇了一跳。問題就出在克萊夫人身上，她正準備同沃爾特爵士和伊麗莎白一道去巴斯，作爲伊麗莎白最顯貴、最得力的助手，協助她料理眼前的事情。拉塞爾夫人覺得萬分遺憾，沃爾特爵士父女居然採取了這樣的措施，眞叫她感到驚訝、悲傷和擔憂。克萊夫人如此被重用，而安妮卻一點也不受器重，這是對安妮的公然蔑視，怎能不叫人大爲惱怒！

安妮本人對這種蔑視早已無動於衷了，但她還是像拉塞爾夫人一樣敏銳地感到，這樣的安排有些輕率。她憑著自己大量的暗中觀察，憑著她對父親性格的了解（她經常希望自己了解得少一點），可以感覺到：她父親同克萊夫人的密切關係，很可能給他的家庭帶來極其嚴重的後果。她並不認爲她父親現在已經產生了那種念頭。克萊夫人一臉雀斑，長著一顆大暴牙，有隻手腕不靈活，爲此她父親一直在背後挖苦她。然而她畢竟年輕，當然也很漂亮，再加上頭腦機靈，舉止一味討人喜歡，使她更加富有魅力。這種魅力比起純粹容貌上的魅力來，不知道要危險多少倍。安妮深深感到這種魅力的危險性，義不容辭地也要讓她姊姊對此有所察覺。她不大可能成功，不過一旦發生這種不幸，伊麗莎白要比她更加令人可憐，她想必決沒有理由指責她事先沒有告誡過她。

安妮啓口了，可似乎只招來了不是。伊麗莎白無法設想她怎麼會發生如此荒謬的猜疑，她擔保他們雙方都是無可指責的，她了解他們的關係。

「克萊夫人，」她激動地說：「從來沒有忘記自己的身分。我對她的觀察比妳透徹得多。我可以告訴妳，在婚姻這個問題上，她的觀點是十分正確的。克萊夫人比大多數人都更強烈地指責門不當戶不對。至於說到父親，他爲了我們一直鰥居，我的確想像不到現在居然要去懷疑他。假若克萊夫人是個美貌不凡的女人，我承認我也許不該老是拉著她。我敢說，無論在什麼情況下，父親一旦受到誘惑，娶了位有辱門庭的女人，他便要陷入不幸。不過，可憐的克萊夫人儘管有不少優點，卻決不能被視爲長得很漂亮。我的確認爲，可憐的克萊夫人待在這裡是萬無一失的。人們可能會設想妳從未聽見父親說起她相貌上的缺陷，不過我敢肯定妳都聽過五十次了。她的那顆牙齒，那臉雀斑。我不像父親那樣討厭雀斑。我認爲一個人，臉上有幾個雀斑，其實是無傷大雅的，可她卻令人討厭得不得了。」

「人不管相貌上有什麼缺陷，」安妮回道：「只要舉止可愛，總會叫妳漸漸產生一些好感的。」

「我卻大不以爲然，」伊麗莎白簡慢地答道：「可愛的舉止可以襯托出漂亮的臉蛋，但是決不能改變難看的面孔。不過，無論如何，在這個問題上最擔風險的是我，而不是別的什麼人，我看妳大可不必來開導我！」

安妮完成了任務。她很高興事情結束了，而且並不認爲自己完全一無所獲。伊麗莎白雖然對她的猜疑忿忿不滿，但也許會因此而留心些。

那輛駟馬車的最後一趟差事，是把沃爾特爵士、艾略特小姐和克萊夫人拉到巴斯。這幫人興高采烈地出發了。沃爾特爵士做好了思想準備，要紆尊降貴地向那些可能得到風聲出來迎送他們的寒酸房客和村民打躬致意。而在這同時，安妮卻帶著幾分淒楚的心情，悄悄向凱林奇鄉舍走去，她要在那裡度過第一個星期。

她朋友的情緒並不比她的好。拉塞爾夫人眼見著這個家庭的衰落，心裡感到極爲難過。她就像珍惜自己的體面那樣珍惜他們的體面，珍惜同他們已經形成慣例的一天一次交往。一看見那空空蕩蕩的庭園，她就感到痛心，而更糟糕的是，這庭園即將落到陌生人手裡。爲了逃避村子變遷後引起的寂寞感和憂鬱感，爲了能在克羅夫特夫婦剛到達時躲得遠遠的，她決定等安妮要離開她時自己也離家而去。因此，她們一道出發了，到了拉塞爾夫人旅程的頭一站，安妮便在厄潑克勞斯農舍下了車。

厄潑克勞斯是個不大不小的村子，就在幾年前，還完全保持著英格蘭的古老風格，村上只有兩座房子看上去勝過自耕農和雇農的住宅。那座地主莊園高牆大門，古樹參天，氣派豪華，古色古香，有條不紊的花園裡，坐落著緊湊整潔的牧師公館，窗戶周圍爬滿了藤蔓和梨樹枝。但是年輕的紳士一成家，便以農場住宅的格式做了修繕，改建成農舍供他自己居住。於是，這幢設有遊廊、落地長窗和其他漂亮裝飾的厄潑克勞斯農舍，便和大約四分之一英里以外的更協調、更雄偉的大宅一樣能夠引起行人的注目。

安妮以前經常在這裡盤桓。她熟悉厄潑克勞斯這個地方，就像熟悉凱林奇一樣。他們兩家人本來一直不停地見面，養成了隨時隨刻你來我往的習慣；現在見到瑪麗孤單單的一個人，安妮不禁大吃一驚。不過，在孤零零一個人的情況下，她身上不爽、精神不振乃是理所當然的事情？雖然她比她姊姊富有，但她卻不具備安妮的見識和脾氣。她在身體健康，精神愉快，有人妥當照顧的時候，倒能興致勃勃，眉開眼笑的。可是一有點小災小病，便頓時垂頭喪氣。她沒有忍受孤單生活的本領。她在很大程度上繼承了艾略特家族的妄自尊大，很喜歡在一切煩惱之外，再加上自以爲受冷落、受虐待的煩惱。從外貌上看，她比不上兩個姊姊，即使在青春妙齡時期，充其量也不過是被人們譽爲「好看」而已。眼下，她待在漂亮的小客廳裡，正躺在那褪了色的長沙發上。經過四個春秋和兩個孩子的折騰，屋裡一度十分精緻的家具逐漸變得破敗起來。

瑪麗一見安妮走進屋，便向她表示歡迎：「哦，妳終於來了！我還以爲永遠見不到妳呢！我病得幾乎連話都不能說了。整個上午沒見到一個人！」

「見妳身體不好，我很難過，」安妮回答說：「妳星期四寄來的信裡，還把自己說得好好的。」

「是的，我盡量往好裡說。我總是如此。可我當時身體實在一點也不好。我想我生平從來沒有像今天早晨病得這麼厲害，當然不宜讓我一個人待著啦！假使我突然病得不行了，鈴也不能拉，那可怎麼辦？拉塞爾夫人連車都不肯下。我想她今年夏天來我們家還不到三次呢！」

安妮說了些合乎時宜的話，並且問起她丈夫的情況。

「唉！查爾斯出去打獵了。我從七點鐘起一直沒見過他的面。我告訴他我病得很厲害，可他一定要走。他說他不會在外面待得很久，可他始終沒有回來，現在都快一點鐘了。對妳說實話吧！整整一個多上午我就沒見過一個人。」

「小傢伙一直和妳在一起吧？」

「是的，假使我能忍受他們吵吵鬧鬧的話。可惜他們已經管束不住了，對我只有壞處沒有好處。小查爾斯一句話也不聽我的，沃爾特也變得同他一樣壞。」

「唔，妳馬上就會好起來的，」安妮高興地答道：「妳知道，我每次來都能治好妳的病。你們大宅裡的鄰居怎麼樣啦？」

「我無法向妳介紹他們的情況。我今天沒見過他們一個人，當然，除了默斯格羅夫先生，他也只是停在窗外跟我說了幾句話，並沒有下馬。雖然我對他說我病得很厲害，但他們一個也不肯接近來幫我。我想，兩位默斯格羅夫小姐又恰恰沒有這個心思，她們是決不會給自己增添麻煩的。」

「也許不等上午結束，妳還會見到她們的。時間還早。」

「實話對妳說吧！我絕不想見到她們。她們總是說說笑笑的，叫我無法忍受。唉！安妮我身體這麼壞！妳星期四沒來，眞不體諒人。」

「我親愛的瑪麗，妳回想一下，妳在寄給我的信裡把自己寫得多麼舒適愜意！妳用極端輕快的筆調，告訴我妳安然無恙，不急於讓我來；既然情況如此，妳一定明白我很想同拉塞爾夫人一起待到最後。除了為她著想之外，我還確實很忙，有許多事情要做，因此很不方便，不能早點離開凱林奇。」

「天哪！妳還能有什麼事情要做？」

「告訴你吧，事情可多啦，多得我一時都想不起來了。不過我可以告訴你一些。我在給父親的圖書、圖畫複製一份目錄。我陪麥肯齊去了幾趟花園，想搞清楚並且讓麥肯齊也搞清楚：伊麗莎白的哪些花草是準備送給拉塞爾夫人的。我還有自己的一些瑣事需要安排，一些圖書和琴譜需要分門別類地清理，再加上要收拾自己的箱子，因為我實在搞不清楚馬車準備什麼時刻出發。我還有一件尷尬的事情要辦：幾乎跑遍教區的各家各戶，算是告別吧！我聽說他們有這個希望。這些事情花了我好多時間。」

瑪麗頓了片刻，然後說道：「哎呀！我們昨天到普爾家吃的晚飯，對此妳還隻字沒問過我呢！」

「這麼說妳去啦？我之所以沒有問妳，是因為我斷定妳準因病放棄了。」

「哦，哪裡！我去啦！我昨天身體挺好，直到今天早晨，我一直安然無恙。我要是不去，豈不成了咄咄怪事。」

「我很高興妳當時情況良好，希望你們舉行了個愉快的晚宴。」

「不過如此。妳總是事先就知道宴席上吃什麼，什麼人參加，而且自己沒有馬車，那可太不舒服啦！默斯格羅夫夫婦帶我去的，眞擠死人啦！他們兩個塊頭那麼大，占去那麼多地方。默斯格羅夫先生總是坐在前面，這樣一來我就跟亨麗埃塔和路易莎擠在後座上。我想，我今天的病八成就是這麼引起的。」

安妮繼續耐著性子，強露著笑顏，幾乎把瑪麗的病給治好了，過了不久，她就可以挺直身子坐在沙發上，並且希望吃晚飯的時候能離開沙發。隨即，她又把這話拋到了腦後，走到屋子對面，擺弄起了花束。接著，她吃了些冷肉，以後又沒事兒似地建議出去散散步。

兩人準備好以後，她又說：「我們到哪兒去呢？我想妳不會願意趕在大宅裡的人來看望妳之前，先去拜訪他們吧？」

「這我絲毫沒有什麼不願意的，」安妮答道：「對於默斯格羅夫太太和兩位默斯格羅夫小姐那樣的熟人，我決不會在禮儀上斤斤計較。」

「唔！他們應該盡早地來看望妳。妳是我的姊姊，他們應該懂得對妳的禮貌。不過，我們還是去和他們坐一會兒吧！坐完之後再去盡興地散我們的步。」

安妮一向認爲這種交往方式過於冒失。不過她又不想加以阻止，因爲她覺得，雖說兩家總是話不投機，可是免不了要你來我往的。因此，她們走到大宅，在客廳裡坐了足足半個小時。那是間老式的方形客廳，地上鋪著一塊小地毯，地板閃閃發亮，住在家裡的兩位小姐在四面八方擺設了大鋼琴、豎琴、花架和小桌子，使整個客廳漸漸呈現出一派混亂景象。噢！但願護壁板上的眞跡畫像能顯顯神通，讓身著棕色天鵝絨的紳士和身穿藍色綢緞的淑女能看到這些情形，覺察到有人竟然如此地不要秩序，不要整潔！畫像本身似乎在驚訝地凝視著。

默斯格羅夫一家人和他們的房屋一樣，正處於變化之中，也許是向好的方面變吧！兩位做父母的保持著英格蘭的舊風度，幾位年輕人都染上了新派頭。默斯格羅夫夫婦是一對大好人，殷勤好客，沒受過多少教育，絲毫也不高雅。他們子女的思想舉止倒還時髦一些。原來他們家裡子女衆多，可是除了查爾斯之外，只有兩個長大成人，一位是二十歲的亨麗埃塔小姐，一位是十九歲的路易莎小姐，她們在埃克塞特念過書，學到了該學的東西，如今就像數以千計的大家閨秀一樣，活著就是爲了趕趕時髦，圖個幸福與快樂。她們穿戴華麗，面孔俊俏，興致勃勃，舉止大方，在家裡深受器重，到外面受人寵愛。

安妮總是把她們視爲她所結識的朋友中最爲幸福的兩個尤物。然而，正像我們大家都有一種愜意的優越感，以致誰都不願與人對調，安妮也不想放棄自己那更優雅、更有教養的心靈，而去換取她們的所有樂趣。她只羨慕她們表面上能相互諒解，相互疼愛，和顏悅色，十分融洽，而她和自己的姊妹卻很少能有這樣的感情。

她們受到了非常熱情的接待。大宅一家人禮節周到；安妮心裡清楚，她們在這方面一般是無可指責的。大夥愉快地交談著，半個鐘頭一晃就過去了。最後，經瑪麗特意邀請，兩位默斯格羅夫小姐也加入了散步的行列，對此，安妮絲毫也不感到驚奇。

第六章

安妮並不需要通過這次來訪厄潑克勞斯，便能體會到：從一夥人來到另一夥人中間，雖說只有三英里之隔，卻往往包含著談吐、見解和觀念上的全面改變。她以前每次來到這裡，對此都深有感觸，真希望艾略特府上的其他成員能有她這樣的緣分，親眼看看在凱林奇大廈看來是衆所皆知、影響巨大的事情，在這裡如何無聲無息，無人問津。

然而，經過這次訪問，她覺得自己應該老老實實地認識到，她必須吸取另外一個教訓：人一走出自己的圈子，要對自己的無足輕重有個自知之明；因爲她雖說人是來了，卻在專心地想著凱林奇兩家人思考了幾個星期的那樁事，當然也就期待會引起親戚朋友的好奇與同情，誰想默斯格羅夫夫婦卻先後說出了如此雷同的話：「安妮小姐，這麼說沃爾特爵士和妳姊姊已經走了。妳看他們會在巴斯什麼地方住下來？」說罷也並不期待安妮回答。兩位小姐補充說：「希望今冬咱們也去巴斯。不過你要記住，爸爸，我們要是眞去的話，必須待在個好地方，別再讓我們去你的皇后廣場啦！」這時，瑪麗焦灼不安地補充道：「聽我說吧，等你們都去巴斯尋歡作樂的時侯，我肯定會大享清福的！」

安妮只能橫下決心，將來不要這麼自欺欺人，並且懷著更加深切的感激之情，慶幸自己能有一個像拉塞爾夫人那樣眞正富有同情心的朋友。

默斯格羅夫父子倆要護獵、狩獵、養馬、餵狗、看報；女眷們則讓其他通常的家務事忙得不可開交，什麼管理家務呀，與鄰居來往呀，添置服裝呀，跳舞唱歌等等。她承認，每一個社會小團體都有權決定自己的談話內容。她希望，不久就能成爲她現在加入的這個小團體的一個合格的成員。她預期要在厄潑克勞斯至少待兩個月，因此她理所當然地應該使自己的想像、記憶和種種念頭，盡可能地不要脫離厄潑克勞斯。

她並不擔心這兩個月。瑪麗不像伊麗莎白那樣令人反感，那樣沒有姊妹情，也不像伊麗莎白那樣全然不聽她的話。農舍裡的其他成員也沒有任何令人不快的地方。她同妹夫一向很要好。兩個孩子對她幾乎像對母親一樣喜愛，但卻比對母親尊敬得多，他們給她帶來了興趣和樂趣，使她有了用武之地。

查爾斯．默斯格羅夫爲人謙和客氣。他在理智與性情上無疑勝過他的妻子，但他缺乏才幹，不善辭令，沒有風度，回想起過去（因爲他們過去有過聯繫），不會產生任何危險。不過，安妮和拉塞爾夫人都這樣認爲：他若是娶個更加匹配的妻子，或許會有很大的長進；若是有個眞正有見識的女人，他的身分或許會變得更加舉足輕重一些，他的行爲和愛好也許會變得更有價值，更有理智，更加雅緻。其實，他除了遊樂活動之外，幹什麼都不熱中，時光都白白浪費掉了，也不看點書，或是幹點別的有益的事情。他是個樂呵呵的人，從來不受妻子情緒時高時低的影響，瑪麗再不講道理，他都能忍耐，有時眞讓安妮感到欽佩。總的來說，雖然他們經常有點小的爭執（由於受到雙方的懇求，她自己有時也身不由己地給捲了進去），他們還是可以被看作幸福的一對。他們在要錢這一點上總是十分合拍，很想從他父親那裡撈到一份厚禮。不過像在大多數問題上一樣，查爾斯在這個問題上也占了上風。當瑪麗把他父親不送禮視爲一大恥辱時，他總是替父親分辨，說他的錢還有許多其他用場，他有權愛怎麼花就怎麼花。

至於說到管教孩子，他的理論比他妻子的高明得多，而且他的做法也不賴。安妮經常聽他說：「要不是瑪麗從中干預，我會把孩子管得服服帖帖的。」安妮也十分相信他這話。反過來，她又聽瑪麗責怪說：「查爾斯把孩子慣壞了，我都管教不住了。」她聽了這話從來不想說聲「的確如此」。

她住在這裡最不愉快的一件事情，就是他們各方對她太傾心相訴，兩房的牢騷話她聽得太多。大家都知道她對她妹妹有些辦法，便一再不切實地請求她，至少是暗示她施加點影響。「我希望妳能勸勸瑪麗，不要總是想像自己身體不舒服。」這是查爾斯的話。於是，瑪麗便悻悻地說說道：「我相信，查爾斯即使眼看著我快死了，也會認爲我沒有什麼大病。當然啦！安妮，妳要是肯幫忙的話，就請妳告訴他，我的確病得很厲害——比我說的厲害要來得有說服力。」

瑪麗宣稱：「雖然做奶奶的總想見見孫子，我可不願意把孩子送到大宅，因爲她對他們過於嬌慣，過於遷就，給他們吃那麼多零食、甜食，以至孩子們回來後，這後半天準是又吐又鬧。」等默斯格羅夫太太一得到機會單獨和安妮待在一起，她便會乘機說道：「哦！安妮小姐，要是查爾斯夫人對那些孩子多少有點妳的辦法，那就好啦！他們在妳面前個個都判若兩人！當然啦！總的來說，他們都給寵壞了！眞遺憾，妳不能幫妳妹妹學會管教孩子。這些孩子既漂亮又健康，跟誰比都不差，好可憐的小寶貝啊！這可不是我偏心眼。查爾斯夫人壓根兒不曉得如何管教孩子！天哪！他們有時候眞能煩人。實話對妳說吧！安妮小姐，這就使我不大願意在自己家裡見到他們，不然的話，我會多見見他們的。我想，查爾斯夫人見我不常請他們來，一定不太高興。不過妳知道，跟那些妳隨時都得阻阻擋擋的孩子在一起，可眞夠令人討厭的。什麼『別做這個』啦，『別於那個』啦。妳要是想讓他們老實些，只能多給他們吃點糕點，儘管這對他們沒有好處。」

另外，她還聽見瑪麗這樣說：「默斯格羅夫太太認爲自己的傭人都很踏實可靠，誰要是對此有所懷疑，便是大逆不道。但是我可以毫不誇張地說，她的上房女僕和洗衣女工壓根兒不幹活，一天到晚在村裡閑逛。我走到哪裡就在哪裡碰見她們。我敢說，我每去兩次保育室就能見到她們一次。假如杰米瑪❶不是世界上最踏實可靠的傭人，那就準會讓她們給帶壞了；她告訴我說，她們總是誘惑她和她們一起散步。」而到了默斯格羅夫太太嘴裡，話卻是這樣說的：「我給自己定下了一條規矩，決不干涉兒媳的任何事情，因爲我知道這使不得。

---

❶ 瑪麗的保母。

不過，安妮小姐，妳或許能幫助解決些問題，所以我要告訴妳，我對查爾斯夫人的保母沒有好感。我聽到她的一些怪事，她總是出去尋歡作樂。就我所知，我敢說她是個講究穿戴的女人，任何傭人接近她都會被帶壞。我知道，查爾斯夫人極其信任她。我只是提醒妳一下，好讓妳留心注意。妳要是有什麼看不慣的，要敢於提出來。」

瑪麗還抱怨說，大宅裡請人家吃飯的時侯，默斯格羅夫太太連她應該享有的優先權都不給她。她不知道他們爲什麼待她如此隨隨便便，致使她有失自己的地位。一天，安妮正在和兩位默斯格羅夫小姐散步，她們其中的一位談起了地位、有地位的人和人們對地位的嫉妒，她說：「我可以毫無顧忌地對妳說，有的人眞夠荒唐的，死抱住自己的地位不放，因爲大家都知道妳對地位想得開，不計較。但是我希望有人能向瑪麗進一言，假如她不是那麼頑固不化，特別是不要總是盛氣凌人地搶母親的位置，那就好多了。誰也不懷疑她比母親有優先權❷，但是，她倘若不是那麼時刻堅持的話，倒會更得體一些。這並不是說母親對此有所計較，可我知道有許多人注意到了這個問題。」

安妮如何幫助解決這些問題呢？她充其量只能耐心地聽著，爲種種苦衷打打圓場，替雙方都開脫開脫。她暗示說大家挨得這麼近，相互間應該包涵一些才是，而且把送給她妹妹的暗示說得更加明白易懂。

---

❷ 瑪麗是從男爵的女兒，所以地位在其婆婆之上，在社交場合應該享有優先權。

從其他各方面來看，她的訪問開始得很順利，進行得也很順利。由於改變了住所和話題，搬到離凱林奇三英里遠的地方，她的情緒也隨之好轉、瑪麗朝夕有人作伴，病情有所減輕。她們同大宅一家人的日常交往，因爲農舍的人既沒有什麼眞摯的感情要流露，又沒有什麼貼心的話兒要傾訴，也沒有什麼事情要幹，反倒成了好事。當然，這種酬酢交往幾乎有點過分，因爲她們每天早上都要聚到一起，晚上幾乎從不分離。不過安妮覺得，假若不能在往常的地方，看到默斯格羅夫夫婦可敬的身影，假若聽不見他們的女兒談唱嘻笑的聲音，她們姊妹倆也不會過得這麼愉快。

她的鋼琴比兩位默斯格羅夫小姐彈得出色得多，但她嗓音不好，不會彈豎琴，也沒有慈愛的父母坐在旁邊自得其樂地聆聽著。她心裡很清楚，她的演奏並不受歡迎，只不過出於禮貌，或是給別人提提神罷了！她知道，當她彈琴的時候，只有她自己從中得到快樂。不過，這已經不是什麼新鮮感覺了。她自十四歲失去親愛的母親以來，生平除了一段很短的時間以外，從未感受過被人洗耳恭聽的幸福，從未受到過眞正的讚賞和鼓勵。在音樂這個天地裡，她歷來總是感到孤苦零丁的。默斯格羅夫夫婦只偏愛自己兩個女兒的演奏，對別人的演奏卻完全似聽非聽，這與其說使她爲自己感到羞辱，不如說使她爲默家小姐感到高興。

有時，大宅裡還要增加些別的客人。厄潑克勞斯地方不大，但是人人都來默府拜訪，因此默府舉行的宴會、接待的客人（應邀的和偶爾來訪的）比誰家的都多。他們眞是很受歡迎十分吃香。

默家小姐對跳舞如醉如狂，因此晚會末了偶爾會安排一個計畫外的小型舞會。離厄潑克勞斯不遠有一家表親，家境不怎麼富裕，全靠來默斯格羅夫家娛樂娛樂。他們隨時隨地都能來，幫助彈彈琴，跳跳舞，眞是無所不可。安妮寧肯擔任伴奏的任務也不願意幹那蹦蹦跳跳的事情，於是便整小時地爲大家彈奏鄉下圓舞曲。她的這種友好舉動總要博得默斯格羅夫夫婦的歡心，使他們比任何時候都更賞識她的音樂才能，而且經常受到這樣的恭維：「彈得眞好啊！安妮小姐！眞是好極啦！天哪！妳的那些小指頭動得多好啊！」

就這樣，前三個星期過去了，米迦勒節來臨了。現在，安妮心裡又該思戀凱林奇了。一個可愛的家讓給了別人。那些可愛的房間和家具，迷人的樹林和庭園景色，就要受到別人的觀賞，爲別人所利用、九月二十九日那天，安妮無法去想別的心思。到了晚上，瑪麗的一句話引起了她的共鳴。當時，瑪麗一有機會記起當天的日期，便驚訝地說道：「哎呀，克羅夫特夫婦不就是今天要來凱林奇嗎？好在我先前沒想起這件事。這事眞叫我傷心啊！」

克羅夫特年婦以不折不扣的海軍作風，雷厲風行地搬進了凱林奇大廈，而且等著客人光臨。瑪麗也有登門拜訪之必要，爲此她甚感懊惱。「誰也不曉得我心裡會有多麼難受。我要盡量往後推延。」可是她又心神不定，後來硬是勸說丈夫早早用車把她送了過去，回來時那副神氣活現、怡然自得的激動神情，簡直無法形容。

安妮沒有車不能去，爲此她感到由衷的高興。不過，她還是想見見克羅夫特夫婦，所以，當他們回訪的時候，她很高興自己就在屋裡。他們光臨了，可惜房主人不在家，只有這姊妹倆待在一起。說來也巧，克羅夫特夫人同安妮坐到了一塊兒，而海軍少將則坐在瑪麗旁邊，他欣然賞識起她的小傢伙，顯得非常和藹可親，而克羅夫特夫人卻很善於察覺人的相似之處，即使在容貌上發現不了，也能在聲音、或者情緒和表情的變化上補捉得到。

克羅夫特夫人雖說既不高也不胖，但她體態豐盈，亭亭玉立，富有活力，使她顯得十分精神。她的眼睛烏黑透亮，牙齒潔白整齊，臉上和顏悅色。不過，她在海上的時間幾乎和她丈夫一樣多，面孔曬得又紅又黑，這就使她看上去比她的實際年齡三十八歲還要大上幾歲。她舉止坦然、大方、果斷，不像是個缺乏自信的人，一舉一動都不含糊。然而她既不失之粗俗，又不缺乏風趣。但凡牽涉到凱林奇的事情，她總是十分照顧安妮的情緒，這眞使安妮爲之讚嘆，也使她感到高興，特別是在頭半分鐘裡，甚至就在介紹的當兒，她便滿意地發現，克羅夫特夫人沒有露出知情或是疑心的絲毫跡象，不可能產生任何形式的偏見。

在這一點上，安妮非常放心，因此充滿了力量和勇氣，直到後來克羅夫特夫人突然說了一句話，才使她一時間大爲震驚：「我發現，我弟弟待在這一帶的時候，榮幸地能結識了妳，而不是妳姊姊。」

安妮希望自己已經跨過了羞怯的年齡，但她肯定沒有跨過容易衝動的年齡。

「妳也許還沒聽說他結婚了吧？」克羅特夫人接著說道。

現在，安妮可以該怎麼回答就怎麼回答啦！原來，當克羅夫特夫人接下來的話，說明她在談論溫特沃思先生時，安妮高興地感到，她所說的每一句話對她的兩個弟弟都適用。她當即認識到，克羅夫特夫人心裡想的、嘴裡說的很可能是愛德華，而不是弗雷德里克。她爲自己的健忘而感到羞愧，便帶著相宜的興趣，傾聽克羅夫特夫人介紹她們那位過去的鄰居的目前情況。

餘下的時間平平靜靜地過去了。最後，正當客人起身要告辭的時候，她聽見海軍少將對瑪麗說：「我們正在期待克羅夫特夫人的一位弟弟，他不久要來此地。妳想必聽說過他的名字吧？」

他的話頭被兩個孩子打斷了，他們一擁而上，像老朋友似地纏住他，揚言不讓他走。他的注意力完全被他們的種種建議吸引住了，什麼要他把他們裝進上衣口袋裡帶走呀，不一而足，鬧得他無暇把話說完，甚至也記不起自己說到哪兒了。於是，安妮只能盡量使自己相信：他說的一定還是那同一個弟弟。不過，她還沒達到十拿九穩的地步，急切地想打聽一下克羅夫特夫婦有沒有在大宅裡說起這件事，因爲他們是先去那裡走訪的。

當天晚上，大宅一家人要來農舍做客。因爲眼下時令太晚，此類拜訪不宜徒步進行，主人們便等著聽馬車的聲音。恰在這時，默府二小姐走了進來。衆人見此情景，都先產生了一個絕望的念頭，認爲她是來道歉的，這一晚上他們只好自己消磨啦！瑪麗已經做好了忍受屈辱的充分準備不想路易莎令人釋然地說道，只有她一個人是走來的，爲的是給豎琴讓地方，因爲豎琴也裝在車子裡拉來了。

「我要告訴你們我們爲什麼要這樣做，」她補充說道：「源源本本地告訴你們。我過來告訴你們一聲，我爸爸媽媽今晚情緒不好，特別是我媽媽。她在苦苦思念可憐的理查德！我們大家一致認爲，最好帶上豎琴，因爲豎琴似乎比鋼琴更能使她開心。我要告訴你們她爲什麼情緒不好。克羅夫特夫婦上午來訪的時候（他們後來拜訪了這裡，是吧？），他們偶然提到，克羅特夫人的兄弟——溫特沃思海軍上校剛剛回到英國，或者是被休役了什麼的❸，眼下就要來看望他們。極爲不幸的是，他們走了之後，媽媽不由得想起，可憐的理查德一度有個艦長，就姓溫特沃思，或者與此很相似的一個姓。我不知道那是在什麼時候，什麼地方，不過遠在他在去世之前，可憐的傢伙！媽媽查了查他的書信遺物，發現確實如此，她百分之百地斷定，這就是那個人。她滿腦子都在想著這件事，想著可憐的理查德！所以，我們必須盡量高高興興的，以便不要老是想著如此傷心的事情。」

　　這段叫人心酸的家史的眞實情況是這樣的：默斯格羅夫夫婦不幸有個令人煩惱、無可救藥的兒子，但是幸運的是，他還不到二十歲便離開了人世。原來，他因爲秉性愚蠢，在岸上管束不住，便被送到海上。他始終得不到家人的關照，不過他也根本不配得到關照。他幾乎杳無音訊，也沒有人感到遺憾，誰想兩年前，噩耗傳到厄潑克勞斯，說他死在海外。

　　儘管他妹妹現在拚命地可憐他，把他稱作「可憐的理查德」，可在事實上，他一向只不

❸ 當時，英國海軍軍官在沒有參戰任務的情況下，常被「休役」回國，享受半薪待遇，直到再度應召參戰為止。

過是個愚笨、冷酷、無用的迪克・默斯格羅夫❹，因爲他沒有積下什麼德，可以使他有權享有比這簡稱更高的稱呼，無論是生前還是死後。

他在海上服了幾年役。在這期間，他像所有的海軍候補生一樣，特別是像那些每個艦長都不想要的海軍候補生一樣，總是被調來調去，其中包括在弗雷德里克・溫特沃思海軍上校的護衛艦拉科尼亞號上待了六個月。經過艦長的嚴格管教，他從拉科尼亞號上給父母親寫了兩封信，這是他整個離家期間他們收到的僅有的兩封信。也就是說，僅有的兩封不圖私利的信，其餘的幾封只不過是來要錢的。

他在兩封信中都稱讚了他的艦長。然而，他的父母向來不大注意這種事，對人名艦名壓根兒不留心，也不感興趣，所以當時沒有留下什麼印象。有時人會產生靈感，默斯格羅夫太太那天突然想起溫特沃思的名字，把它同她兒子掛上鉤，似乎就是一種異乎尋常的靈感。

她去看信，發現同她想像的一模一樣。雖然時間隔了很久，她兒子已經永遠離開了人世，他的過失已被人們淡忘，但是如今重讀這兩封信，卻使她極爲動情，眞比最初聽到噩耗時還悲痛萬分。默斯格羅夫先生同樣大動感情，只是程度上比不上他太太。他們來到農舍之後，起先顯然想要大夥傾聽他們重新絮叨這件事，後來又需要興高采烈的衆人對他們進行勸慰。

他們倆滔滔不絕地談論著溫特沃思海軍上校，一而再，再而三地重複著他的名字，對過

❹「迪克」是「理查德」的簡稱。

去的歲月感到困惑不解，最後斷定他或許、也可能就是他門從克利夫頓回來後，記得見過一、兩次的溫特沃思海軍上校——一個很好的年輕人——但是他們說不上究竟是七年前還是八年前。聽他們這麼說著，對安妮的的神經不啻是一種新的磨礪、不過她覺得，她必須使自己習慣於這種磨礪。既然溫特沃思眞的要來鄉下，她必須告誡自己在這種問題上不要神經過敏。現在看來，問題不僅僅是溫特沃思很快要來，而且默斯格羅夫夫婦由於十分感激他對可憐的迪克的好意關照，十分尊重他的人格（迪克受到他六個月的關照，曾用熱烈而夾有錯別字的言詞稱讚他是個「帥氣的好小伙子，只是對教練太苛刻」，這些都足以顯示出他的人格），便專心地在想，當他們一聽說他的到來，就向他自我介紹，與他交個朋友。

兩人打定這樣的主意，不覺給他們的晚會帶來了慰藉。

第七章

又過了沒幾天，人們都知道溫特沃思海軍上校來到了凱林奇。默斯格羅夫先生去拜訪過他，回來後對他讚不絕口。他同克羅夫特夫婦約定，下週末來厄潑克勞斯吃飯。使默斯格羅夫先生大為失望的是，他不能定個更早的日子。他實在有點迫不及待了，想盡早把溫特沃思海軍上校請到自己府上，用酒窖裡最濃烈、最上等的好酒款待他，藉以表達自己的感激之情。但是他還得等待一個星期。可在安妮看來，卻僅僅只有一個星期，一個星期過後，他們想必就要見面啦！她馬上又興起了這樣的願望：哪怕能有一個星期的保險期也好。

溫特沃思海軍上校早早地回訪了默斯格羅夫先生，而在那半個鐘頭裡，安妮也險些同時邁進默府。實際上，她和瑪麗正動身朝大宅走去，正如她後來所知，她們不可避免地要見到他啦！不料恰在這時，瑪麗的長子由於嚴重摔傷被抱回了家，正好拖住了她倆。見到孩子處於這般情景，兩人便完全打消了去大宅的念頭。不過，安妮一聽說自己逃避了這次會面，又不能不感到慶幸，即使後來為孩子擔驚受怕的時候，也是如此。

姊妹倆發現，孩子的鎖骨脫位了。孩子背上受了這麼重的傷，怎麼能不引起一些萬分驚恐的念頭！那是個令人憂傷的下午，安妮當即忙碌起來：派這個去喊醫生，吩咐那個趕上去通知孩子的父親，勸慰那做母親的不要過於悲痛，管束所有的傭人，打發走老二，關照撫慰那可憐的受難者。除了這些之外，她又想起大宅的人還不知道，便連忙派人去通知，不想引來一夥的人，幫不了忙不說，還大驚小怪地問個不停。

首先使安妮感到欣慰的是，她妹夫回來了。他可以好好地照料妻子。第二個福音則是醫生的到來。直至他來檢查了孩子之前，大家因爲不明瞭孩子的病情，一個個都嚇得要命。他們猜想傷勢很重，可又不曉得傷在哪裡。現在可好，鎖骨這麼快就給復位了，儘管羅賓遜先生摸了又摸，揉了又揉，看上去非常嚴肅，同孩子的父親和姨媽說起話來聲音很低，大家還是充滿了希望，可以放心地分手去吃晚飯。就在大家分手之前？兩個小姑姑竟然拋開了侄子的病情，報告了溫特沃思海軍上校來訪的消息。她們等父母親走後又逗留了五分鐘，盡力說明她們如何喜愛他，他有多麼漂亮，多麼和藹可親，她們覺得自己的男朋友中沒有一個比得上他的，即使過去最喜歡的男朋友也遠遠比不上他。她們聽見爸爸請他留下來吃飯，心裡大爲高興。不料他說實在無能爲力，她們又不勝遺憾。後來經不住爸爸媽媽懇切邀請，他答應第二天再來和他們共進晚餐——實際上就是明日，她們又感到高興至極。他答應的時候態度那麼和悅，好像他感到了他們殷勤相待的全部動機，當然他照理也應該感到。總而言之，他的整個神態，他的一言一語是那樣的溫文爾雅，她們可以向大家保證：她們兩人都讓他給沖昏了頭腦。她們說罷扭身就走，心裡充滿了鍾情，也充滿了喜悅。顯然，她們一味想著溫特沃思海軍上校，並沒把小查爾斯放在心上。

黃昏的時候，兩位小姐伴隨父親過來探問，又把那個故事和她們大喜若狂的心情重新述說了一番。默斯格羅夫先生不再像先前那樣對他的繼承人感到憂慮不安，他現在可以肯定他，甚至稱讚幾句。他認爲現在沒有理由推辭對溫特沃思海軍上校的宴請，只是覺得很遺憾，農舍一家人可能不願丟下那小傢伙來參加他們的宴會。孩子的父母親剛才還驚恐萬狀的，豈能忍心撇下孩子：「哦！不，決不能丟下那小傢伙！」安妮一想到自己可以逃脫赴宴，感到十分高興，便情不自禁地在一旁跟著幫腔，強烈反對丟下小傢伙不管。

後來，查爾斯．默斯格羅夫還眞有點動心，只聽他說：「孩子的情況良好，我還眞想去結識一下溫特沃思海軍上校。也許我晚上可以去參加一會兒。我不想在那裡吃飯，不過我可以進去坐上半個鐘頭。」但是，他在這點上遭到了妻子的激烈反對，她說：「哦！不，查爾斯，我的確不能放你走。你只要想一想，要是出了什麼事兒可怎麼辦？」

孩子一夜安然無恙，第二天情況仍然良好。看來，要確定脊柱沒受損傷，還必須經過一段時間的觀察。不過，羅賓遜先生並沒有發現可以進一步引起驚恐的症候，因而，查爾斯．默斯格羅夫覺得沒有必要再守在家裡。孩子要躺在床上，有人陪著他逗趣，還要盡量保持安靜，可是一個做父親的能做些什麼呢？這完全是女人家的事情，他在家裡起不到任何作用，再把他關在屋裡豈不是荒唐至極。他父親很希望他見見溫特沃思海軍上校，既然沒有充足的反對理由，那他就應該去一趟。結果，當他打獵回來的時候，他毅然公開宣布：他準備馬上換裝，去大宅赴宴。

「孩子的情況好得不能再好了，」他說：「所以我剛才告訴父親說我要去，他認爲我做得很對。親愛的，有妳姊姊和妳在一起，我就毫無顧慮啦！妳自己不願意離開孩子，可妳瞧我又幫不上忙。要是有什麼情況，安妮會打發人去叫我的。」

做夫妻的一般都懂得什麼時候提出反對意見將是徒勞無益的。瑪麗從查爾斯的說話態度看得出來，他是打定主意非去不可的，就算強攔也攔不住。所以她一聲不吭，直到他走出屋去。可是，一旦只剩下安妮聽她說話……

「瞧，妳我又給撇下來，輪換著看守這可憐的小病人了。整個晚上不會有一個人來接近我們！我早就知道會有這個結果。我總是命該如此。一遇到不愉快的事情，男人們總要溜之大吉，查爾斯就像別的男人一樣壞。眞是冷酷無情！我認爲，他拋下他可憐的小傢伙自己跑了，眞是冷酷無情。他還說什麼他的情況良好呢！他怎麼曉得他的情況良好，他怎麼曉得半個鐘頭以後不會出現突然變化？我原來以爲他不至於會這麼冷酷無情。現在可好，他要去啦，去自我享樂，而我可憐巴巴的就因爲是做母親的，便只好關在家裡一動不准動。然而我敢說，我比任何人都不適於照料孩子。我是孩子的母親，這就是我的感情經受不住打擊的原因。我壓根兒經受不了。妳曾見到我昨天歇斯底里發作的情形。」

「可那僅僅是妳突然受驚的結果受到震驚的結果。妳不會歇斯底里再發作了。我想我們不會再有令人煩惱的事情了。我完全懂得羅賓遜先生的診斷，一點兒也不擔心。瑪麗，我的確無法對妳丈夫的行爲感到驚奇。看孩子不是男人的事，不是男人的本分。生病的孩子總是母親的寶貝：這種情況一般都是母親自己的感情造成的。」

「我希望我像別的母親一樣喜歡自己的孩子，可是我知道我在病室裡像查爾斯一樣無能為力，因為孩子病得可憐，我總不能老是責罵他、逗弄他吧！妳今天早晨看見了，我要是叫他安靜些，他卻非要踢來踢去不可。我的神經經受不了這樣的事情。」

「不過，妳一個晚上扔下這可憐的孩子，自己能安心嗎？」

「當然能。妳瞧他爸爸能，我幹嘛不能？杰米瑪是個細心人，她可以隨時派人向我們報告孩子的情況。我真希望查爾斯當初告訴他父親我們都去。對於小查爾斯，我現在並不比查爾斯更擔驚受怕。昨天可把我嚇壞了，不過今天的情況就大不一樣了。」

「唔，妳要是覺得時間不太晚，還來得及為自己另行通知，妳索性和妳丈夫一起去。把小查爾斯交給我照料。有我守著，默斯格羅夫夫婦不會見怪的。」

「妳這話當真嗎？」瑪麗眼睛一亮，大聲嚷了起來。「哎呀！這可是個好主意啊，真是好極了！的確，我還是去的好，因為我在家裡不起作用——對吧？那只會讓我心煩意亂。妳還沒有做母親的感情，留下來是再合適不過了。小查爾斯妳叫他幹啥，他對妳總是唯命是從。這比把他交給杰米瑪一個人好多了。哦！我當然要去啦。就像查爾斯一樣，我要是能去的話，當然應該去，因為他們都極想讓我結識一下溫特沃思海軍上校，而我知道妳又不介意一個人留在家裡。安妮，妳的想法真妙。我去告訴查爾斯，馬上做好準備。妳知道，要是出了什麼事兒，妳可以派人來喊我們，隨喊隨到。不過我敢擔保，不會出現讓妳擔驚受怕的事情。妳儘管相信，我假使對我的小寶貝不很放心的話，我也不會去的。」

轉瞬間，瑪麗便跑去敲丈夫化妝室的門。當安妮隨後跟到樓上的時候，正好趕上聽到他們的全部談話內容，只聽瑪麗帶著欣喜若狂的口氣，開門見山地說：

「查爾斯，我想和你一起去，因爲跟你一樣，我在家裡也幫不了忙。即使讓我一直關在家裡守著孩子，我也不能說服他去做他不願做的事情。安妮要留下，她同意留在家裡照料孩子。這是她自己提出來的，所以我要跟你一起去。這樣就好多了，因爲我自星期二以來，還沒去婆婆家吃過飯呢！」

「安妮眞好，」她丈夫答道：「我倒很樂意讓妳一起去。不過叫她一個人留在家裡，照料我們那生病的孩子，似乎太不近情理了。」

這時安妮就在近前，可以親自解釋。她的態度那樣誠懇，很快就把查爾斯說服了（因爲這種說服本身至少是令人愉快的）。他不再對她一個人留在家裡吃晚飯感到良心不安了，不過他仍然希望安妮晚上能同他們一起去，到那時孩子也許睡著了。他懇請安妮讓他來接她，不想她是無論如何也說不通。情況既然如此，夫妻倆不久便興高采烈地一起動身了，安妮見了也很高興。她希望他們去了能感到快樂，不管這種快樂說來有多麼令人莫名其妙。至於她自己，她被留在家裡也許比任何時候都感到欣慰。她知道孩子最需要她。在這種情況下，即便弗雷德里克．溫特沃思就在半英里地之外，正在盡力取悅他人，那與她又有什麼關係？

她倒很想知道他想不想見她。他也許無所謂，如果在這種情況下可以做到無所謂的話。

不是無所謂，就是不願意，一定如此。假使他還想重新見到她，他大可不必拖到今天。他會採取行動，去做她認爲自己若是處在他的地位早就該做的事情，因爲他原先唯一缺乏的是維持獨立生活的收入，後來時過境遷，他早就獲得了足夠的收入。

她妹夫妹妹回來以後，對他們新結識的朋友和整個訪問都很滿意。晚會上樂曲悠揚，歌聲嘹亮，大家有說有笑，一切都令人極其愉快。溫特沃思海軍上校風度迷人，既不羞怯，也不拘謹。大家似乎一見如故。他準備第二天早晨來和查爾斯一道去打獵。他要來吃早飯，但不在農舍裡吃，雖然查爾斯夫婦最初提出過這樣的建議。後來默斯格羅夫夫婦硬要他去大宅用餐，而他似乎考慮到農舍裡孩子有病，怕給查爾斯・默斯格羅夫夫人增添麻煩，於是，不知怎麼的（大家簡直不曉得是怎麼回事），最後決定由查爾斯到父親屋裡同他共進早餐。

安妮明白這其中的奧妙。他想避而不見她。她發現，他曾經以過去泛泛之交的身分，打聽過她的情況，似乎也承認她所承認的一些事實。他之所以要這樣做，或許也是出於同樣的動機，等到將來相遇時好迴避介紹。

農舍早晨的作息時間向來比大宅的要晚。第二天早晨，這種差別顯得格外大：瑪麗和安妮剛剛開始吃早飯，查爾斯便跑進來說，他們就要出發，他是來領獵犬的，他的兩個妹妹要跟著溫特沃思海軍上校一起來。他妹妹打算來看看瑪麗和孩子，溫特沃思海軍上校提出，若是沒有不便的話，他也進來坐幾分鐘，拜會一下女主人。雖然查爾斯擔保說孩子的情況並不那麼嚴重，不會引起什麼不便，可是溫特沃思海軍上校非要讓他先來打個招呼不可！

瑪麗受到這樣的禮遇，不由得十分得意，高高興興地準備迎接客人。不想安妮這時卻思緒萬千，其中最使她感到欣慰的是，事情很快就會結束。事情果眞很快結束了。查爾斯準備了兩分鐘，其他人便出現了，一個個來到了客廳。安妮的目光和溫特沃思海軍上校的目光勉強相遇了，兩人一個鞠了個躬，一個行了個屈膝禮。安妮聽到了他的聲音，他正在同瑪麗交談，說的話句句都很有分寸。他還同兩位默斯格羅夫小姐說了幾句，足以顯示出他們那無拘無束的關系。屋裡似乎滿滿當當的，賓主齊聚一堂，一片歡聲笑語，但是過了幾分鐘，這一切便都完結了。查爾斯在窗外打招呼，一切準備就緒，客人鞠了個躬就告辭而去。兩位默斯格羅夫小姐也告辭了，她們突然打定主意，要跟著兩位遊獵家走到村頭。屋裡清靜了，安妮可以吃完早飯啦！

「事情過去了！事情過去了！」她帶著緊張而感激的心情，一再對自己重複說道：「最糟糕的事情，已經過去了！」

瑪麗跟她說話，可她卻聽不進去。她見到他了。他們見了面啦！他們又一次來到同一間屋子裡。

然而，她馬上又開始開導自己，不要那麼多愁善感。自從他們斷絕關係以來，八年，幾乎八年過去了。時間隔了這麼久，激動不安的心情已經變成了陳跡，變成了模糊不清的概念，現在居然要重新激動起來，那是何等的荒謬！八年中什麼情況不會出現？各種各樣的事情，變化，疏遠，調動——這一切的一切都會發生，還要忘卻過去——這是多麼自然，多麼確定無疑！這八年幾乎構成了她生命的三分之一。

唉！她儘管這樣開導自己，卻還是發現：對於執著的感情來說，八年的時間可能還是無足輕重的。

再者，應該如何理解他的思想感情呢？像是想躲避她？轉念間，她又痛恨自己問出這樣的傻問題。

還有一個問題，也許任憑她再怎麼理智，他也無法避而不想，不過她在這上面的懸念很快便給統統打消了；因爲，當兩位默斯格羅夫小姐回來繼續完成對農舍的訪問時，瑪麗主動向她提供了這樣的情況：

「安妮，溫特沃思海軍上校雖說對我禮數周全，對妳卻不怎麼殷勤。亨麗埃塔和他們走出去以後問他妳有什麼看法，他說妳變得都讓他認不出來了。」

瑪麗感情貧乏，不可能像常人那樣敬重她姊姊的感情，不過她絲毫也沒想到，這會給安妮的感情帶來任何特別的傷害。

「變得他都認不出來了。」安妮羞愧不語，心裡完全認可了。情況無疑是這樣的，而且她也無法報復，因爲他沒有變，或者說沒有往差的地方變。她已經向自己承認了這一點，不能再有別的想法，讓他對她愛怎麼想就怎麼想吧！不，歲月雖然毀掉了她的青春與美貌，卻使他變得更加容光煥發，氣度不凡，落落大方，無論從哪個方面看，他身上的優點長處都是有增無減。她看到了依然如故的弗雷德里克·溫特沃思。

「變得都讓他認不出來了！」這句話不可能不嵌在她的腦海裡。然而，她馬上又爲自己聽到這句話而感到高興。這句話具有令人清醒的作用，可以消除激動不安的心情。它使安妮鎭靜下來，因而也準會使她感到更愉快。

弗雷德里克．溫特沃思說了這話，或者諸如此類的話，可他沒想到；這話會傳到安妮的耳朵裡。他覺得她變得太厲害了，所以，當別人一問到他，他便把自己的感覺如實地說了出來。他並沒有寬恕安妮．艾略特。她欺侮了他，拋棄了他，使他大失所望。更糟糕的是，她這樣做還顯出了她性格的懦弱，這同他自己那果決、自信的性情是格格不入的。她是聽了別人的話才拋棄他的。那是別人極力勸導的結果，也是她自己懦弱膽怯的表現。

他對她曾一度情意綿綿，後來見到的女子，他覺得沒有一個及得上她的。不過，他除了某種天生的好奇心之外，並不想再見到她。她對他的那股魅力已經永遠消失了。他現在的目標是要娶位太太。他腰包裡有了錢，又給轉到了岸上，滿心打算一見到合適的女子，就立即成家。實際上，他已經在四處物色了，準備憑藉他那清楚的頭腦和靈敏的審美力，以最快的速度墜入情網。他對兩位默斯格羅夫小姐都有情意，就看她們能不能得手啦！總而言之，他對於他所遇到的動人姑娘，除了安妮．艾略特以外，都有情意。安妮是他回答他姊姊的提名時，秘密提出來的唯一例外。「是的，姊姊，我來這裡就是想締結一門荒誕的親事。從十五歲到三十歲之間的任何女人，只要願意，都可以做我的妻子。但凡有點姿色，有幾分笑容，對海軍能說幾句恭維話，那我就算是被俘虜了。我是個水兵，在女人當中沒有什麼交往，本來就不能挑肥揀瘦的，有了這樣的條件豈不足夠了？」

做姊姊的知道，他說這話是希望受到批駁。他那雙炯炯有神的眼睛表明，他深信自己是挑剔的，並爲此而感到洋洋得意。而且，當他一本正經地描述他想找個什麼樣的女人時，安妮．艾略特並沒有被他置諸腦後。「頭腦機靈，舉止溫柔」，構成了他所描述的全部內容。

「這就是我要娶的女人，」他說：「稍差一點我當然可以容忍，但是不能差得太多。如果說我傻，我倒還眞夠傻的，因爲我在這個問題上比多數人考慮得都多。」

第八章

從此以後，溫特沃思海軍上校和安妮・艾略特便經常出入同一社交場合。他們馬上就要一起到默斯格羅夫先生府上赴宴，因爲孩子的病情已不能再爲姨媽的缺席提供托詞；而這僅僅是其他宴會、聚會的開端。

過去的感情能不能恢復，這必須經過考驗。毫無疑問，雙方總要想起過去的日子，那是必然要回想的。談話需要談些細枝末節，他勢必會提到他們訂婚的年份。他的職業使他有資格這麼說，他的性情也導致他這麼說。「那是一八〇六年」或是說「那事發生在我出海前的一八〇六年」，他們在一起度過的頭一天晚上，他就說出了這樣的話。雖然他的聲音沒有顫抖，雖然安妮沒有理由認爲他說話的時候目光在朝她投視，但是安妮憑著自己對他思想的了解，覺得說他可以不像她自己那樣回想過去，那是完全不可能的。雖然安妮決不認爲雙方在忍受著同樣的痛苦，但他們肯定會馬上產生同樣的聯想。

他們在一起無話可說，只是出於最起碼的禮貌寒暄兩句。他們一度有那麼多話好說！現在卻無話可談！曾經有過一度，在如今聚集在厄潑克勞斯客廳的這一大幫人中，就數他倆最難以做到相互閉口不語。也許除了表面上看來恩愛彌篤的克羅夫特夫婦以外（安妮找不出別的例外，即使在新婚夫婦中也找不到），沒有哪兩個人能像他們那樣推心置腹，那樣情投意合，那樣和顏悅色。現在，他們竟然成了陌生人；不，比陌生人還不如，因爲他們永遠也無法再次交往了。這是永久的疏遠。

他說話的時候，她聽到了同樣的聲音，覺察出同樣的思想。賓主中間，大多數人對海軍的事情一無所知，因此大夥七嘴八舌地問了他許多問題，特別是兩位默斯格羅夫小姐，眼睛似乎別無他顧，一個勁兒地瞧著他。她們問起了他在艦上的生活方式，日常的規章制度，飲食和作息時間等等。聽著他的述說，得知人居然能把膳宿起居安排到這種地步，她們不禁大爲驚訝，於是又逗得他愜意地譏笑了幾句；這就使安妮想起了過去的日子，當時她也是一無所知，也受到過他的指摘，說她以爲水兵待在艦上沒有東西吃，即使有東西吃，也沒有廚師加工，沒有僕人侍奉，沒有刀叉可用。

她就這麼聽著想著，不料被默斯格羅夫太太打斷了。

原來，她實在悲痛難忍，情不自禁地悄聲說道：「唉！安妮小姐，要是上帝肯饒我那可憐的孩子一命，他現在肯定也會是這麼一個人！」

安妮忍住了笑，並且好心好意地又聽她傾吐了幾句心裡話。因此，有幾分鐘的工夫，她沒聽到衆人說了些什麼。等她的注意力又恢復正常以後，她發現兩位默斯格羅夫小姐找來了海軍名冊（這是她們自己的海軍名冊，也是厄潑克勞斯有史以來的頭一份），一道坐下來讀了起來，公開表示要找到溫特沃思海軍上校指揮過的艦隻。

「我記得你的第一艘軍艦是『阿斯普號』。我們找找『阿斯普號』。」

「它破敗不堪，早就不堪使用了，你們在那裡可找不到它。我是最後一個指揮它的，當時就幾乎不能服役了。據報告它還可以在本國海域服一、兩年役，於是我便被派到了西印度群島。」

兩位小姐聽了，大爲感到驚奇。

「英國海軍部還眞能尋開心，」他繼續說道：「不時地要派出幾百個人，乘著一艘不堪使用的軍艦出海。不過他們要供養的人太多了。在那數以千計的葬身海底也無妨的人們中，他們無法辨別究竟哪一夥人最不値得痛惜。」

「得了！得了！」海軍少將大聲嚷道：「這些年輕人在胡說些什麼！當時沒有比『阿斯普號』更好的艦艇啦！作爲舊艦，你還見不到一艘能比得上它的。能得到它算你運氣！要知道，當初有二十個比你強的人同時要求指揮它。就憑著你那點資格，能這麼快就撈到一艘軍艦，算你幸運。」

「海軍少將，我當然感到自己很幸運，」溫特沃思深軍上校帶著嚴肅的口吻答道：「我對自己的任職就像你希望的那樣心滿意足。我當時的頭等大事是出海。一個頭等重要的大事就是我想有點事情幹。」

「你當然啦！像你那樣的年輕小伙子幹麼要在岸上待足半年呢？一個人要是沒有妻室，他馬上就想再回到海上。」

「可是，溫特沃思海軍上校，」路易莎嚷道：「等你來到『阿斯普號』上一看，他們給了你這麼個舊傢伙，你該有多惱火啊！」

「早上在上艦那天之前，我就很了解它的底細，」他笑盈盈有答道：「我後來沒有多少新發現，就像你對一件舊外衣的款式和耐磨力不會有多少新發現一樣，因爲你記得曾看見這件長外衣，在你半數的朋友中被租來租去，最後在一個大雨天又租給了你自己。唔！它是我可愛的老『阿斯普號』。它實現了我的全部願望。我知道它會成全我的。我知道，要麼我們一起葬身海底，要麼它使我飛黃騰達。我指揮它出海的所有時間裡，連兩天的壞天氣都沒碰上。第二年秋天，我擄獲不少私漁船，覺得夠意思了，便起程回國，眞是福從天降，我遇到我夢寐以求的法國護衛艦。我把它帶進了普利茅斯。在這裡，我又碰到了一次運氣。我們在海裡還沒待到六小時突然刮起了一陣狂風，持續了四天四夜，要是可憐的老『阿斯普號』，還在海上的話，有這一半時間就會把它報銷掉；因爲我們同法國的聯繫並未使我們的情況得到很大的改善。再過二十四小時，我就會變成壯烈的溫特沃思海軍上校，在報紙的一個小角落占有那一麼一小塊。喪身在一條小小的艦艇上，誰也不會再想到我啦！」

安妮只是自己覺得在顫抖。不過兩位默斯格羅夫小姐倒可以做到既誠摯又坦率，情不自禁地發出了憐憫和驚恐的喊叫。

「這麼說來，」默斯格羅夫太太低聲說道，彷彿自言自語似的，「這麼說來，他被調到了『拉科尼亞號』上，在那裡遇見了我那可憐的孩子。查爾斯，我親愛的，」她招手讓查爾斯到她跟前。「快問問他，他最初是在哪裡遇見你那可憐的弟弟的，我總是記不住。」

「母親，我知道，是在直布羅陀。迪克因病留在直布羅陀，他先前的艦長給溫特沃思海軍上校寫了封介紹信。」

「唔！查爾斯，告訴溫特沃思海軍上校，叫他不用害怕在我面前提起可憐的迪克，因爲聽到這樣一位好朋友談起他，我反而會感到舒坦些。」

查爾斯考慮到事情的種種可能性，只是點了點頭，便走開了。

兩位小姐眼下正在查找『拉科尼亞號』。溫特沃思海軍上校豈能錯過機會，他爲了給她們省麻煩，興致勃勃地將那卷寶貴的海軍手冊拿到自己手裡，把有關『拉科尼亞號』的名稱、等級，以及當前暫不服役的一小段文字又朗讀了一遍，說它實在是人類有史以來的一個最好的朋友。

「啊！那是我在指揮『拉科尼亞號』時的一段愉快日子。我靠它賺錢賺得多快啊！我和我的一位朋友曾在西部群島附近做過一次愉快的巡航。就是可憐的哈維爾呀，姊姊！妳知道他是多麼缺錢，比我更甚。他有個妻子。多好的小伙子啊！我永遠忘不了他那個高興勁兒。他感到高興極了，爲他妻子而高興。第二年夏天，我在地中海同樣走運的時候，便又想念起他來了。」

「我敢說，先生，」默斯格羅夫太太說道：「你到那條艦上當艦長的那天，對我們可是個吉慶日子。我們永遠忘不了你的恩典。」

她因爲感情壓抑，話音很低。溫特沃思海軍上校只聽清了一部分，再加上他心裡可能壓根兒沒有想到迪克·默斯格羅夫，因此顯得有些茫然，似乎在等著她繼續往下說。

「我哥哥，」一位小姐說道：「媽媽想起了可憐的理查德。」

「可憐的好孩子！」默斯格羅夫太太繼續說道：「他受到你關照的時候，變得多踏實啊！信也寫得那麼好！唉！他要是始終不離開你，那該有多幸運呀！老實對你說吧，溫特沃思海軍上校，他離開你眞叫我感到遺憾！」

聽了這番話，溫特沃思海軍上校的臉上掠過了一種神情，只見他那炯炯有神的眼睛一瞥，漂亮的嘴巴一抿，安妮當即意識到：他並不想跟著默斯格羅夫太太對她的兒子表示良好的祝願，相反，倒可能是他想方設法把他搞走的。但是這種自得其樂的神情瞬息即逝，不像安妮那樣了解他的人根本察覺不到。轉眼間，他完全恢復了鎭定，露出很嚴肅的樣子，立即走安妮和默斯格羅夫太太就坐的長沙發跟前，在後者身旁坐了下來，同她低聲談起了她的兒子。他談得落落大方，言語中充滿了同情，表明他對那位做母親的那些眞摯而並非荒誕的感情，還是極爲關切的。

他同安妮實際上坐到了同一張沙發上，因爲默斯格羅夫太太十分爽快地給他讓了個地方，他們之間只隔著個默斯格羅夫太太。這的確是個不小的障礙。默斯格羅夫太太身材高大而勻稱，她天生只會顯示嘻嘻哈哈的興致，而不善於表露溫柔體貼的感情。安妮感到焦灼不安，只不過她那纖細的倩影和憂鬱的面孔可以說是被完全遮住了。應該稱讚的是溫特沃思海軍上校，他盡量克制自己，傾聽著默斯格羅夫太太為兒子的命運長吁短歎。其實，她這兒子活著的時候，誰也不把他放在心上。

當然，身材的高矮和內心的哀傷不一定構成比例。一個高大肥胖的人和世界上最纖巧玲瓏的人一樣，完全能夠陷入極度的痛苦之中。但是，無論公平與否，它們之間還存在著不恰當的關聯，這是理智所無法贊助的——是情趣所無法容忍的——也是要取笑於他人的。海軍少將想提提神，背著手在屋裡踱了兩三轉之後，他妻子提醒他要有規矩，他索性來到溫特沃思海軍上校跟前，也不注意是否打擾別人，心裡只管想著自己的心思，便開口說道：「弗雷德里克，去年春天你若是在里斯本多待上一個星期，就會有人委託你讓瑪麗·格里爾森夫人和她的女兒們搭乘你的艦艇。」

「真的嗎？那我倒要慶幸自己沒有多待一個星期！」

海軍少將責備他沒有禮貌。他為自己申辯，但同時又說他決不願意讓任何太太小姐來到他的艦上，除非是來參加舞會，或是來參觀，有幾個小時就夠了。

「不過，據我所知，」他說：「這不是由於我對她們缺乏禮貌，而是覺得你作出再大的努力，付出再大的代價，也不可能為女人提供應有的膳宿條件。海軍少將，把女人對個人舒適的要求看得高一些，這談不上對她們缺乏禮貌，我正是這樣做的。我不願意聽說女人待在艦上，不願看見她們待在艦上。如果不是萬不得已，我指揮的艦艇決不會把一家子太太小姐送到任何地方。」

這下子，他姊姊可就不饒他了。

「哦！弗雷德里克！我眞不敢相信你會說出這種話。全是無聊的故作優雅！女人待在船上可以像待在英國最好的房子裡一樣舒適。我認爲我在船上生活的時間不比大多數女人短，我知道軍艦上的膳宿條件是再優越不過了。實話說吧！我現在享受的舒適安逸條件，甚至包括在凱林奇大廈的舒適安逸條件，」她向安妮友好地點點頭，「還沒超過我在大多數軍艦上一直享有的條件。我總共在五艘軍艦上生活過。」

「這不能說明問題，」她的弟弟回答道：「妳是和妳丈夫生活在一起，是艦上唯一的女性啊！」

「可是你自己卻把哈維爾夫人、她妹妹、她表妹以及三個孩子從朴次茅斯帶到了普利茅斯。你這種無微不至的、異乎尋常的殷勤勁兒，又該如何解釋呢？」

「完全出自我的友情，索菲婭。如果我能辦得到的話，我願意幫助任何一位軍官弟兄的妻子。如果哈維爾需要的話，我願意把他的任何東西從天涯海角帶給他。不過，你別以爲我不覺得這樣做不好。」

「放心吧，她們都感到十分舒適。」

「也許我不會因此而喜歡她們。這麼一大幫女人孩子在艦上不可能感到舒適。」。

「親愛的弗雷德里克，你說得眞輕巧。我們是可憐的水兵的妻子，往往願意一個港口又一個港口地不停奔波，只爲跟隨著自己的丈夫。如果個個都抱著你這樣的思想，請問我們可怎麼辦？」

「妳瞧，我有這樣的思想可並沒有妨礙我把哈維爾夫人一家子帶到普利茅斯。」

「我討厭你說起話來像個高貴的紳士，彷彿女人都是高貴的淑女，一點也不通情達理似的。我們誰也不期待一生一世都萬事如意。」

「唔！親愛的，」海軍少將說道：「等他有了妻子，他就要變調子啦！等他娶了妻子，如果我們有幸能趕上另外一場戰爭，那我們就將發現他會像妳我以及其他許多人那樣做的。誰要是給他帶來了妻子，他也會感激不盡的。」

「啊，那還用說！」

「這下子我可完了，」溫特沃思海軍上校嚷道：「一旦結過婚的人攻擊我說：『哦！等你結婚你的想法就會大不相同了！』我只能說：『不，我的想法不會變。』接著他們又說：『會的，你會變的。』這樣一來，事情就完了。」

他立起身，走開了。

「你一定是個了不起的旅行家啊，夫人！」默斯格羅夫太太對克羅夫特夫人說道。

「差不多吧，太太，我結婚十五年來跑了不少地方。不過有許多女人比我跑的地方還多。我四次橫渡大西洋，去過一次東印度群島，然後再返回來，不過只有一次。此外還到過英國周圍的一些地方：科克、里斯本，以及直布羅陀。不過我從來沒有去過比直布羅陀海峽還要遠的地方，從來沒有去過西印度群島。你知道，我們並不把百慕達和巴哈馬稱作是西印度群島。」

默斯格羅夫太太沒有什麼好反駁的，因爲她自己有生以來也不曾到過這些地方。

「我實話對妳說吧，太太，」克羅夫特夫人接著說：「什麼地方也比不上軍艦上的生活條件。妳知道我說的是高級的軍艦。當然，妳要是來到一艘護衛艦上，妳就會覺得限制大一些。不過通情達理的女人在那上面還是會感到十分快活的。我可以萬無一失地這樣說：我生平最幸福的歲月是在軍艦上度過的。妳知道，我們在一起的時候什麼也不怕。謝天謝地！我的身體一直很健康，什麼氣候我都能適應。出海的頭二十四小時總會有點不舒服，可是後來就不知道什麼叫噁心啦！我只有一次眞正感到身上不舒服、心裡難受，只有一次覺得自己不舒服，或者說覺得有點危險——那就是我單獨在迪爾❶度過的那個冬天，那時候，克羅夫特海軍少將（當年他是海軍上校）正在北海。那陣子，我無時無刻不在擔驚受怕，由於不知道孤獨一人該怎麼辦才好，不知道何時才能收到他的信，各種各樣的病症，凡是妳能想像得到的，我幾乎都占全了。可是只要我們待在一起，我就從來不生病，從來沒有遇到一絲半點的不舒服。」

「啊！那還用說。哦，是的，的確如此！克羅夫特夫人，我完全贊成妳的觀點，」默斯格羅夫太太熱誠地答道：「沒有比夫妻分離更糟糕的事情了。我完全贊成妳的觀點。我知道

---

❶ 英格蘭東南部肯特郡的港口城市。

這個滋味，因爲默斯格羅夫先生總要參加郡司法會議；會議結束以後，他平平安安地回來了，我不知道有多高興。」

晚會的末了是跳舞。這個建議一提出，安妮便像往常一樣表示願意伴奏。她坐到鋼琴跟前雖說有時眼淚汪汪的，但她爲自己有事可做而感到極爲高興，她不希望得到什麼報償，只要沒有人注視她就行了。

這是一個歡快的晚會。看來，誰也不像溫特沃思海軍上校那樣興致勃勃。她覺得，他完全有理由感到振奮，因爲他受到了衆人的賞識和尊敬，尤其是受到了幾位年輕小姐的賞識。前面已經提到默斯格羅夫小姐有一家表親，這家的兩位海特小姐顯然都榮幸地愛上了他。至於說到亨麗埃塔和路易莎，她們兩人似乎都在一心一意地想著他，可以使人相信她們不是情敵的只有一個現象，即她們之間表面上仍然保持著極其親善的關係。假如他因爲受到如此廣泛、如此熱切的愛慕而變得有點翹尾巴，誰會感到奇怪呢？

這是安妮在思忖的部分念頭。她的手指機械地彈奏著，整整彈了半個鐘頭，既準確無誤，又渾然不覺。一次，她覺得他在盯視著她，也許是在觀察她那變了樣的容顏，試圖從中找出一度使他著迷的那張面孔的痕跡。還有一次，她知道他準是說起了她，這是她聽見別人的答話以後才意識到的。他肯定在問他的夥伴艾略特小姐是不是從不跳舞？回答是：「哦！是的，從來不跳。她已經完全放棄了跳舞。她願意彈琴，從來彈不膩。」一次，他還同她搭話。當時舞跳完了，她離開了鋼琴，溫特沃思海軍上校隨即坐了下來，想彈支曲子，讓兩位默斯格羅夫小姐聽聽。不料安妮無意中又回到了那個地方；溫特沃思看見了她，當即立起身，故作禮貌地說道：「請原諒，小姐，這是您的位置。」

雖說她果斷地拒絕了，連忙向後退了回去，可他卻沒有因此而再坐下來。

安妮不想再見到這樣的神氣，不想再聽到這樣的言語。他的冷漠斯文和故作優雅比什麼都叫她難受。

第九章

溫特沃思海軍上校來到凱林奇像回到了家裡，眞是願住多久就住多久，受到了姊姊和海軍少將充滿手足之情的友好接待。他剛到的時候還打算馬上就去希羅普郡，拜訪一下住在那裡的哥哥，誰想厄潑克勞斯對他的吸引力太大了，這事只好往後延一延。這裡的人們待他那麼友好，那麼恭維，一切都使他感到心醉神迷。年長者是那樣殷勤好客，年輕人是那樣和藹可親，他只好決定待在原地不走，稍晚一點再去領受愛德華夫人的嫵媚多姿和多才多藝。

過了不久，他幾乎天天跑到厄潑克勞斯。默斯格羅夫府上願意邀請，他更願意上門，特別是早上他在家裡無人作伴的時候；因爲克羅夫特夫婦通常要一道出門，去欣賞他們的新莊園、牧草和綿羊，以一個第三者不堪忍受的方式遊蕩一番，或是乘著他們最新添置的一輛輕便雙輪馬車兜兜風。

迄今爲止，默斯格羅夫一家及其親屬對溫特沃思海軍上校只有一個看法。這就是說，他隨時隨地都受到人們的交口稱譽。但是這種親密關係剛建立起不久，就又出現了個查爾斯·海特，他見到這個情況深感不安，覺得溫特沃思海軍上校嚴重妨礙了他。

查爾斯·海特是默斯格羅夫小姐的大表兄，也是個和悅可愛的青年。溫特沃思海軍上校到來之前，他似乎同亨麗埃塔有過深厚的感情。他身負聖職，在附近當副牧師，因爲不需要住宿，便住到他父親家裡，離厄潑克勞斯不過二英里。在這關鍵時刻，他外出了一段不長的時間，致使女友受不到他的殷勤關照，等他回來以後，痛苦地發現她完全改變了態度，同時還見到了溫特沃思海軍上校。

默斯格羅夫太太和海特太太是姊妹倆。她們本來都很有錢，但是出嫁以後，她們的社會地位發生了天壤之別。海特先生有點家產，可是同默斯格羅夫先生的家產比起來實在微不足道。默斯格羅夫家屬於鄉下的頭等人家，而海特家不好，做父母的地位低下，過著退隱粗俗的生活，幾個兄妹本身又受教育不足，若不是幸虧同厄潑克勞斯沾了點親，豈不成了等外人❶？當然，那位長子應該除外，因爲他喜歡做個學者、紳士，他的條養和舉止比其他幾個人強得多。

這兩家人的關係素來很好，一方不傲慢，另一方不嫉妒，只是兩位默斯格羅夫小姐有點優越感，因此她們很願意幫助表兄妹提高提高。查爾斯向亨麗埃塔獻殷勤一事早被她父母注意到了，不過他們沒有表示異議。「這門親事對她不十分匹配，不過只要亨麗埃塔喜歡他就行！」而亨麗埃塔看上去的確喜歡他。

溫特沃思海軍上校沒來之前，亨麗埃塔本人完全是這麼想的。誰想打那之後，查爾斯表

❶ 這是封建階級的等級觀念，所謂「等外人」係指還在自耕農之下。

兄便被忘了個一乾二淨。

兩位默斯格羅夫小姐中，溫特沃思海軍上校究竟更喜歡哪一位？據安妮觀察，這個問題尚難預料。也許亨麗埃塔長得更漂亮些，路易莎生性更活潑些。眼下，她不曉得哪種性情可能對他更有吸引力，是溫柔，還是活潑？

默斯格羅夫夫婦或者因爲見得太少，或者因爲絕對相信他們的倆個女兒以及接近她們的所有小伙子都能謹愼從事，似乎一切聽其自然。大宅裡見不到一絲擔心的跡象，也聽不到半句的閒言冷語。可是農舍裡情況就不同了。那對小夫妻就喜歡大驚小怪地猜來猜去。溫特沃思海軍上校同兩位默斯格羅夫小姐在一起還沒待上四、五次，查爾斯．海特不過剛剛再次出現，安妮便聽到妹妹妹夫談論起她們哪一位更受喜愛。查爾斯說是路易莎，瑪麗說是亨麗埃塔，不過雙方一致認爲：不管讓他娶哪一位，都會令人無比高興。

查爾斯說：「我生平從未見過比他更和悅的人。我有一次聽溫特沃思海軍上校親口說過，確信他在戰爭中發的財不小於兩萬鎊。一下子就發了這麼一大筆財。除此之外，將來再打起仗來，他還會有機會發財。我深信，溫特沃思海軍上校比海軍裡的哪個軍官都更出類拔萃。唔！這不論對我的哪個妹妹都將是一門極好的親事。」

「我擔保是這樣的，」瑪麗答道：「天哪！但願他能得到最高的榮譽！但願他能當上個從男爵！『溫特沃思爵士夫人』，聽上去多悅耳。對亨麗埃塔來說，這的確將是一門極好的親事！到時候她將取代我的位置，亨麗埃塔對此不會不喜歡的。弗雷德里克爵士和溫特沃思夫人！可是，這只不過是一個新加封的爵位，我對新加封的爵位從來就看不起。」

瑪麗之所以偏要認爲溫特沃思海軍上校看中了亨麗埃塔，完全是衝著查爾斯・海特來的。那傢伙想得倒美，她就是要看著他死了這條心。她頂瞧不起海特這家人，覺得他們兩家要是再結起親來，將是極大的不幸——對她和她的孩子都很不幸。

「你知道，」她說：「我認爲他壓根兒配不上亨麗埃塔。考慮到默斯格羅夫家已有的姻緣，亨麗埃塔沒有權利把自己葬送掉。我認爲一個年輕女子沒有權利做出這樣的抉擇，以至於給她家庭的主要成員帶來不快和不便，給某些成員帶來些他們不喜歡的低賤的社會關係。請問，查爾斯・海特是何許人？不過是個鄉下副牧師。他根本配不上厄潑克勞斯的默斯格羅夫小姐。」

不過，她丈夫斷然不能贊成她的這個看法，因爲他除了對他的表弟比較器重之外，查爾斯・海特還是個長子，他自己正是以長子的目光來看待事物的。因此他回答說：「瑪麗，妳這是胡說八道。這門親事對亨麗埃塔是不很體面，不過查爾斯很有希望通過斯派塞一家人的推舉，在一、兩年內從主教那裡撈到點好處❷。我還請妳不要忘記，他是個長子，等我姨父一死，他就會繼承一大筆財產。溫思羅普的那塊莊地足有二百五十英畝，再加上湯頓附近的那個農場，那可是鄉下的上好寶地。我可以對妳這麼說，除了查爾斯以外，誰都配不上亨麗

❷ 意指將查爾斯從副牧師提升為牧師。

埃塔，的確不行。只有他可以。他是個十分忠厚的好小伙子，溫思羅普一旦傳到他的手裡，他就會讓它變個樣，生活也會大大改觀。有了這宗地產，他決不會再是個卑賤的小人——那可眞是一宗完全保有的地產❸。不行，不行，亨麗埃塔要是不嫁給查爾斯．海特，也許更糟糕。她要是嫁給他，路易莎再嫁給溫特沃思海軍上校，那我就心滿意足了。」

「查爾斯愛怎麼說就怎麼說，」等查爾斯一走出屋，瑪麗便對安妮說道：「可是要讓亨麗埃塔嫁給查爾斯．海特，那可糟糕了：不僅對她自己是件非常糟糕的事情，對我來說更糟糕。所以我就盼著溫特沃思海軍上校能趕快讓她把查爾斯．海特忘掉。我不懷疑他已經做到了這一點。昨天，亨麗埃塔簡直連理都不理查爾斯．海特。可惜妳不在場，沒有見到她的那個態度。至於說溫特沃思海軍上校對亨麗埃塔和路易莎都喜歡，那簡直是瞎說八道，因爲他當然對亨麗埃塔更爲喜歡。可是查爾斯非要一口咬定！妳昨天要是同我們在一起就好了，那樣妳就可以給我們做個仲裁。我想妳一定會同意我的看法，除非妳存心跟我過不去！」

安妮假若到默府赴一次晚宴，這一切情況都能見到。誰知道她找了個藉口，說她頭痛，小查爾斯又舊病復發，硬是待在家裡沒有去。她本來考慮的只是想避開溫特沃思海軍上校，可是現在看來，她晚上安安靜靜地待在家裡還多了一項好處，沒有人會請她作仲裁了。

至於談到溫特沃思海軍上校的想法，安妮認爲重要的不在於他喜歡亨麗埃塔、還是喜歡

---

❸ 所謂「完全保有」，即完全為主人所占有，不必繳租納稅。

路易莎，而在於他應該趁早打定主意，不要損害兩位小姐中任何一位的幸福，也不要敗壞自己的聲譽。幾乎可以肯定，她們哪個都能給他做個溫柔多情的好妻子。可是說到查爾斯．海特，她既對一個好心姑娘的輕佻行爲感到痛心，又對這可能引起的痛苦感到同情。不過，如果亨麗埃塔發現自己的感情不對頭的話，那她應該盡快讓人知道這種變化。

查爾斯．海特受盡了表妹的冷落，搞得心神不定，屈辱不堪。亨麗埃塔對他的情意由來已久，不可能完全疏遠下來，以至於經過最近兩次見面，就使過去的希望統統化爲烏有；查爾斯．海特也不至於無可奈何地要避開厄瀫克勞斯。不過，如今出現這番變化，溫特沃思海軍上校這樣一個人被視爲可能的根源所在，這不能不令人驚愕。海特只不過才離開了兩個星期，他們分手的時候，亨麗埃塔還十分關心他的前途，而且使他十分稱心的是，她希望他很快就能放棄現在的副牧師職位，而獲得厄瀫克勞斯的同一職位。看來，她當時一心巴望：教區長謝利博士，四十多年來一直在滿腔熱情地履行自己的職責，可是如今越來越年邁體弱，很多事情力不從心了，應該下決心設個副牧師；他最好盡量把這副牧師的職位搞得體面些，而且應該許諾給查爾斯．海特。這樣一來，他只要來厄瀫克勞斯就行了，用不著跑六英里到別處去。

無論從哪個方面來看，他都將得到一個更好的副牧師職位；他將充當她們親愛的謝利博士的助手；親愛、善良的謝利博士可以從那些最勞累、最傷身體的事務人解脫出來。這些優點即使在路易莎看來也是十分了不起的，而在亨麗埃塔看來簡直是性命交關。等海特回來後，天哪！她們對這樁事的熱忱已經化爲泡影。當他介紹他剛同謝利博士進行的一次談話內容時，路易莎壓根兒聽不進去：她立在窗口，眼望著外面尋找溫特沃思海軍上校；就連亨麗埃塔充其量也不過是半聽不聽的，彷彿把過去交涉中的疑慮早就忘了個一乾二淨。

「唔，我的確很高興。不過我一向認爲你能得到這個職位，我一向認爲你肯定能得到。據我看來，似乎——總而言之，你知道，謝利博士一定要有個副牧師，而你又得到了他的許諾。溫特沃思海軍上校要來嗎，路易莎？」

一天早上，默府剛請過客不久（安妮沒有出席），溫特沃思海軍上校走進了農舍的客廳，不料客廳裡只安妮有和正在生病的小查爾斯兩個人，小查爾斯躺在沙發上。溫特沃思海軍上校發現自己幾乎是單獨和安妮·艾略特碰到了一起，儀態舉止不禁失去了往常的鎮靜，驚惶中只能說道：「我原以爲兩位默斯格羅夫小姐在這兒，默斯格羅夫太太告訴我可以在這裡找到她們。」說罷他走到窗口，好讓自己鎮定下來，同時想想他該怎麼辦。

安妮自然也很慌張，她回答說：「她倆和我妹妹一起待在樓上，我想一會兒就會下來的。」若不是孩子喊她過來做件什麼事，她馬上就會走出屋去，解除她自己和溫特沃思海軍上校的困窘。

他仍然立在窗口，鎮靜而客氣地說了聲：「我希望小傢伙好些了。」便又沉默不語了。安妮只好跪在沙發旁，盡心服侍她的病人。他們就這樣持續了幾分鐘，接著，使她大爲欣慰的是，她聽見有人穿過小門廳。她扭過頭，指望見到房主人，誰料想來者卻是個完全無補於事的人——查爾斯．海特。就像溫特沃思海軍上校不願見到安妮一樣，海特也不願見到溫特沃思海軍上校。

安妮只勉強說了聲：「你好？請坐吧，其他人馬上就下來。」

不過，溫特沃思海軍上校倒從窗口走了過來，顯然想搭搭腔。不料查爾斯．海特連忙坐到桌子旁邊，拾起一張報紙，當即讓他吃了個閉門羹。溫特沃思海軍上校只好再回到窗口。

過了一會，又來了一個人，原來是瑪麗的二兒子。他今年兩歲，長得矮墩墩、胖乎乎的，愣頭愣腦，剛才有人在外面幫他打開門，他便哈哈地闖了進來，直沖沖地走到沙發跟前，瞧瞧那裡有什麼好玩的，見到可以分送的好東西就伸手要。

沒有什麼好吃的，他只能鬧著玩。因爲姨媽不肯讓他捉弄生病的哥哥，他便開始纏住姨媽不放。安妮正跪在地上，忙著服侍查爾斯，怎麼也擺脫不了他。她勸說他，命令他，懇求他，說來說去都無濟於事。有一次，她設法把他推開，可這小傢伙覺得越發開心，當即又爬回到姨媽背上。

「沃爾特，」安妮說道：「馬上下來。你煩死人啦！眞惹我生氣。」

可沃爾特卻賴著不動。

轉瞬間，她覺得那小傢伙正在慢慢地鬆開胳臂；原來有人從她背上把他拉開。雖說他緊緊地趴在她頭上，他那強勁的小手還是被從她脖子上拉開了，人也給果斷地抱走了。這時她才知道，做好事的竟是溫特沃思海軍上校。

這一發現使她激動得一句話也說不出來。她甚至都不能謝他一聲，只能附在小查爾斯面前，心亂如麻。他好心好意地上前幫她解圍，他的這番舉動，自始至終一聲不響，詳情細節都很奇特，隨後他又故意把孩子逗得嗷嗷直叫，使安妮立即認識到，他並不想聽她道謝，或者乾脆想證明他最不願意同她說話；這些情況使她心裡亂作一團，既感到激動不安，又覺得痛苦不堪，始終鎮定不下來。

後來，瑪麗和兩位默斯格羅夫小姐進來了，她才得以把孩子交給她們照料，自己走出了屋子。她不能留下來。這本是個觀察他們四個人表露愛情和拈酸吃醋的好機會，因爲他們現在都湊到一起來了；可是她卻不能留下來觀察。顯而易見，查爾斯·海特並不喜溫特沃思海軍上校。就在溫特沃思海軍上校出面干預之後，他說了句話給安妮留下了很深的印象，他說：「你早該聽我的話，沃爾特。我告訴過你不要跟姨媽搗亂。」安妮可以理解，溫特沃思海軍上校做了他應該做而沒有做的事情，一定使他感到很懊惱。不過，無論是查爾斯·海特的心情，還是別的什麼人的心情，她都不感興趣，除非她先讓自己的心情平靜下來。她爲自己感到害臊，爲自己碰到這麼件小事便如此慌張、如此束手無策，而感到極爲慚愧。不過，情況就是如此，需要經過長時間的獨自思索，才能恢復鎮定。

第十章

安妮總會有機會進行觀察的。過了不久，她便常同他們四個人混在一起了，對事情也就有了自己的看法。不過她是個明智的人，到了家裡就不承認自己有看法，因爲她知道，這看法一說出去，他們夫妻倆都不會感到滿意。原來，她雖然認爲溫特沃思海軍上校更喜歡路易莎，但是她根據自己的記憶和體驗可以大膽地斷定，他對兩個人都不愛。她們雖喜歡他，然而那還算不上愛情。他是有一點熱烈的愛慕之情，最後也許、或者說很可能同哪一位墜入情網。查爾斯．海特似乎也知道自己受到了怠慢，可是亨麗埃塔有時看起來倒像是腳踏兩隻船。安妮希望自己能夠向他們大家說明他們搞的是什麼名堂，向他們指出他們正在面臨某些不幸。她並不認爲哪個人有欺騙行爲。使她深感欣慰的是，她相信溫特沃思海軍上校壓根兒不覺得他給什麼人帶來了痛苦。他的舉止中見不到揚揚得意的神氣，見不到那種令人生厭的揚揚得意的神氣。他八成從未聽說過、也從未想到過查爾斯．海特會跟她們哪一位相好。他唯一的過錯是不該馬上接受（因爲「接受」是個恰當的字眼）兩位年輕小姐的殷勤表示。

不過，經過一陣短暫的思想鬥爭，查爾斯．海特似乎不戰而退了。三天過去了，他一次也沒有來過厄潑克勞斯。這個變化太明顯了。他甚至於拒絕了一次正式的宴請。默斯格羅夫先生當場發現他面前擺著幾本大部頭的書，他們老倆口當即斷定這孩子不太對頭，便帶著嚴肅的神氣議論說，他這樣用功非累死不可。瑪麗希望，而且也相信，他受到了亨麗埃塔的斷然拒絕，她丈夫則總是指望明天能見到他。安妮倒覺得查爾斯．海特比較明智。

大約就在這段時間的一天早上，查爾斯．默斯格羅夫和溫特沃思海軍上校一道打獵去了，農舍的姊妹倆正坐在那裡不聲不響地做活計，大宅的兩位小姐來到了她們的窗口。

當時正值十一月間，那天天氣又特別好，兩位默斯格羅夫小姐來到了小園子，停下來沒有別的意圖，只想說一聲她們要進行一次長途散步，因此斷定瑪麗不會願意同她們一起去。誰想瑪麗最忌諱人家認爲她不擅長走路，便立即回答說：「唔，去的！我很想和妳們一道去，我非常喜歡長途散步。」安妮從兩位小姐的神色裡看得出來，這正是她們所不希望的，但是出於家庭習慣，她們無論遇到什麼事情，不管多麼不情願，多麼不方便，都要互相通通氣，都要一道來做，對此她又感到羨慕。她想勸說瑪麗不要去，但是無濟於事。情況既然如此，她覺得最好接受兩位默斯格羅夫小姐的盛情邀請，索性也跟著一起去，以便好同妹妹一道回來，盡量少干擾她們的計畫。

「我簡直無法想像，她們憑啥認爲我不喜歡長途散步，」瑪麗上樓時說道：「人們總是認爲我不擅長走路。可是，假如我們不肯陪她們一起去，她們又要不高興了。別人特意來邀請我們，妳怎麼好拒絕呢？」

她們正要出發的時候，兩位先生回來了。原來，他們帶去的一隻幼犬敗壞了他們打獵的興致，兩人便早早地回來了。因爲時間趕得巧，再加上體力充沛，興致勃勃，正想散散步，便高高興興地加入了她們的行列。假若安妮事先能預見到這一巧合的話，她早就待在家裡了。不過，她出於某種好奇心，覺得現在又來不及退縮了，於是他們六個人便朝著兩位默斯格羅夫小姐選擇的方向，一道出發了。兩位小姐顯然認爲，這次散步得由她們引路。

安妮的用意是不要妨礙任何人。當田間小路太狹窄需要分開走時，她就和妹妹夫走在一起。她散步的樂趣一定在於想趁著這大好天氣活動活動，觀賞一下這一年中最後剩餘的明媚景色，看看那黃樹葉和枯樹籬，吟誦幾首那成千成百的描繪秋色的詩篇，因爲秋天能給風雅、善感的人兒帶來無窮無盡的特殊感染，因爲秋天博得了每位值得一讀的詩人的吟誦。

但是，溫特沃思海軍上校就在附近同兩位默斯格羅夫小姐交談，她不可能聽不見。不過，她沒有聽到什麼異乎尋常的內容。他們只是像任何關係密切的青年人一樣，在嘻嘻哈哈地閑聊。他更注意的是路易莎，而不是亨麗埃塔。路易莎當然比姊姊更活躍，好贏得他的青睞。這種差別似乎越來越明顯，尤其是路易莎的一席話給她留下了深刻的印象。本來，他們總要不時地迸出幾句讚美天氣的話；一次讚嘆完天氣之後，溫特沃思海軍上校接著說道：

「這天氣眞美了海軍少將和我姊姊！他們今天上午就想坐著車子跑得遠遠的。說不定我們還能從這邊的山上向他們打招呼呢！他們議論過要來這一帶的。我眞不知道他們今天會在哪兒翻車。哦！實話對你們說吧，這種事兒經常發生。不過我姊姊毫不在乎，她倒很樂意從車子裡給甩出來。」

「唔，我曉得你是有意誇張，」路易莎嚷道：「不過萬一情況果眞如此，我若是處在你姊姊的地位也會這麼做的。假若我能像她愛海軍少將那樣愛某個人，我就要永遠和他待在一起，無論如何也不分離。我寧肯讓他把我翻到溝裡，也不願乘著別人的車子穩穩當當地行走。」這話說得熱情洋溢。

「眞有這事？」他帶著同樣的口氣嚷道：「妳眞叫我敬佩！」說罷兩人沉默了一會。

安妮當即再也背誦不出什麼詩句了。一時間，秋天的宜人景色被置諸腦後，除非她能記起一首動人的十四行詩，詩中充滿了對那殘年餘興的妥帖比擬，全然見不到對青春、希望和春天的形象寫照。等大家遵命走上另外一條小路時，她打斷了自己的沉思，說道：「這不是一條通往溫思羅普的小路嗎？」可惜誰也沒聽見她的話語，至少沒有人回答她。

然而，溫思羅普一帶正是他們要去的地方，有些年輕人在家門前散步，有時就在這裡相遇。他們穿過大片的園地，順著緩坡向上又走了半英里，只見農夫們正在犁地，坡上新闢了一條小徑，表明農家人不信詩人的那一套，不圖那傷感的樂趣❶，而要迎接春天的再度到來。說話間他們來到那座最高的山峰上，山峰把厄潑克勞斯和溫思羅普隔開，立在山頂，坐落在那邊山角下的溫思羅普頓時一覽無遺。

溫思羅普展現在他們的面前，既不美麗，也不莊嚴——一幢平平常常的矮宅子，四周圍

---

❶ 指詩人有時把秋天寫得過於肅殺淒涼，一派衰朽景象。

著農場的穀倉和建築物。

瑪麗驚叫了起來：「我的天哪！這兒是溫思羅普。我眞沒想到！唔，我想我們最好往回走吧，我累得不行了！」

亨麗埃塔不覺有些羞羞答答的，況且又見不到表兄查爾斯沿路走來，也見不到他依在大門口，便很想遵照瑪麗的意願辦事。可是查爾斯·默斯格羅夫卻說：「不行！」路易莎更是熱切地嚷道：「不行！不行！」她把她姊姊拉到一邊，似乎爲這事爭得很激烈。

這當兒，查爾斯卻堅決表示，既然離得這麼近了，一定要去看看姨媽。很顯然，他儘管心裡十分膽怯，可還想誘使他妻子跟著一起去。不料夫人這次表現得非常堅決。任憑他說什麼她太累了，最好到溫思羅普休息一刻鐘，她卻毅然決然地答道：「哦！那可不行！還要爬回這座山，給我帶來的害處之大，再怎麼休息也彌補不了。」

總而言之，她的神態表明，她堅決不要去。

經過一陣不長的爭執和協商，查爾斯和他的兩個妹妹說定：他和亨麗埃塔下去少待幾分鐘，瞧瞧姨媽和表兄妹，其他人就在山頂上等候他們。

路易莎似乎是主要的策劃者，她陪著他倆朝山下走了一小段，一面還在同亨麗埃塔嘀咕什麼，瑪麗趁此機會鄙夷不屑地環顧一下四周，然後對溫特沃思海軍上校說道：「有這類親戚眞叫人掃興！不過，實話對你說吧，我生平去他們家沒超過兩次。」

聽了這話，溫特沃思只是故作贊同地莞爾一笑。隨後，他一轉身，眼睛裡又投出了鄙視的目光，安妮完全明白這其中的涵義。

他們待在山頂上，那是個愉快的去處。路易莎回來了，瑪麗在一道樹籬的階梯上揀了個舒適的地方坐了下來，見其他人都立在她的四周，也就感到十分得意。誰想路易莎偏偏把溫特沃思海軍上校拉走了，要到附近的樹籬那裡去採堅果，漸漸地走得無影無聲了，這一來瑪麗可不高興了。她埋怨自己坐的不是地方，心想路易莎一定是找到了比這兒好得多的地點，自己說什麼也要去找個更好的地點。她跨進了同一道門，但是卻見不到他們。

安妮在樹籬下面乾燥向陽的土埂上給瑪麗找了個舒適的地方，她相信那兩個人仍然待在這樹籬中的某個地方❷。瑪麗坐了一刻，可是又覺得不滿意。她心想路易莎一定在別處找到了更好的位置。她要繼續挪動，直至找到她爲止。

安妮確實累了，便高高興興地坐了下來。過不一會，她聽見溫特沃思海軍上校和路易莎就待在她身後的樹籬裡，好像正沿著樹籬中央崎嶇荒蕪的小徑往回走。兩人越走越近，一邊還在說著話。她首先分辨出了路易莎的聲音。她似乎正在急切地談論什麼。

安妮最先聽見她這樣說：「就這樣，我把她動員走了。我不能容忍她因爲聽了幾句胡言亂語就不敢去走親戚了。什麼！我會不會因爲遇到這樣一個人，或者可以說任何人裝模作樣

---

❷ 據奧斯丁的《回憶錄》所稱：奧斯丁小說中的「樹籬」（HEDGEROW）不是一般意義上的「一排樹籬」，而是一種形狀不定的矮樹叢，裡面有曲徑小道。

的干涉，就不去幹那些我原來決定要幹而又深信不疑的事情？不，我才不那麼好說服呢！我一旦定下決心，那就不變了。看樣子，亨麗埃塔今天本來是打定主意要去溫思羅普那裡走訪的，可她剛才出於無聊的多禮，險些兒又不肯去了！」

「這麼說，要不是虧了妳，她就回去了？」

「那敢情是。我說起來眞有點害臊。」

「她眞幸運，有妳這樣的聰明人在一旁指點！我最後一次和妳表兄在一起時觀察到一些現象，妳剛才的話只不過證實了我的觀察是有根據的，聽了之後我也不必假裝對眼下的事情不可理解。我看得出來，他們一早去拜訪姨媽不單是想盡本分。等他們遇到要緊事兒，遇到需要堅強毅力的情況時，如果她一味優柔寡斷，碰上這樣的芥末小事的無聊干擾都頂不住，那麼他們兩個不是活該要受罪嗎？妳姊姊是個和氣人。可我看得出來，妳的性格就很堅決果斷。妳要是珍惜她的行爲和幸福的話，就盡可能向她多灌輸些妳自己的精神。不過，妳無疑一直是在這麼做的。對於一個百依百順、優柔寡斷的人來說，最大的不幸是不能指望受到別人的影響。好的印象是絕對不能持久的，任何人都能使之發生動搖。讓那些想獲得幸福的人變得堅定起來吧！這裡有堅果，」他說著從樹枝上摘下了一枚，「可以作個例子。這是一枚漂亮光滑的堅果，它靠著原先的能量，經受住了秋天暴風驟雨的百般考驗。渾身見不到一處刺痕，找不到一絲弱點。這枚堅果有那麼多同胞都落在地上任人踐踏，」他半開玩笑半當眞地繼續說道：「可是它仍然享有一枚榛子果所能享受到的一切樂趣。」隨即他又回復到先前的嚴肅口氣，「對於我所關心的人們，我首先希望他們要堅定。如果路易莎．默斯格羅夫在晚年過得美滿幸福，她將珍惜她目前的全部智能。」

他的話說完了，但是沒有引起回響。假如路易莎能當即對這席話作出答覆，安妮倒會感到驚訝。這席話是那樣的富有興趣，說得又是那樣的嚴肅激動！她可以想像路易莎當時的感情。不過，她自己連動也不敢動，唯恐讓他們發現。她待在那裡，一叢四處蔓延的矮冬青樹掩護著她。他們繼續往前走去，不過，還沒等他們走到聽不見的地方，路易莎又開口了。

「從許多方面來看，瑪麗都是挺溫順的，」她說：「但是，她有時又愚蠢又傲慢——艾略特家族的傲慢，眞叫我惱火極了。她渾身上下都滲透著艾略特家族的傲慢。想當初查爾斯要是娶了安妮就好了！我想你知道他當時想娶安妮吧？」

歇了片刻，溫特沃思海軍上校說：

「妳的意思是說她拒絕了他？」

「唔！是的，那還用說。」

「那是什麼時候的事兒？」

「我了解得不確切，因爲我和亨麗埃塔那時還在上學。不過我想大約在他同瑪麗結婚一年之前。眞可惜，安妮沒有答應他。要是換上她，我們大家會喜歡多了。我父母親總是認爲，她之所以沒有答應，是因爲她的好朋友拉塞爾夫人從中作梗。他們認爲，也許因爲查爾斯沒有學問，缺乏書生氣，不討拉塞爾夫人喜歡，所以她就勸說安妮拒絕了查爾斯。」

說話聲越來越弱，安妮再也聽不清了。她心情過於激動，人仍然定在那裡。不鎮定下來是動彈不得的。俗話說偷聽者永遠聽不到別人說自己的好話，然而她的情況又不完全如此：她沒聽見他們說自己的壞話，可是卻聽到了一大堆叫她感到十分傷心的話。她看出了溫特沃思將軍上校如何看待她的人格，綜觀一下他的言談舉止，正是對於她的那種感情和好奇心才引起了她的極度不安。

她一鎮定下來，就趕忙去找瑪麗，找到後就同她一起回到樹籬階梯那兒，待在她們原先的位置上。轉眼間，大夥都聚齊了，又開始行動了，安妮才感到慰貼了一些。她精神上需要孤寂和安靜，而這只有人多的時候才能得到。

查爾斯和亨麗埃塔回來了，而且人們可以猜想得到，還帶來了查爾斯·海特。事情的細節安妮無法推斷；即使溫特沃思海軍上校，似乎也不能說是十分清楚。不過，男方有點退讓，女方有點心軟，兩人現在十分高興地重新聚在一起，這卻是毋庸置疑的。亨麗埃塔看上去有點羞澀，但卻十分愉快；而查爾斯·海特看上去則滿面春風。幾乎就從大夥朝厄潑克勞斯出發的那刻起，他倆便又變得情意綿綿起來。

現在一切情況都表明，路易莎屬於溫特沃思海軍上校的了；這事再明顯不過了。一路上，需要分開走也好，不需要分開走也罷，他們幾乎就像那另外一對一樣，盡量肩並肩地走在一起。當走到一條狹長的草地時，儘管地面較寬，大家可以一起並排走，他們還是明顯地形成了三夥。

不消說，安妮屬於那最無生氣、最不殷勤的三人一夥的。她同查爾斯和瑪麗走在一起，只覺得有些疲勞，便十分高興地挽住查爾斯的另一隻胳膊。不過，查爾斯儘管對她頗爲和氣，對他妻子卻很惱火。原來，瑪麗一直跟他過不去，現在落了個自食其果，惹得他不時甩掉她的胳臂，用手裡的小棍撥開樹籬中的專麻花絮。這一來，瑪麗便抱怨開了，爲自己受到虧待而感到傷心，當然又是那老一套，說自己走在樹籬這一邊，安妮走在另一邊敢情沒有什麼不舒服的，這時查爾斯索性把兩人的手臂都拋開了，衝著一隻一閃而過的黃鼠狼追了過去，她們兩個說什麼也趕不上他。

挨著這塊狹長的草地，有一條窄路，他們所走的小道的盡頭就與這條窄路相交。他們早就聽見了馬車的聲音，等他們來到草地的出口處，馬車正好順著同一方向駛過來，一看便知那是克羅夫特海軍少將的雙輪馬車。他和妻子按照計畫兜完了風，正在往回走。聽說幾位年輕人跑了這麼遠，他們好心好意地提出，哪位女士要是特別累了，就請坐到車子裡；這樣可以使她足足少走一英里路，因爲他們要打厄潑克勞斯穿過。邀請是向衆人發的，也被衆人謝絕了。兩位默斯格羅夫小姐壓根兒不累，瑪麗或者因爲沒有得到優先邀請而感到生氣，或者像路易莎所說的，那艾略特家族的傲慢使她無法容忍到那單馬車上做個第三者。

步行的人們穿過了窄路，正在攀越對面一道樹籬的階梯，海軍少將也在策馬繼續趕路。這時溫特沃思海軍上校忽地跳過樹籬，去跟他姊姊嘀咕了幾句。這幾句話的內容可以根據效果猜測出來。

「艾略特小姐，我想妳一定是累了，」克羅夫特夫人大聲說道：「請賞個臉，讓我們把妳帶回家吧！妳放心好了，這裡綽綽有餘能坐下三個人。假如我們都像妳那樣苗條的話，我看作興還能坐下四個人呢！妳一定要上來，眞的，一定。」

安妮仍然站在小路上，她雖然本能地謝絕了，但是克羅夫特夫人不讓她往前走。海軍少將替妻子幫腔，慈祥地催促安妮快點上車，說什麼也不許她拒絕。他們盡可能把身子擠在一起，給她騰出了個角落，溫特沃思海軍上校一聲不吭地轉向她，悄悄地把她扶進了車子。

是的，他這麼做了。安妮坐進了車子，她覺得是他把她抱進去的，是他心甘情願地伸手把她抱進去的。使她爲之感激的是，他居然覺察她累了，而且決定讓她歇息一下。他的這些舉動表明了他對安妮的一番心意，使她大受感動。

這件小事似乎爲過去的種種事情帶來了圓滿的結局。她明白他的心意了。他不能寬恕她，但是又不能無情無義。雖然他責備她的過去，一想起來就滿腹怨恨，以至達到不公正的地步；雖然他對她已經完全無所謂；雖然他已經愛上了另外一個人，但是他不能眼見著她受苦受累而不想幫她一把。這是以往感情的遺跡。這是友情的衝動，這種友情雖然得不到公開的承認，但卻是純潔的。這是他心地善良、和藹可親的明證，她一回想起來便心潮澎湃，她自己也不知道是喜是悲。

起先，她完全是無意識地回答了同伴的關照和議論。他們沿著崎嶇的小路走到一半的光景，她才完全意識到他們的談話內容。當時她發現，他們正在談論「弗雷德里克」。

「他當然想娶那兩位姑娘中的某一位啦！索菲婭，」海軍少將說道：「不過說不上是哪一位。人們會覺得，他追求她們的時間夠長了，該下決心了。唉！這都是和平帶來的結果。假如現在是戰爭年代，他早就定下來了。艾略特小姐，我們水兵在戰爭年代是不允許長久談情說愛的。親愛的，從我頭一次遇見妳到與妳在北亞茅斯寓所結爲夫妻，這中間隔了多少天來著？」

「親愛的，我們最好別談這些，」克羅夫特夫人歡快地答道：「要是艾略特小姐聽說我們這麼快就定下了終身，她說什麼也不肯相信我們在一起會是幸福的。不過，我當時對你早有了解。」

「而我早就聽說妳是個十分漂亮的姑娘，除此以外，我們還有什麼好等的？我幹這種事不喜歡拖拖拉拉的。我希望弗雷德里克加快點速度，把這兩位年輕小姐中的哪一位帶到凱林奇。這樣一來，她們隨時都有人作伴。她們兩個都是非常可愛的年輕小姐，我簡直看不出她們有什麼差別。」

「確實是兩個非常和悅、非常眞摯的姑娘，」克羅夫特夫人帶著比較平靜的口氣稱讚說，安妮聽了覺得有點可疑，說不定她那敏銳的頭腦卻認爲她們哪一個也配不上她弟弟：「而且還有一個非常體面的家庭。你簡直攀不上比她們更好的人家了。我親愛的海軍少將，那根柱子，我們非撞到那根柱子上不可！」

但是，她冷靜地往旁邊一拽韁繩，車子便僥倖地脫險了。後來還有一次，多虧她急中生智地一伸手，車子既沒翻到溝裡，也沒有撞上糞車。安妮看到他們的趕車方式，不禁覺得有幾分開心，她設想這一定很能反映他們是如何處理日常事務的。想著想著，馬車不知不覺地來到了農舍跟前，安妮安然無恙地下了車。

第十一章

現在，拉塞爾夫人回來的日子臨近了，連日期都確定了。安妮與她事先約定，等她一安頓下來，就同她住在一起，因此她期望著早日搬到凱林奇，並且開始捉摸，這會給她自己的安適帶來多大的影響。

這樣一來，她將和溫特沃思海軍上校住在同一個莊上，離他不過半英里地。他們將要時常出入同一座教堂，兩家人也少不了你來我往。這是違背她的意願的；不過話又說回來，他常常待在厄潑克勞斯，她要是搬到凱林奇，人們會認爲她是甩開他，而不是接近他。總而言之，她相信，這種改變——她離開瑪麗去找拉塞爾夫人，對她肯定會有好處，簡直就像她改變家庭環境那樣有好處。

她希望，她能夠避免在凱林奇大廈見到溫特沃思海軍上校，因爲他們以前在那些房間裡相會過，再在那裡見面會給她帶來極大的痛苦。不過，她更加急切地希望，拉塞爾夫人和溫特沃思海軍上校無論在哪兒也不要再見面。他們誰也不喜歡誰，現在再言歸於好不會帶來任何好處。況且，倘若拉塞爾夫人看見他們兩人待在一起，她或許會認爲他過於冷靜，而她卻太不冷靜。

她覺得她在厄潑克勞斯逗留得夠久的了，現在期待著要離開那裡，這些問題又構成了她的主要憂慮。她對小查爾斯的照料，將永遠爲她這兩個月的訪問留下美好的記憶，不過他正在逐漸恢復健康，她沒有別的情由再待下去。

然而，就在她的訪問行將結束的時候，不想節外生枝，發生了一件她完全意想不到的事情。且說人們在厄潑克勞斯已經整整兩天沒有看見溫特沃思海軍上校的人影，也沒聽到他的消息，如今他又出現在他們之中，說明了他這兩天沒有來的緣由。

原來，他的朋友哈維爾海軍上校給他寫來一封信，好不容易才轉到他的手裡，告訴他哈維爾海軍上校一家搬到了萊姆❶，準備在那兒過冬。因此，他們之間相距不到二十英里，這是他們事先誰也不知道的。哈維爾海軍上校兩年前受過重傷，後來身體一直不好。溫特沃思海軍上校急切地想見到他，於是便決定立即去萊姆走一趟。他在那裡逗留了二十四小時，圓滿地履行了自己的職責，受到了熱情的款待。同時他的敘述也激起了聽話人對他的朋友的濃厚興趣。他描繪起萊姆一帶的秀麗景色時，他們一個個聽得津津有味，殷切地渴望親自看看萊姆，因此便訂出了去那裡參觀的計畫。

年輕人都迫不及待地想看看萊姆。溫特沃思海軍上校說他自己也想再去一趟，那兒離厄

---

❶ 多塞特郡的海濱城市，一七七四年成為英王特許的自治市，現名為萊姆里季斯（LYME REGIS）。

潑克勞斯只有十七英里遠。眼下雖說已是十一月❷，天氣倒並不壞。總而言之，路易莎是急切中最急切的，下定決心非去不可，她除了喜歡我行我素之外，現在又多了一層念頭，覺得人貴在自行其是，當父母親一再希望她推辭到夏天再說時，都給她頂了回去。於是，大夥訂好了要去萊姆——查爾斯，瑪麗，安妮，亨麗埃塔，路易莎，以及溫特沃思海軍上校。

他們起初考慮不周，計劃早晨出發，晚上回來。誰想默斯格羅夫先生捨不得自己的馬，不同意這種安排。後來經過合情合理地考慮，覺得眼下已是十一月中旬，再加上鄉下的路不好走，來回便要七個小時，一天去掉七個小時，就沒有多少時間參觀新地方啦！因此，他們決定還是在那裡過一夜，到第二天吃晚飯時再回來。大夥覺得這是個不錯的修正方案。儘管他們一大早就聚集到大宅，吃過早飯，準時地起程了，但是直到午後許久，才見到兩輛馬車（默斯格羅夫先生的馬車載著四位夫人小姐，查爾斯趕著他的輕便兩輪馬車載著溫特沃思海軍上校），一溜下坡地駛進了萊姆，然後駛進該鎮更加陡斜的街道。顯而易見，他們只不過有時間往四周看看，天色便暗了下來，同時也帶來了涼意。

他們在一家旅館訂好了房間和晚餐，下一件事無疑是直奔海濱。他們來的時令太晚了，萊姆作爲一個旅遊勝地可能提供的種種娛樂，他們一概沒有趕上。只見個個房間都關著門，房客差不多走光了，整家整戶的，除了當地的居民，簡直沒有剩下什麼人。且說那些樓房本

---

❷ 英國的十一月通常比較寒冷、潮濕、多霧、晝短夜長。

身，城市的奇特位置，幾乎筆直通到海濱的主大街以及通往碼頭的小路，這些都沒有什麼好稱道的，儘管那條小路環繞著可愛的小海灣，而在旅遊旺季，小海灣上到處都是更衣車和沐浴的人群。異鄉人眞正想觀賞的還是那個碼頭本身，它的古蹟奇觀和新式修繕，以及那陡峭無比的懸崖峭壁，一直延伸到城市的東面。誰要是見不到萊姆近郊的嫵媚多姿，不想進一步了解它，那他一定是個不可思議的異鄉人。

萊姆附近的查茅斯，地高域廣，景致宜人，而且它還有個幽美的海灣，背後聳立著黑魆魆的絕壁，有些低矮的石塊就星散在沙灘上，構成了人們坐在上面觀潮和冥思遐想的絕妙地點。上萊姆是個令人愉快的村莊，長滿了各種各樣的樹木，尤其是平尼，那富有浪漫色彩的懸崖之間夾著一條條翠谷，翠谷中到處長滿了茂盛的林木和果樹，表明自從這懸崖第一次部分塌陷，爲這翠谷奠定基礎以來，人類一定度過了許許多個世代，而這翠谷如今呈現出的如此美妙的景色，完全可以同馳名遐邇的懷特島❸的類似景致相媲美。以上這些地方必須經過反覆觀賞，你才能懂得萊姆的眞正價值。

厄潑克勞斯的那夥遊客經過一座座空空蕩蕩、死氣沉沉的公寓，繼續往下走去，不久便來到了海邊。但凡有幸觀海的人初次來到海邊，總要逗留、眺望一番，這幾位也只是逗留了一陣，接著繼續朝碼頭走去，這既是他們的參觀目標，也是爲了照顧溫特沃思海軍上校，因

---

❸ 懷特島：英格蘭南部沿岸附近一海島，以風景優美而著稱。

爲在一條不明年代的舊碼頭附近有一幢小房子，哈維爾一家就住在那裡。溫特沃思海軍上校進去拜訪自己的朋友，其他人則繼續往前走，然後他到碼頭上找他們。

他們一個個興致勃勃，驚嘆不已！當大家看見溫特沃思海軍上校趕到時，就連路易莎也不覺得同他離別了很久。溫特沃思海軍上校帶來了三個夥伴，因爲聽他介紹過，所以大家都很熟悉這三個人，他們是哈維爾海軍上校夫婦，以及同他們住在一起的本威克海軍中校。

本威克海軍中校以前曾在『拉科尼亞號』上當過海軍上尉。溫特沃思海軍上校上次從萊姆回來後談起過他，熱烈地稱讚說：他是個傑出的青年，是他一向十分器重的一名軍官，他這話一定會使每個聽話人對本威克海軍中校深爲尊敬。隨後，他又介紹了一點有關他個人生活的歷史，使所有的夫人小姐都感到趣味盎然。原來，他同哈維爾海軍上校的妹妹訂過婚，現在正在哀悼她的去世。他們有那麼一、兩年，一直在等待他發財和晉級。錢等到了，他作爲海軍上尉得到了很高的賞金。晉級最後也等到了，可惜范妮．哈維爾沒有活著聽到這一消息。今年夏天，本威克出海的時候，她去世了。

溫特沃思海軍上校相信，對男人來說，誰也不可能像可憐的本威克愛戀范妮．哈維爾那樣愛戀女人，誰也不可能在遇到這可怕變故的情況下像他那樣柔腸寸斷。溫特沃思海軍上校認爲，他天生就具有那種忍受痛苦的性格，因爲他把強烈的感情同恬靜、莊重、矜持的舉止融合在一起，而且顯然喜歡讀書和案牘生活。更有趣的是，他同哈維爾夫婦的友誼，似乎是在發生了這起事件，他們的聯姻希望破滅之後，得到進一步增強的，如今他完全同他們生活在一起了。哈維爾海軍上校租下現在這幢房子，打算居住半年。他的嗜好、身體和錢財都要求他找個花銷不大的住宅，而且要在海濱。鄉下景致壯觀，萊姆的冬天又比較僻靜，似乎正適合本威克海軍中校的環境。這就激起了人們對他的深切同情與關心。

「可是，」當大夥走上前去迎接他們幾位時，安妮在後頭自言自語地說：「他也許並不比我更傷心。我無法相信他的前程就這麼永遠葬送了。他比我年輕，即使在實際年齡上並非如此，但在感情上比我年輕，他作爲一個男子漢，精力旺盛，他會重新振作起來，找到新的伴侶。」

大家相見了，作了介紹。哈維爾海軍上校是個高大黝黑的男子，聰敏和善，腿有點跛，由於眉清目秀和身體欠佳的緣故，看上去比溫特沃思海軍上校老得多。本威克海軍中校看樣子是三人中最年輕的，事實也是如此，同他倆比起來，他是個小個子。他長著一副討人喜歡的面孔，不過理所當然，神態比較憂鬱，不太肯說話。

哈維爾海軍上校雖然在舉止上比不上溫特沃思海軍上校，但卻是個極有教養的人，他爲人真摯熱情，殷勤體貼。哈維爾夫人不像丈夫那樣教養有素，不過似乎同樣很有情感。兩人和藹可親極了，因爲那夥人是溫特沃思海軍上校的朋友，他倆便把他們統統看作自己的朋友。他們還極爲親切好客，一再懇請大夥同他們一起共進晚餐。衆人推托說他們已在旅館訂好了晚餐，他倆雖然最後終於勉勉強強地認可了，但是對於溫特沃思海軍上校能把這樣一夥朋友帶到萊姆，居然沒有理所當然地想到和他們一起共進晚餐，彷彿感到有些生氣。

從這件事裡可以看出，他們對溫特沃思海軍上校懷有無比深厚的感情，殷勤好客到那樣罕見的地步，實在令人爲之神馳。他們的邀請不像通常意義上的禮尚往來，不像那種拘泥禮儀、炫耀自己的請客吃飯，因此安妮覺得，她要是和他的同事軍官進一步交往下去，精神上不會得到安慰。她心裡這麼想：〈他們本來都該是我的朋友。〉她必須盡力克制自己，不要讓情緒變得過於低落。

他們離開碼頭，帶著新結交的朋友回到了家裡。屋子實在太小，只有眞心邀請的主人才認爲能坐得下這麼多客人。安妮對此也驚奇了一刹那，不過當她看到哈維爾海軍上校獨出心裁地做了巧妙安排，使原有的空間得到了充分利用，添置了房子裡原來缺少的家具，加固了門窗以抵禦冬季風暴的襲擊，她不禁沉浸在一種十分舒適的感覺之中。瞧瞧屋裡的種種陳設，房主提供的普通必需品，景況都很一般，與此形成鮮明對照的，倒是幾件木製珍品，製作得十分精緻，另外還有個他從海外帶回來的什麼珍奇玩意兒，所有這些東西不單單使安妮感覺有趣；因爲這一切都同他的職業有關聯，是從事這職業的勞動成果，是這職業對他生活習慣產生影響的結果，給他的家庭生活帶來了一副安靜快樂的景象，這就使她多少產生了一種似喜非喜的感覺。

哈維爾海軍上校不是個讀書人，不過本威克海軍中校倒收藏了不少裝幀精緻的書籍，他經過巧妙的設計，騰出了極好的地方，製作了非常漂亮的書架。他由於跛腳，不能多運動，但他富有心計，愛動腦筋，使他在屋裡始終忙個不停。他畫畫，上油漆，刨刨鋸鋸，膠膠貼貼，爲孩子做玩具；製作經過改進的新織網梭；如果所有的事情都辦完了，就坐在屋子的一角，擺弄他的那張大魚網。

大家離開哈維爾海軍上校寓所時，安妮覺得自己把歡愉拋到了後面。她走在路易莎旁邊，只聽她欣喜若狂地對海軍的氣質大加讚揚，說他們親切友好，情同手足，坦率誠摯。她還堅信，在英國，水兵比任何人都更可貴，更熱情，只有他們才知道應該如何生活，只有他們才值得尊敬和熱愛。

衆人回去更衣吃飯。他們的計畫已經取得了圓滿的成功，一切都很稱心如意。不過還是說了些諸如「完全不是時候」、「萊姆不是交通要道」、「遇不到什麼旅伴」等之類的話，旅館老闆只好連連道歉。

安妮起初設想，她永遠不會習慣於同溫特沃思海軍上校待在一起，誰想現在居然發現，她對於同他在一起已經越來越不會情緒波動了，如今同他坐在同一張桌前，說上幾句一般的客套話（他們從不越雷池一步），已經變得完全無所謂了。

夜晚天太暗，夫人小姐們不便再相會，只好等到明日，不過哈維爾海軍上校答應過，晚上來看望大家。他來了，還帶著他的朋友，這是出乎衆人意料之外的，因爲大家一致認爲，本威克海軍中校當著這麼多稀客的面，顯得非常沉悶。可他還是大膽地來了，雖然他的情緒同衆人的歡樂氣氛似乎很不協調。

溫特沃思海軍上校和哈維爾海軍上校在屋子的一邊帶頭說著話，重新提起了逝去的歲月，用豐富多彩的奇聞軼事爲大家取樂逗趣。這當兒，安妮恰巧同本威克海軍中校坐在一起，離著衆人很遠。她天生一副好性子，情不自禁地與他攀談起來。他羞羞答答的，還常常心不在焉。不過她神情溫柔迷人，舉止溫文爾雅，很快便產生了效果，她開頭的一番努力得到了充分的報答。顯然，本威克是個酷愛讀書的年輕人，不過他更喜歡讀詩。安妮相信，他的老朋友們可能對這些話題不感興趣，這次她至少同他暢談了一個晚上。談話中，她自然而然地提起了向痛苦作鬥爭的義務和益處，她覺得這些話對他可能眞正有些作用。因爲他雖說有些靦腆，但似乎並不拘謹，看來他很樂意衝破慣常的感情約束。他們談起了詩歌，談起了現代詩歌的豐富多彩，簡要比較了一下他們對幾位第一流詩人的看法，試圖確定《瑪密安》與《湖上夫人》❹哪一篇更可取，如何評價《異教徒》和《阿比多斯的新娘》❺，以及《異教徒》的英文該怎麼念。看來，他對前一位詩人充滿柔情的詩篇，和後一位詩人悲痛欲絕的深沉描寫，全部瞭如指掌。他帶著激動的感情，背誦了幾節描寫肝腸寸斷、痛不欲生的詩句，看上去完全是想得到別人的理解。安妮因此冒昧地希望他不要一味地光讀詩，還說酷愛吟詩的人欣賞起詩歌來很難確保安然無恙；只有具備強烈的感情才能眞正欣賞詩歌，而這強烈的感情在鑑賞詩歌時又不能不有所節制。

---

❹ 沃爾特．司各特的兩首敘事詩。

❺ 拜倫的兩首敘事詩。

他的神色顯不出痛苦的樣子，相反卻對她暗喻自己的處境感到高興，安妮也就放心大膽地說了下去。她覺得自己忍受痛苦的資歷比他長一些，便大膽地建議他在日常學習中多讀些散文。當對方要求她說得具體些，她提到了一些優秀道德家的作品、卓越文學家的文集，以及一些有作爲的、遭受種種磨難的人物的回憶錄。她當時之所以想到了這些人，覺得他們對道德和宗教上的忍耐做出了最高尙的說教，樹立了最崇高的榜樣，可以激勵人的精神，堅定人的意志。

本威克海軍中校聚精會神地聽著，似乎對她話裡包含的關心十分感激。他雖然搖了搖頭，嘆了幾口氣，表明他不大相信有什麼書能解除他的痛苦，但他還是記下了她所推薦的那些書，而且答應找來讀讀。

夜晚結束了，安妮一想起自己來到萊姆以後，居然勸誡一位素昧平生的小伙子要忍耐，要順從天命，心裡不禁覺得好笑起來。可是再仔細一考慮，她不由得又有幾分害怕，因爲像其他許多大道德家、說教者一樣，她雖然說起來頭頭是道，可她自己的行爲卻經不起考驗。

第十二章

第二天早晨，安妮和亨麗埃塔起得最早，兩人商定，趁早飯前到海邊走走。她們來到沙灘上，觀看潮水上漲，只見海水在習習東南風的吹拂下，直往平展的海岸上陣陣湧來，顯得十分壯觀。她倆讚嘆這早晨，誇耀這大海，稱賞這涼爽宜人的和風，接著便緘默不語了。

過了一會兒，亨麗埃塔突然嚷道：

「啊，是呀！我完全相信，除了極個別情況外，海邊的空氣總是給人帶來益處。去年春天，謝利博士害了一場病，毫無疑問，這海邊的空氣幫了他的大忙。他曾親口說，到萊姆待了一個月比他吃那麼多藥都更管用；還說來到海邊使他感覺又年輕了。使我不能不感到遺憾的是，他沒有乾脆住到海邊。我的確認爲他不如乾脆離開厄潑克勞斯，在萊姆定居下來。妳看呢，安妮？妳難道不同意我的意見，不認爲這是他所能採取的最好辦法，不管對他自己還是對謝利夫人，都是最好的辦法？妳知道，謝利夫人在這裡有幾位表親，還有許多朋友，這會使她感到十分愉快。我想她一定很樂意來這裡，一旦她丈夫再發病，也可以就近就醫。像謝利博士夫婦這樣的大好人，行了一輩子好，如今卻在厄潑克勞斯這樣一個地方消磨晚年，除了我們家以外，他們就像完全與世隔絕似的，想起來眞叫人寒心。我希望他的朋友們能向他提提這個建議。我的確認爲他們應該提一提。至於說要得到外住的特許，憑著他那年紀，他那人格，這不會有什麼困難的。

「我唯一的疑慮是，能不能有什麼辦法勸說他離開自己的教區。他這個人的行事風格非常嚴格，非常謹慎，我應該說謹小慎微。安妮，難道妳不認爲他有些謹小慎微嗎？一個牧師本來是可以把自己的職務交給別人的，卻偏要自己豁著老命幹，難道妳不認爲這是個極其錯誤的念頭？他要是住在萊姆，離厄潑克勞斯近得很，只有十七英里，人們心裡有沒有什麼不滿的地方，他完全聽得到。」

安妮聽著這席話，不止一次地暗自笑了。她像理解小伙子的心情那樣理解一位小姐的心情，於是便想行行好，跟著介入了這個話題，不過這是一種低標準的行好，因爲除了一般的默許之外，她還能做出什麼表示呢？她在這件事上盡量說了些恰當得體的話；覺得謝利博士應該休息，認爲他確實需要找一個有活力、又體面的年輕人做留守牧師，她甚至體貼入微地暗示說，這樣的留守牧師最好是成了家的。

「我希望，」亨麗埃塔說，她對自己的夥伴大爲滿意：「我希望拉塞爾夫人就住在厄潑克勞斯，而且與謝利博士很密切。我一向聽人說，拉塞爾夫人是個對誰都有極大影響的女人！我一向認爲她能夠勸說一個人無所不爲！我以前跟妳說過，我怕她，相當怕她！因爲她太機靈了。不過我極爲尊敬她，希望我們在厄潑克勞斯也能有這麼個鄰居。」

安妮看見亨麗埃塔那副感激的神態，覺得很有趣。而同樣使她感到有趣的是，由於事態的發展和亨麗埃塔頭腦中產生了新的興趣，她的朋友居然會受到默斯格羅夫府上某個成員的賞識。可是，她只不過籠統地回答了一聲，祝願厄潑克勞斯的確能有這麼個女人，不料這些話頭突然煞住了，只見路易莎和溫特沃思海軍上校朝著她們走來，他們也想趁著早飯準備好之前，出來溜達溜達。誰想路易莎立即想起她要在一家店裡買點什麼東西，便邀請他們幾個同她一起回到城裡。他們也都欣然從命了。

當他們來到由海灘向上通往街裡的台階跟前時，正趕上有位紳士準備往下走，只見他彬彬有禮地退了回去，停下來給他們讓路。他們登上去，從他旁邊走了過去。就在他們走過的當兒，他瞧見了安妮的面孔，他非常仔細地打量著她，目光裡流露出愛慕的神色，安妮不可能不覺察。她看上去極其動人，她那端莊秀氣的面龐讓清風一吹拂，又煥發出青春的嬌潤與艷麗，一雙眼睛也變得炯炯有神。顯然，那位紳士（他在舉止上是個十足的紳士）對她極爲傾慕。溫特沃思海軍上校當即掉頭朝她望去，表明他注意到了這一情形。他瞥了她一眼，和顏悅色地瞥了她一眼，彷彿是說：「那人對妳著迷了，眼下就連我也覺得妳又有些像安妮·艾略特了。」

大夥陪著路易莎買好東西，在街上稍微逛了一會，便回到旅館。後來，安妮由自己房間朝餐室匆匆走去時，恰好剛才那位紳士從隔壁房間走出來，兩人險些撞了個滿懷。安妮起先猜測他同他們一樣是個生客，後來回旅館時見到一位漂亮的馬夫，在兩家旅館附近踱來踱去，便斷定那是他的僕人。主僕兩個都戴著孝，這就更使她覺得是這麼回事。現在證實，他同他們住在同一家旅館裡。他們這第二次相會，雖說非常短促，但是從那位紳士的神情裡同樣可以看出，他覺得她十分可愛，而從他那爽快得體的道歉中可以看出，他是個舉止極其文雅的男子。他約莫三十來歲，雖說長得不算漂亮，卻也挺討人喜歡。安妮心想，她倒要了解一下他是誰。

大夥快吃完早飯的時候，驀然聽到了馬車的聲音，這幾乎是他們進入萊姆以來頭一之聽到馬車聲，於是有半數人給吸引到窗口。這是一位紳士的馬車，一輛雙輪輕便馬車，不過只是從馬車場駛到了正門口，準是什麼人要走了。駕車的是個戴孝的僕人。

一聽說是輛雙輪輕便馬車，查爾斯．默斯格羅夫忽地跳了起來，想同他自己的馬車比比看。戴孝的僕人激起了安妮的好奇心，當馬車的主人就要走出正門，老闆一家必恭必敬以禮相送時，安妮一夥六個人全都聚到窗前，望著他坐上馬車離去了。

「哦！」溫特沃思海軍上校立刻嚷了起來，一面掃視了一下安妮，「就是我們從他旁邊走過的那個人！」

兩位默斯格羅夫小姐贊同他的看法。大家專心地目送著那人朝山上走去，直到看不見爲止，然後又回到餐桌旁邊。不一會，侍者走進了餐室。

「請問，」溫特沃思海軍上校問道：「你知道剛才離開的那位先生姓什麼嗎？」

「知道，先生。那位是艾略特先生，一位十分有錢的紳士，昨晚剛從希德茅斯來到這裡。先生，我想您用晚餐的時候一定聽到馬車的聲音，他現在正要去克魯克恩，然後再去巴斯和倫敦。」

「艾略特！」不等那伶牙俐齒的侍者說完，衆人便一個個面面相覷，不約而同地重複了一聲這個名字。

「我的天啊！」瑪麗嚷道：「這一定是我們的堂兄。一定是我們的艾略特先生，一定是，一定！查爾斯，安妮，難道不是嗎？你們瞧，還帶孝，就像我們的艾略特先生一定在戴孝那樣。多麼離奇啊！就和我們住在同一座旅館裡！安妮，這難道不是我們的艾略特先生？不是我們父親的繼承人？請問，先生，」她掉臉對侍者說：「你有沒有聽說，他的僕人有沒有說過，他是凱林奇家族的人？」

「沒有，夫人，他沒有提起哪個家族。不過他倒說過，他的主人是個很有錢的紳士，將來有朝一日要作從男爵。」

「啊，你們瞧！」瑪麗大喜若狂地嚷道：「同我說的一點不差！沃爾特．艾略特爵士的繼承人！我早就知道，如果事情眞是如此的話，那就一定會洩露出來的。你們相信我好啦！這個情況他的僕人走到哪裡都要費心加以宣揚的。安妮，妳想想這事兒多麼離奇啊！眞可惜，我沒好好看看他。多麼遺憾啊！我們竟然沒有互相介紹一下。妳覺得他的模樣兒像艾略特家的人嗎？我簡直沒看他，光顧得看他的馬了。不過我覺得他的模樣兒有幾分像艾略特家的人。眞奇怪，我沒注意到他的族徽！哦！他的大衣搭在馬車的鑲板上，這樣一來就把族徽給遮住了。不然的話，我肯定會看見他的族徽，還有那號衣。假如他的僕人不在戴孝，別人一看他的號衣就能認出他來。」

「將這些異乎尋常的情況匯到一起，」溫特沃思海軍上校說：「我們必須把妳沒有結識妳的堂兄這件事，看作上帝的安排。」

安妮等到瑪麗能夠聽她說話的時候，便平心靜氣地奉告她說，她們的父親與艾略特先生多年關係一直不好，設法再去同他結識，那是很不恰當的。

不過，使她暗暗竊喜的是，她見到了自己的堂兄，知道凱林奇未來的主人無疑是個有教養的人，神態顯得十分聰慧。她無論如何也不想提起她第二次碰見他，幸運的是，瑪麗並不很注意他們早先散步時打他近前走過，但是她要是聽安妮在走廊裡居然撞見了他，受到了他十分客氣的道歉，而她自己卻壓根兒沒有接近過他，她會覺得吃了大虧。不，他們堂兄妹之間的這次會見必須絕對保守秘密。

「當然，」瑪麗說：「妳下次往巴斯寫信的時候，是會提到我們看見了艾略特先生的。我想父親當然應該知道這件事。務必統統告訴他。」

安妮避而不作正面回答，不過她認為這個情況不僅沒有必要告訴他們，而且應當隱瞞。她了解她父親多年前所遇到的無禮行為。她懷疑伊麗莎白與此事有很大牽扯。他們兩個一想起艾略特先生總要感到十分懊惱，這是毋庸置疑的。瑪麗自己從來不往巴斯寫信，同伊麗莎白枯燥乏味地通信的這件苦差事，就完全落在安妮的肩上。

吃過早飯不久，哈維爾海軍上校夫婦和本威克海軍中校找他們來了。他們大家約定要最後再遊一次萊姆。溫特沃思海軍上校一夥一點鐘就要動身返回厄潑克勞斯，這當兒還想聚到一起，盡情地出去走走。

他們一走上大街，本威克海軍中校便湊到了安妮身邊。他們頭天晚上的談話並沒使他不願意再接近她。他們在一起走了一會，像以前那樣談論著司各特先生和拜倫勛爵，不過仍然一如既往地像任何兩位別的讀者一樣，對兩人作品的價值無法取得完全一致的意見，直到最後不曉得為什麼，大家走路的位置幾乎都換了個樣兒，現在走在安妮旁邊的不是本威克海軍中校，而是哈維爾海軍上校。

「艾略特小姐，」上校低聲說道：「妳做了件好事，讓那可憐人講了這麼多話。但願他能常有妳這樣的夥伴就好了。我知道，他像現在這樣關在家裡對他沒有好處。不過我們有什麼辦法？我們分不開啊！」

「是的，」安妮說：「我完全相信那是不可能的。不過也許總有一天……我們曉得時間對每個煩惱所起的作用，你必須記住，哈維爾海軍上校，你朋友的痛苦還只能說是剛開始不久——我想只是今年夏天才開始的吧！」

「啊，一點不錯，」他深深嘆了口氣：「只是從六月才開始的。」

「或許他知道得還沒有這麼早。」

「他直到八月份的第一個星期才知道。當時，他剛剛奉命去指揮『格鬥者號』，從好望角回到了英國。我在普利茅斯，生怕聽到他的消息。他寄來了幾封信，但是『格鬥者號』奉命開往朴次茅斯。這消息一定傳到了他那裡，但是誰會告訴他？我才不呢！我寧願給吊死在帆桁上。誰也不肯告訴他，除了那位好心人。」他指了指溫特沃思海軍上校：「就在那一週之前，『拉科尼亞號』開進了普利茅斯，不可能再奉命出海了。於是他有機會幹別的事情——打了個請假報告，也不等待答覆，便日夜兼程地來到了朴次茅斯，接著便刻不容緩地划船來到『格鬥者號』上，整整一個星期他再也沒有離開那個可憐的人兒。這就是他幹的事兒，別人誰也救不了可憐的詹姆斯。艾略特小姐，妳可以想像他對我們是不是可親可愛！」

安妮毫不遲疑地想了想這個問題，而且在她的感情允許的情況下，或者說在能夠承受的情況下，盡量多回答些話，因為哈維爾海軍上校實在太動感情了，無法重提這個話頭。等到上校再啓口的時候，說的完全是另外一碼事兒。

哈維爾夫人提了條意見，說她丈夫走到家也就走得夠遠的了。這條意見決定了他們這最後一次散步的方向。大夥要陪著他倆走到他們家門口，然後返回來出發。據大家仔細估量，這時間還剛夠。可是，當他們快接近碼頭的時候，一個個都想再到上面走走。既然人們都有意要去，而路易莎又當即下定了決心，大夥也發現，早一刻鐘晚一刻鐘壓根兒沒有關係。於是，到了哈維爾海軍上校家門口，人們可以想像，他們深情地互相道別，深情地提出邀請，做出應諾，然後便辭別哈維爾夫婦，但仍然由本威克海軍中校陪同著，看來他是準備奉陪到底的。大家繼續向碼頭走去，向它正兒八經地告個別。

安妮發覺本威克海軍中校又湊到了她跟前。目睹著眼前的景致，他情不自禁地吟誦起拜倫勛爵〈湛藍色的大海〉的詩句，安妮十分高興地盡量集中精力同他交談。過不一會，她的注意力卻硬給吸引到別處去了。

因爲風大，小姐們待在新碼頭的上方覺得不舒服，都贊成順著台階走到下碼頭上。她們一個個都滿足於一聲不響地、小心翼翼地走下陡斜的台階，只有路易莎例外。她一定要溫特沃思海軍上校扶著她往下跳。在過去的幾次散步中，他每次都扶著她跳下樹籬踏級，她感覺這很愜意。眼下這次，由於人行道太硬，她的腳受不了，溫特沃思海軍上校有些不願意。不過他還是扶她跳了。她安然無恙地跳了下來，而且爲了顯示她的興致，轉眼又跑了上去，要他扶著再跳一次。

他勸說她別跳了，覺得震動太大。可是不成，他再怎麼勸說都無濟於事，只見她笑吟吟地說道：「我非跳不可！」他伸出雙手，不料她操之過急，早跳了半秒鐘，咚的一聲摔在下碼頭的人行道上，抱起來時已經不省人事！她身上沒有傷痕，沒有血跡，也見不到青腫。但她雙眼緊閉，呼吸停止，面無人色。當時站在周圍的人，一個個莫不驚恐萬狀！

溫特沃思海軍上校先把她扶起來，用胳膊摟著，跪在地上望著她，痛苦不堪，默默無言，面色像她一樣煞白。「她死了！她死了！」瑪麗一把抓住她丈夫，尖聲叫了起來。她丈夫本來就驚恐不已，再聽到她的尖叫聲，越發嚇得呆若木雞。霎時間，亨麗埃塔眞以爲妹妹死了，悲痛欲絕，也跟著昏了過去，若不是本威克海軍中校和安妮從兩邊扶住了她，非摔倒在台階上不可。

「難道沒有人幫幫我的忙？」這溫特沃思海軍上校帶著絕望的口氣突然冒出的第一句話，好像他自己已經精疲力盡了似的。

「你去，你去幫幫他，」安妮大聲說道：「看在上帝的份上，你去幫幫他。我一個人能扶住她。你別管我，去幫幫他。揉揉她的手和太陽穴。這裡有嗅鹽，拿去，快拿去。」

本威克海軍中校遵命去了，在這同時查爾斯也推開了妻子，於是他倆都趕過去幫忙。溫特沃思海軍上校把路易莎抱起來，他倆從兩旁牢牢地扶住。安妮提出的辦法都試過了，但是毫無效果。

溫特沃思海軍上校趔趔趄趄地靠到牆上，悲痛欲絕地叫道：「哦，上帝！有誰快去喊她父母親來！」

「快找醫生！」安妮說。

溫特沃思海軍上校一聽這話，似乎被猛然驚醒過來。他只說了聲：「對，對，馬上請醫生。」說罷飛身便跑，不想安妮急忙建議說：

「本威克海軍中校，讓本威克海軍中校去叫不是更好些？他知道在哪裡能找到醫生。」

但凡有點頭腦的人都覺得這個主意好，瞬息間（這一切都是在瞬息間進行的），本威克海軍中校便把那可憐的死屍般的人兒交給她哥哥照料，自己飛速朝城裡跑去。

卻說留在原地的那夥可憐的人們。在那神志完全清醒的三個人裡，很難說誰最痛苦，是溫特沃思海軍上校，安妮，還是查爾斯？查爾斯的確是個很有感情的哥哥，悲痛得泣不成聲，他的眼睛只能從一個妹妹身上轉到同樣不省人事的另一個妹妹身上，或者看看他妻子歇斯底里大發作的樣子，拚命地喊她幫忙，可她又實在無能爲力。

安妮出於本能，正在全力以赴、全心全意地照料亨麗埃塔，有時還要設法安慰別人，勸說瑪麗要安靜，查爾斯要寬心，溫特沃思海軍上校不要那麼難過。他們兩人似乎都期望她來指點。

「安妮，安妮，」查爾斯嚷道：「下一步怎麼辦？天哪，下一步可怎麼辦？」

溫特沃思海軍上校也把目光投向她。

「是不是最好把她送到旅館？對，我想還是輕手輕腳地把她送到旅館。」

「對，對，送到旅館去，」溫特沃思海軍上校重複說，他相對鎮定了一些，急切地想做點什麼：「我來抱她。默斯格羅夫，你來照顧其他人。」

此刻，出事的消息已在碼頭周圍的工人和船工中傳揚開了，許多人都聚攏過來，如果需要的話，好幫幫忙。至少可似看個熱鬧，瞧瞧一位死去的年輕小姐，不，兩位死去的年輕小姐，因爲事實證明比最初的消息要強兩倍。亨麗埃塔被交給一些體面的好心人照看著，她雖說還省點人事，但是完全動彈不得。就這樣，安妮走在亨麗埃塔旁邊，查爾斯扶著他的妻子，帶著難言的心情，沿著剛才高高興興走來的路，緩緩地往回走去。

他們還沒有走出碼頭，哈維爾夫婦便趕來了。原來，他們看見本威克海軍中校從他們屋前飛奔而過，看臉色像是出了什麼事，他們便立即往這裡走，一路上聽人連說帶比畫，趕到了出事地點。哈維爾海軍上校雖說大爲震驚，但他還保持著理智和鎮定，這立即就能發揮作用。他和妻子互相遞了個眼色，當即確定了應該怎麼辦。必須把路易莎送到他們家，大夥必須都去他們家，在那裡等候醫生。別人有些顧慮，他們夫人的指揮下，路易莎被送到了樓上，放在她自己的床上，她丈夫也在跟著幫忙，又是鎮靜劑，又是恢復劑，誰需要就給誰。

路易莎睜了一下眼睛，但是很快又合上了，不像是甦醒的樣子，不過，這倒證明她還活著，因而使她姊姊感到寬慰。亨麗埃塔雖說還不能和路易莎待在同一間屋子裡，但她有了希望，還有幾分害怕，激動之下沒有再昏厥過去。瑪麗也鎮靜了些。

醫生以似乎不可能那麼快的速度趕到了。他檢查的時候，衆人一個個嚇得提心吊膽。不過，他倒不感到絕望。病人的頭部受到了重創，但是比這更重的傷他都治好過。也絲毫也不絕望，說起話來樂呵呵的。

醫生並沒認爲這是不治之症，也沒說可能撐不過幾個鐘頭等等的喪氣話，這讓衆人如釋重負之後，先是謝天謝地驚叫了幾聲，接著便深沉不語各自慶幸起來，大喜過望的勁頭可想而知。

安妮心想，溫特沃思海軍上校說「謝天謝地」時的那副口吻，那副神態，她永遠也不會忘卻。她也不會忘卻他後來的那副姿態；當時，他坐在桌子旁邊，雙臂交叉地伏在桌子上，趺著臉，彷彿心裡百感交集，實在支撐不住，正想通過祈禱和反省，讓心潮平靜下來。

路易莎的手腳都沒問題，只有頭部受了些傷。

現在，大家必須考慮如何處理這整個局面才好。他們現在能夠互相商談了。毫無疑問，路易莎必須待在原地，儘管這要給哈維爾夫婦帶來不少煩惱，因而引起了她的朋友們的不安。要她離開是不可能的。哈維爾夫婦消除了衆人的重重顧慮，甚至盡可能地婉言拒絕了大夥的感激之情。他們沒等別人開始考慮，已經頗有預見地把一切都安排停當。本威克海軍中校要把屋子讓給他們，自己到別處去住。這樣一來，整個事情就解決了。他們唯一擔心的是，他們屋裡住不下更多的人。不過，要是「把孩子們放到女僕的屋裡，或是在什麼地方掛個吊床」，他們就不必擔心騰不出住兩、三個人的地方，假如他們願意留下的話。至於對默斯格羅夫小姐的照料，他們完全可以把她交給哈維爾夫人，一絲半點也不用擔心。哈維爾夫人是個很有經驗的看護，她的保母長期同她生活在一起，跟著她四處奔走，也是個很有經驗的看護。有了她們兩個，病人日夜都不會缺人護理了。她這話說得眞摯實在，讓人覺得無法推卻。

查爾斯、亨麗埃塔和溫特沃思海軍上校商量開了，三人驚魂未定，毫無頭緒地交談了一陣。「厄潑克勞斯，需要有人跑一趟厄潑克勞斯，報告一下這個消息，應該如何向默斯格羅夫夫婦透露這個消息呢？上午快過去了，離該出發的時間已經過了一個小時，不可能按時趕到。」最初，他們除了如此哀嘆之外，提不出任何中肯的建議。

可是過了一會，溫特沃思海軍上校好不容易地說道：「我們必須當機立斷，不再浪費一分鐘。每分鐘都是寶貴的。有個人必須馬上動身去厄潑克勞斯。默斯格羅夫，不是你去就是我去。」

查爾斯同意他的意見，但又宣稱他決不能走。他想盡可能少牽累哈維爾海軍上校及夫人，然而他妹妹處於這種狀況，要他離開她，這既不應該，他也不願意。這事就這麼說定了。亨麗埃塔起先也是這麼個意思。不過，她經人勸說，馬上改變了主意。她待在這裡有什麼用！她一到路易莎屋裡，或是望見了她，總是抑制不住悲哀，不但幫不了忙，反而更糟。她不得不承認，她在這裡起不了作用，但是仍然不願意離開，直到後來，一想到父母親心裡又動了情，便打消了不走的念頭。她同意回家，而且急著要回家。

計劃討論到這一步時，恰好安妮從路易莎的屋裡走下來，當然也聽到了下面的談話，因爲客廳的門開著。「默斯格羅夫，那就這麼定啦！」溫特沃思海軍上校嚷道：「你留下，我送你妹妹回家。不過說到別人，說到其他人，如果要留下人協助哈維爾夫人，我想只要一個人就夠了。查爾斯．默斯格羅夫夫人肯定想回去照料孩子。不過，如果安妮願意留下的話，誰也不及她更妥當，更能幹的了。」

安妮聽到別人這樣稱許自己，心裡不由得一陣激動，便停下腳步想鎮定一會兒。另外兩個人熱烈地贊成溫特沃思海軍上校的意見，隨即她便出現了。

「我想妳一定願意留下，留下來照料路易莎，」溫特沃思海軍上校一邊轉臉望著她，一邊大聲說道，既熱烈，又溫柔，簡直像重溫舊夢似的。她臉色緋紅，他定了定神，走開了。她表示自己極願意留下，並且不勝榮幸。「我心裡正是這麼想的，希望能允許我留下。在路易莎的屋裡打個地鋪就足夠了。如果哈維爾夫人也這麼想的話。」

看來，還差一件事，便一切安排就緒了。雖說最好能遲一點到達，以便讓默斯格羅夫夫婦事先有些警覺，然而乘厄潑克勞斯的馬車回去需要的時間又太長，勢必要增加他們的懸念，那就更可怕了。溫特沃思海軍上校提議，最好由他租用旅館的雙輪輕便馬車，留下默斯格羅夫先生的馬車、馬匹第二天一大早返回，這樣可以進一步報告路易莎夜裡的情況。查爾斯．默斯格羅夫同意這個意見。

溫特沃思海軍上校匆匆離去，好把一切準備停當，兩位夫人小姐稍後些再去。不過，當瑪麗得知這一安排之後，事情就不得安寧了。她感到很不高興，反應十分強烈，抱怨說，讓她而不讓安妮走，這太不公平了。安妮與路易莎無親無故，而她是路易莎的嫂嫂，最有權利代替亨麗埃塔留下！她爲什麼不能像安妮那樣幫幫忙？而且還要丟下查爾斯自己回家，丟下自己的丈夫！不，這太無情了。總而言之，她說得滔滔不絕，她丈夫沒堅持多久便妥協了，別人也不便反對，事情實在沒有辦法，不可避免地要讓瑪麗替換安妮。

對於瑪麗由於嫉妒而提出的不近情理的要求，安妮從來沒像現在這麼不願屈從。不過事情也只能如此，於是大夥動身往城裡走去，查爾斯照應著他妹妹，本威克海軍中校陪伴著安妮，趁大夥匆匆趕路的當兒，安妮腦海裡掠過了上午早些時候在相同地點發生的一樁樁細節。就在此地，她聽見亨麗埃塔提出了讓謝利博士離開厄潑克勞斯的計畫；再往前點，她頭一次見到了艾略特先生；她一心想著路易莎，對於除了她以外的任何人，對於那些深切關心她的健康的人們，她似乎無暇多想。

本威克海軍中校對她體貼入微，關懷備至。當天的不幸似乎把他們大家擰到了一起，安妮對他也越來越友好，甚至欣喜地感到，這或許是他們繼續交往的時機。

溫特沃思海軍上校正在等候他們。為了方便起見，一輛四馬拉的兩輪輕便馬車停候在街道的最低處。但是他一見到姊姊替換了妹妹，顯然感到又驚又惱，聽查爾斯作解釋的時候，不禁臉色都變了，驚訝之餘，有些神情剛顯露又被忍了回去，讓安妮見了真感到羞辱，至少使她覺得，她之所以受到器重，僅僅因為她可以幫幫路易莎的忙。

她盡力保持鎮靜，保持公正。看在他的面上，她也不用模仿愛瑪對待亨利的感情❶，便能超過一般人的情意，熱情地照應路易莎。她希望他不要老是那麼不公正地認為，她會無緣無故地逃避做朋友的職責。

此時此刻，她已經坐進了馬車。溫特沃思海軍上校把她倆扶了進來，他自己坐在她們當中。在這種情況下，安妮就以這種方式，滿懷著驚訝的感情，離開了萊姆。他們將如何度過這漫長的旅程，這會給他們的態度帶來什麼影響，他們將如何應酬，這些她都無法預見。不過，一切都很自然。他對亨麗埃塔非常熱心，總是把臉轉向她；他只要一說話，總是著眼於

❶ 這則典故出自英格蘭詩人馬修．普賴爾（一六六四～一七二一）的敘事詩《亨利與愛瑪》。愛瑪說，她願意服侍亨利喜愛的女人。

增強她的信心，激勵她的情緒。總的說來，他的言談舉止都力求泰然自若。不讓亨麗埃塔激動似乎是他的主導原則。只有一次，當她爲最後那次失算的、倒楣的碼頭之行感到傷心，抱怨說怎麼能想起這麼個餿主意時，他突然發作起來，彷佛完全失去了自制。

「別說了，」他大聲讓道：「哦，上帝！但願我在那關鍵時刻，沒有屈從她就好了！我要是該怎麼辦就怎麼辦倒好了！可她是那樣的急切，那樣的堅決！啊，可愛的路易莎！」

安妮心想，不知道他現在有沒有對他自己關於堅定的性格，具有普偏的樂趣和普偏的優點的見解提出疑問：不知道他有沒有認識到，像人的其他氣質一樣，堅定的性格也應該有個分寸和限度。她認爲他不可能不會感覺到，脾氣好，容易說服有時像性格堅決一樣，也有利於得到幸福。

馬車跑得很快。安妮感到驚奇，這麼快就見到了她所熟悉的山，熟悉的物。車子的確跑得很快，加之有些害怕到達目的地，使人感到路程似乎只有頭天的一半遠。不過，還沒等他們進入厄潑克勞斯一帶，天色已經變得很昏暗了，他們三個人一聲不響地沉默了好一陣，只見亨麗埃塔仰靠在角落裡，用圍巾蒙著臉，讓人以爲她哭著哭著睡著了。

當馬車向最後一座山上爬去時，安妮突然發覺溫特沃思海軍上校在對她說話。只聽他壓低聲音，小心翼翼地說道：「我一直在考慮我們最好怎麼辦。亨麗埃塔不能先露面。那樣她受不了。我在思忖，妳是不是同她一起待在馬車裡，我進去向默斯格羅夫夫婦透個信。妳覺得這個辦法好嗎？」

她覺得可以，溫特沃思海軍上校滿意了，沒再說什麼。但是，想起他徵求意見的情景，對她仍然是件賞心樂事，這是友誼的證據，是他尊重她的意見的證據，是一件極大的賞心樂事。當它成為一種臨別的見證時，它的價值並沒減少。

到厄潑克勞斯傳達消息的苦差事完成了，溫特沃思海軍上校見到那兩位做父母的正像人們能夠希望的那樣，表現得相當鎮靜，那做女兒的來到父母親身邊也顯得好多了，於是他宣布：他打算坐著同一輛馬車回到萊姆。等幾匹馬吃飽飲足之後，他便出發了。

第十三章

安妮在厄潑克勞斯餘下的時間只有兩天了，完全是在大宅裡度過的。她滿意地發現，她在那裡極爲有用，既是個離不開的夥伴，又可以幫助爲將來做好一切安排。若不然，默斯格羅夫夫婦處於如此痛苦的心境，要做這些安排可就難了。

次日一大早，萊姆就有人來報消息。路易莎還依然如故，沒有出現比以前惡化的跡象。過了幾個鐘頭之後，查爾斯帶來了更新、更具體的情況。他倒是挺樂觀的。雖不能指望迅速痊癒，但就傷勢的嚴重程度而言，情況進展得還是很順利的。

說起哈維爾夫婦，他怎麼也道不盡他們的恩惠，特別是哈維爾夫人的精心護理。她的確什麼事也不留給瑪麗幹。昨天晚上，查爾斯和瑪麗經她勸說，很早就回到了旅館。今天早上，瑪麗的歇斯底里病又發作了。查爾斯離開的時候，她正要和本威克海軍中校出去散步，他希望這對她會有好處。他很有些遺憾，前一天沒有說服她跟著回家。不過說實話，哈維爾夫人什麼事情也不留給別人幹。

查爾斯當天下午要回到萊姆，起初他父親也有點想跟著他去，無奈夫人小姐不同意。那樣只會給別人增添麻煩，給他自己增加痛苦。後來提出了個更好的計畫，而且照辦了。查爾斯讓人從克魯克恩趕來了一輛兩輪輕便馬車，然後拉回了一個更管用的家庭老保母。她帶大了所有的孩子，並且眼見著最後一個孩子（那位玩心太重、長期嬌生慣養的哈里少爺）跟著哥哥們去上學。她現在還住在那空蕩蕩的保育室裡補補襪子，給周圍的人治治膿皰、包包傷口，因此一聽說讓她去幫助護理親愛的路易莎小姐，眞是喜不自禁。先前，默斯格羅夫太太和亨麗埃塔也模模糊糊地有過讓薩拉去幫忙的願望。但是，假若安妮不在的話，這事情就很難確定下來，不會這麼快就被發覺是切實可行的。

第二天，多虧了查爾斯．海特，他們聽到了路易莎的詳細情況，這種情況有必要每二十四小時就聽到一次。他特意去了一趟萊姆，介紹的情況仍然是令人鼓舞的。據言，路易莎神志清醒的時間越來越長。所有報告都說，溫特沃思海軍上校似乎在萊姆住下了。

安妮明天就要離開，這是大家都爲之擔憂的一樁事。「她走了我們該怎麼辦？我們相互之間誰也安慰不了誰。」大家如此這般地說來說去，安妮心裡明白他們都有個共同的心願，覺得最好幫他們挑明了，動員他們馬上都去萊姆。她沒遇到什麼困難，大夥當即決定要去那裡，而且明天就去，或者住進旅館，或者住進公寓，怎麼合適怎麼辦，直待到親愛的路易莎可以挪動爲止。他們一定能給護理她的好心人減少點麻煩，至少可以幫助哈維爾夫人照應一下她的孩子。

總而言之，他們爲這一決定感到欣喜，安妮喜也對自己的所作所爲感到高興。她覺得，她待在厄潑克勞斯的最後一個上午，最好用來幫助他們做做準備，早早地打發他們上路，雖說這樣一來，這大宅裡就冷冷清清地剩下她一個人了。

除了農舍裡的小傢伙以外，給兩家人帶來勃勃生氣、給厄潑克勞斯帶來歡快氣息的人們當中，現在只剩下安妮一個人了，孤單單的一個人。幾天來的變化可真大啊！

路易莎要是痊癒了，一切都會重新好起來。她將重溫以往的幸福，而且要勝過以往。她痊癒之後會出現什麼情況，這是毋庸置疑的，而在安妮看來，也是如此。她的屋子雖說現在冷冷清清，只住著一個沉悶不樂的她，但是幾個月之後，屋裡便會重新充滿歡樂和幸福，充滿熱烈而美滿的愛情，一切都與安妮．艾略特迥然不同。

這是十一月間一個昏沉沉的日子，一場霏霏細雨幾乎遮斷了窗外本來清晰可辨的景物。安妮就這樣百般無聊地沉思了一個鐘頭，這就使她極高興聽到拉塞爾夫人的馬車到來的聲音。然而，雖說她很想走掉，但是離開大宅，告別農舍，眼望著它那黑沉沉、濕淋淋、令人難受的遊廊，甚至透過模糊的窗玻璃看到莊上最後的幾座寒舍時，她的心中不由得感到十分悲哀。

厄潑克勞斯發生的一幕幕情景促使她十分珍惜這個地方。這裡記載著許多痛楚，這種痛楚一度是劇烈的，現在減弱了。這裡還記載著一些不記仇恨的往事，一些友誼與和解的氣息，這種氣息永遠不能再期望了，但卻是永遠值得珍惜的。她把這一切都拋到後面了，只留下這樣的記憶，即這些事情的確發生過。

安妮自從九月間離開拉塞爾夫人府上以來，從未進入過凱林奇。不過，這也大可不必。

有那麼幾回，她本來是可以到大廈裡去的，但她都設法躲避開了。她這頭一次回來，就是要在鄉舍那些時髦優雅的房間裡住下來，好給女主人增添些歡樂。

拉塞爾夫人見到她，欣喜之餘還夾帶著幾分憂慮。她知道誰常去厄潑克勞斯。然而幸運的是，要麼安妮變得更豐潤更漂亮了，要麼拉塞爾夫人認爲她如此。安妮聽到她的恭維以後，樂滋滋地把這些恭維話同她堂兄悄悄地愛慕聯繫了起來，希望自己能獲得青春和美麗的第二個春天。

她們一開始交談，安妮就覺察到自己心態上起了變化。她剛離開凱林奇的時候，滿腦子都在思忖一些問題，後來她覺得這些問題在默斯格羅夫府上沒有得到重視，不得不埋藏在心底，而現在卻好，這些問題都變成了次要問題。

她最近甚至不想她的父親、姊姊和巴斯。她對厄潑克勞斯的關切勝過了對他們的關切。當拉塞爾夫人舊話重提，談到她們以往的希望和憂慮，談到她對他們在卡姆登巷租下的房子感到滿意，對克萊夫人仍然和他們住在一起感到遺憾時，安妮實在不好意思讓她知道：她考慮得更多的是萊姆和路易莎．默斯格羅夫，以及她在那裡的所有朋友；她更感興趣的是哈維爾夫婦和本威克海軍中校的寓所和友誼，而不是她父親在卡姆登巷的住宅，不是她姊姊同克萊夫人的親密關係。實際上，她是爲了遷就拉塞爾夫人，才無可奈何地對那些她本應優先考慮的問題，竭力裝出同等關心的樣子。

他們談到另外一個談題時，起先有點尷尬。她們必然要談起萊姆的那起事故。前一天，拉塞爾夫人剛到達五分鐘，就有人把整個事情源源本本地說給她聽了。不過她們還是要談及這件事，拉塞爾夫人總會進行詢問，總會對這輕率的行爲表示遺憾，對事情的結果表示傷心，而兩人總會提到溫特沃思海軍上校的名字。

安妮意識到，她不及拉塞爾夫人來得坦然。她說不出他的名字，不敢正視拉塞爾夫人的目光，後來乾脆採取權宜之計，簡單述說了她對他與路易莎談戀愛的看法。說出這件事之後，他的名字不再使她感到煩惱了。

拉塞爾夫人只得鎮靜自若地聽著，並且祝願他們幸福，可內心裡卻感到既氣憤又得意，既高興又鄙夷，因爲這傢伙二十三歲時似乎還多少懂得一點安妮·艾略特小姐的價值，可是八年過後，他居然被一位路易莎·默斯格羅夫小姐給迷住了。

平平靜靜地過了三、四天，沒有出現什麼特殊情況，只是收到了萊姆發來的一、兩封短信，信是怎麼送到安妮手裡的，她也說不上來，反正帶來了路易莎大有好轉的消息。拉塞爾夫人是個禮貌周到的人，幾天過後，她再也沉不住氣了，過去只是隱隱約約地折磨著自己，現在她終於帶著明確果斷的口氣說道：「我應當去拜訪克羅夫特夫人，我的確應當馬上去拜訪她。安妮，妳有勇氣和我一起去大廈拜訪嗎？這對我們來說都是一樁痛苦的事情。」

安妮並沒有畏縮，相反，她心裡想的正像她嘴裡說的那樣：「我想，妳很可能比我更痛苦些。妳感情上不及我那樣能適應這一變化。我一直待在這一帶，對此已經習以爲常了。」

她在這個話題上本來還可以多說幾句，因爲她實在太推崇克羅夫特夫婦了，認爲她父親能找到這樣的房客眞夠幸運，覺得教區裡肯定有了個好榜樣，窮人們肯定會受到無微不至的關懷和接濟。她家不得已搬走了，她不管感到多麼懊惱，多麼羞愧，良知上卻覺得，不配留下的人搬走了，凱林奇大廈落到了比它的主人們更合適的人手裡。毫無疑問，這種認識必然孕育著痛苦，而且是一種極大的痛苦。不過，她與拉塞爾夫人不同，重新進入大廈，走過那些十分熟悉的房間時，不會感到她所感到的那種痛苦。

此時此刻，安妮無法對自己說：「這些房間應該僅僅屬於我們。哦，它們的命運多麼悲慘！大廈裡住上了多麼不體面的人！一個歷史悠久的家族就這樣給攆走了？讓幾個陌生人給取而代之了！」不，除非她想起自己的母親，想起她坐在那兒掌管家務的地方，否則她不會發出那樣的嘆息。

克羅夫特夫人待她總是和和氣氣的，使她愉快地感到自己很受喜愛。眼下這次，她在大廈裡接待她，更是關懷備至。

萊姆發生的可悲事件很快便成了主要話題。她們交換了一下病人的最新消息，顯然兩位女士都是頭天上午同一時刻得到消息的。

原來，溫特沃思海軍上校昨天回到了凱林奇（這是出事以後的頭一回），他給安妮帶來了最後一封信，可她卻查不出這信究竟是怎麼送到的。溫特沃思海軍上校逗留了幾個小時，然後又回到萊姆，目前他不打算再離開了。她特別發覺，他還詢問了她的情況，希望艾略特小姐沒有累壞身子，並且把她的勞苦功高美言了一番。這是很寬懷大度的，幾乎比任何其他事情都使她感到愉快。

她們兩個都是穩重而理智的女人，判斷問題都以確鑿的事實爲依據，因此談論起這次可悲的災難來，只能採取一種方式。她們不折不扣地斷定，這是過於輕率魯莽造成的，後果可怕之至，一想到默斯格羅夫小姐還不知道何時何日才能痊癒，很可能還要留下後遺症，眞叫人不寒而慄！

海軍少將概括地大聲說道：「唉！這事眞糟糕透了。小伙子談戀愛，把女友的腦袋都摔破了，艾略特小姐，這莫非是一種新式戀愛法？這眞叫摔破腦袋上石膏啊！」

克羅夫特海軍少將的語氣神態並不很中拉塞爾夫人的意，但是卻讓安妮感到高興。他心地善良，個性單純，具有莫大的魅力。

「唔，妳進來發現我們住在這兒，」他猛然打斷了沉思，說道：「心裡一定覺得不好受。說實話，我先前沒想到這一點，可妳一定覺得很不好受。不過，請妳不要客氣。妳要是願意的話，可以起來到各個屋裡轉轉。」

「下次吧，先生，謝謝您。這次不啦！」

「唔，什麼時候都行。妳隨時都可以從矮樹叢那裡走進來。妳會發現，我們的傘都掛在那門口附近。那是個好地方，對吧？不過，」他頓了頓：「妳不會覺得那是個好地方，因爲妳們的傘總是放在男管家的屋裡。是的，我想情況總是如此的。一個人的做事方式可能與別人的同樣切實可行，但我們還是最喜歡自己的做事方式。因此是不是要到屋裡轉轉，得由妳自己作主。」

安妮覺得她還是可以謝絕的，便十分感激地作了表示。

「我們做的改動很少，」海軍少將略思片刻，繼續說道：「很少。我們在厄潑克勞斯對妳說過那洗衣房的門，我們對它改動很大。那小門洞那麼不方便，天下居然有人家能忍受這麼長時間，眞叫人感到奇怪！請妳告訴沃爾特爵士，我們做了改變，謝潑德先生認爲，這是這幢房子歷來所做出的最了不起的改建。的確，我應該替我們自己說句公道話，我們所做的幾處修繕，都比原來強多了。不過，這都是我妻子的功勞。我的貢獻很小，我只是讓人搬走了我化妝室裡的幾面大鏡子，那都是妳父親的。眞是個好心人，一個眞正的君子。可是我倒覺得，艾略特小姐，」他帶著沉思的神氣：「我倒覺得就他的年齡而言，他倒是個講究衣著的人。擺上這麼多的鏡子！哦，上帝！說什麼也躲不開自己的影子。於是我找索菲婭來幫忙，很快就把鏡子搬走了。現在我就舒服多了，角落裡有面小鏡子刮臉用，還有個大傢伙我從不挨近。」

安妮情不自禁地樂了，可又苦苦地不知道回答什麼是好。

海軍少將唯恐自己不夠客氣，便接著這話頭繼續說道：「艾略特小姐，妳下次給令尊寫信的時候，請代我和克羅夫特夫人問候他，告訴他我們稱心如意地住下來了，對這地方沒有什麼可挑剔的。就算餐廳的煙囪有點漏煙吧，可那只是刮正北風，而且刮得很厲害的時候，一冬或許碰不上三次。總的說來，我們去過附近的大多數房子，可以斷言，我們最喜歡的還是這一幢。請妳就這麼告訴他，並轉達我的問候。他聽到了會高興的。」

拉塞爾夫人和克羅夫特夫婦相互都十分中意，不過也是命中注定，由這次拜訪開始的結交暫時會有什麼進展，因爲克羅夫特夫婦回訪時宣布，他們要離開幾個星期，去探望郡北部的親戚，可能到拉塞爾夫人去巴斯的時候還回不來。於是，危險消除了，安妮不可能在凱林奇大廈遇見溫特沃思海軍上校了，不可能見到他同她的朋友在一起了。一切都保險了，她爲這事擔心來擔心去的，全是白費心思，她不禁感到好笑。

第十四章

默斯格羅夫夫婦抵達萊姆後，查爾斯和瑪麗繼續待在萊姆的時間，雖說大大超出了安妮的預料，但他們仍然是一家人中最先回家的，而且一回到厄潑克勞斯，便乘車到凱林奇鄉舍拜訪。他們離開萊姆的時候，路易莎已經能坐起來了。不過，她的頭腦儘管很清楚，身體卻極爲虛弱，神經也極爲脆弱。雖然她可以說恢復得很快，但是仍然說不上什麼時候才能夠經受住旅途的顛簸，轉移到家裡。她的父母親總得按時回去接幾個小一點的孩子來家過聖誕節，這就不大可能把她也帶回去。

他們大家都住在公寓裡。默斯格羅夫太太盡可能把哈維爾夫人的小孩領開，盡量從厄潑克勞斯運來些生活用品，以便減少給哈維爾夫婦帶來的不便，因爲這夫婦倆每天都要請他們去吃飯。總之一句話，雙方似乎在展開競賽，看誰更慷慨無私，更殷勤好客。

瑪麗有她自己的傷心事，不過總的來說，從她在萊姆待了那麼久可以看出來，她覺得樂趣多於痛苦。查爾斯．海特不管她高興不高興，也經常跑到萊姆來。他們同哈維爾夫婦一道吃飯的時候，屋裡僅有一個女僕在服待，而且哈維爾夫人最初總是把默斯格羅夫太太尊爲上席。但是她一旦發現瑪麗是誰的女兒，便向她千道歉萬陪禮，瑪麗也就成天來往不斷，在公寓和哈維爾夫婦的住所之間來回奔波，從書齋裡借來書，頻繁地換來換去。權衡利弊，她覺得萊姆還是不錯。瑪麗還被帶到查茅斯去沐浴，到教堂做禮拜，她發現萊姆教堂裡的人比厄潑克勞斯的人多得多。她本來就覺得自己很起作用，再加上這些情況，就使她感到這兩個星期的確過得很愉快。

安妮問起本威海軍中校的情況，瑪麗的臉上頓時浮起了陰雲。查爾斯卻失聲笑了。

「哦！我想本威克海軍中校的情況很好，不過他是個非常古怪的年輕人。我不知道他要幹什麼。我們請他來家裡住上一、兩天，查爾斯答應陪他去打獵，他似乎也很高興，而我呢，我還以爲事情全談妥了，可妳瞧！他星期二晚上提出了一個十分彆腳的藉口，說他從不打獵，完全被誤解了。他作出這樣那樣的許諾，可是到頭來我發現，他並不打算來。我想他怕來這裡覺得沒意思。可是不瞞妳說，我倒認爲我們農舍裡熱熱鬧鬧的，正適合本威克海軍中校這樣一個肝腸寸斷的人。」

查爾斯又笑了起來，然後說道：「瑪麗，妳很了解事情的眞實情況。這全是妳造成的，」他轉向安妮。「他以爲跟著我們來了，準會發現妳就在近前。他以爲什麼人都住在厄潑克勞斯。當他發現拉塞爾夫人離厄潑克勞斯有三英里遠時，便失去了勇氣，不敢來了。我以名譽擔保，就是這麼回事。瑪麗知道情況如此。」

但是瑪麗並沒有欣然表示同意這個看法。究竟是由於她認爲本威克海軍中校出身低微、地位卑下，不配愛上一位艾略特小姐，還是由於她不願相信安妮給厄潑克勞斯帶來的誘惑力比她自己的還大，這只得留給別人去猜測。不過，安妮並沒有因為聽到這些話，而削弱自己的好意。她冒然地承認自己感到榮幸，並且繼續打聽情況。

「哦！他常談起妳，」查爾斯嚷道：「聽那措詞……」瑪麗打斷了他的話頭：「我敢說，查爾斯，我在那裡待了那麼長時間，聽他提起安妮還不到兩次。我敢說，安妮，他從來都不談論妳。」

「是的，」查爾斯承認說，「我知道他不隨便談論妳，不過他顯然極其欽佩妳。他腦子裡淨想著妳推薦他讀的一些書，還想同妳交換讀書心得。他從某一本書裡受到了什麼啓發，他認為——哦！我不能裝作記得很牢的樣子，不過的確是個美好的啓發——我聽見他源源本本地告訴了亨麗埃塔。接下來他又讚嘆不已地說起了『艾略特小姐！』瑪麗，我敢肯定情況就是這樣，我親自聽到的，當時妳待在另一個房間。『嫻雅，可愛，美麗。』哦！艾略特小姐具有無窮無盡的魅力。」

「我敢說，」瑪麗激動地讓道，「他這樣做並不光彩。哈維爾小姐六月份才去世，他就動這樣的心思，這種人不值得要，妳說是吧，拉塞爾夫人？我想妳一定會同意我的看法。」

「我要見到本威克海軍中校以後，才能下結論，」拉塞爾夫人含笑說道。

「那我可以告訴妳，夫人，妳八成很快就會見到他，」查爾斯說。「他雖說沒有勇氣跟我們一起來，隨後又不敢起程來這裡作正式訪問，但他有朝一日會一個人來凱林奇的，妳儘管相信好啦！我告訴了他距離和道路，還告訴他我們的教堂很值得一看；因為他喜歡這種東西，我想這會成爲一個很好的藉口，他聽了心領神會。從他的態度看，我管保妳們很快就會見到他來這裡訪問。因此，我通知妳啦，拉塞爾夫人。」

「只要是安妮認識的人，我總是歡迎的，」拉塞爾夫人和藹地答道。

「哦！要說安妮認識，」瑪麗說：「我想我比安妮更認識他，因爲這兩個星期以來，我天天都見到他。」

「唔，這麼說來，既然你們倆都認識本威克海軍中校，那我很高興見見他。」

「實話對妳說吧，夫人，妳會覺得他一點也不討人喜歡。他是天下最沒意思的一個人。有時候，他陪著我從沙灘的一頭走到一另頭，一聲也不吭。他壓根兒不是個教養有素的年輕人。我敢肯定妳不會喜歡他的。」

「瑪麗，在這個問題上我們的看法就不一致了，」安妮說：「我認爲拉塞爾夫人是會喜歡他的。我認爲她會十分喜歡他有豐富的知識，要不了多久，她就會看不到他言談舉止上的缺陷了。」

「我也這樣認爲，安妮，」查爾斯說道：「我想拉塞爾夫人準會喜歡他的。他正是拉塞爾夫人喜歡的那種人。給他一本書，他會整天讀個不停。」

「是的，他敢情會！」瑪麗帶著譏誚的口吻大聲說道：「他會坐在那裡潛心讀書，有人跟他說話他也不知道，妳把剪刀掉在地上他也不曉得，不管出了什麼事他都不理會。妳認爲拉塞爾夫人對此也會喜歡？」

拉塞爾夫人忍不住笑了。「說實話，」她說：「我眞沒想到，我對一個人的看法居然會招致如此不同的猜測，儘管我自稱自己的看法是始終如一，實事求是的。此人能引起如此截然相反的看法，我倒眞想見見他。我希望你們能動員他到這裡來。他來了以後，瑪麗，妳準保能聽到我的意見。不過，在這之前，我決不對他妄加評論。」

「妳不會喜歡他的，這我可以擔保。」

拉塞爾夫人扯起了別的事情。瑪麗心情激動地談到了他們同艾略特先生的奇遇，或者更確切地說，異乎尋常地沒見到他。

「他這個人嘛，」拉塞爾夫人：「我倒不想見。他拒絕同本家的家長友好相處，這就給我留下了極壞的印象。」

這話說得斬釘截鐵，頓時給心頭熱切的瑪麗潑了一瓢冷水，使她驟然收斂起她那艾略特家族特有的神氣。

說到溫特沃思海軍上校，雖然安妮沒有冒昧地加以詢問，但是查爾斯夫婦卻主動談了不少情況。可以料想，他的情緒近來已大大恢復正常。隨著路易莎的好轉，他也好轉起來，現在同第一週比較起來，簡直判若兩人。他一直沒見到路易莎，因爲生怕一見面會給她帶來什麼惡果，也就壓根兒不催著要見她。相反，他倒似乎打算離開七天十日的，等她頭好些了再回來。他曾經說過要去普利茅斯住上一個星期，而且還想動員本威克海軍中校同他一道去。不過，像查爾斯堅持說的，本威克海軍中校似乎更想乘車來凱林奇。

毋庸置疑，從此刻起，拉塞爾夫人和安妮都要不時地想起本威克海軍中校。拉塞爾夫人每逢聽到門鈴聲，總覺得或許有人通報他來了。安妮每次從父親的庭園裡獨自散步回來，或是到村裡作慈善訪問回來，總想知道能不能見到他，或者聽到他的消息。可是本威克海軍中校並沒有來。他或者不像查爾斯想像的那麼願意來，或者太靦腆。拉塞爾夫人等了他一個星期之後，便斷定他不配引起她那麼大的興趣。

默斯格羅夫夫婦回來了，從學校裡接回自己快樂的子女，而且還把哈維爾夫人的小傢伙也帶來了，這就使厄潑克勞斯變得更加嘈雜，萊姆倒清靜下來。亨麗埃塔仍然陪著路易莎，可是默家的其他人又都回到了自己府上。

一次，拉塞爾夫人和安妮來拜訪他們，安妮不能不感到，厄潑克勞斯又十分熱鬧起來了。雖然亨麗埃塔、路易莎、查爾斯·海特和溫特沃思海軍上校都不在場，可是這屋裡同她離開時見到情景形成了鮮明的對照。

緊圍著默斯格羅夫太太的是哈維爾家的幾個小傢伙。她小心翼翼地保護著他們，不讓他們受到農舍裡兩個孩子的恣意欺侮，儘管他倆是特意來逗他們玩的。屋裡的一邊有一張桌子，圍著幾個唧唧喳喳的小姑娘，正在剪綢子和金紙。屋子的另的一邊支著幾張擱架，擱架上擺滿了盤子，盤子裡盛著醃豬肉和冷餡餅，把擱架都壓彎了。一夥男孩正在吵吵嚷嚷地狂歡大鬧。整個場面還缺少不了那呼呼燃燒的聖誕爐火，儘管屋裡已經喧囂不已，它彷彿非要叫給別人聽聽似的。兩位女士訪問期間，查爾斯和瑪麗當然也來了，默斯格羅夫先生一心要向拉塞爾夫人表示敬意，在她身邊坐了十分鐘，提高了嗓門同她說話，但是坐在他膝蓋上的孩子吵吵鬧鬧的，他的話大多聽不清。這是一支絕妙的家庭狂歡曲。

從安妮的性情來判斷，她會認爲路易莎病後衆人的神經一定大爲脆弱，家裡這樣翻天覆地的鬧騰可不利於神經的恢復。卻說默斯格羅夫太太，她特意把安妮拉到身邊，極其熱誠地一再感謝她對他們的多方關照。她還簡要述說了一番她自己遭受的痛苦，最後樂滋滋地向屋裡掃視了一圈說，吃盡了這番苦頭之後，最好的補償辦法還是待在家裡靜悄悄地歡快一番。

路易莎正在迅速復元。她母親甚至在盤算，她可以在弟弟妹妹們返校之前回到家裡。哈維爾夫婦答應，不管路易莎什麼時候回來，都陪她來厄潑克勞斯住一段時間。溫特沃思海軍上校眼下不在了，他去希羅普郡看望他哥哥去了。

「我想我要記住，」她們一坐進馬車，拉塞爾夫人便說道：「以後可別趕在聖誕節期間來訪問厄潑克勞斯。」

像在其他問題上一樣，人人都對喧鬧聲有著自己的鑒賞力。各種聲音究竟在是無害的還是令人煩惱的，要看其種類，而不是看其響亮程度。此後不久，一個雨天的下午，拉塞爾夫人來到了巴斯。馬車沿著長長的街道，從老橋往卡姆登巷駛去，只見別的馬車橫衝直撞的，大小貨車發出沉重的轟隆聲，賣報的、賣松餅的、送牛奶的，都在高聲叫喊，木製套鞋咔嗒咔嗒地響個不停，可是她倒沒有抱怨。不，這是冬季給人帶來樂趣的聲音，聽到這些聲音，她的情緒也跟著高漲起來。她像默斯格羅夫太太一樣，雖然嘴裡不說，心裡卻覺得：在鄉下待了這麼久，最好還是靜悄悄地歡快一陣子。

安妮並不這樣想。她雖然默默不語，但卻硬是不喜歡巴斯這地方。她隱隱約約地望見了陰雨籠罩、煙霧騰騰的高樓大廈，一點兒也不想仔細觀賞。馬車走在大街上，儘管令人生厭，卻又嫌跑得太快，因爲到達之後，有誰見了她會感到高興呢？於是，她帶著眷戀遺憾的心情，回顧起厄潑克勞斯的喧鬧和凱林奇的僻靜。

伊麗莎白的最後一封信傳來一條有趣的消息：艾略特先生就在巴斯。他到卡姆登巷登門拜訪了一次，後來又拜訪了第二次，第三次，顯得十分殷勤。如果伊麗莎白和她父親沒有搞錯的話，艾略特先生就像以前拼命怠慢他們一樣，現在卻在拼命地巴結他們，公開宣稱這是一門貴親。如果情況果眞如此，那就妙了。

拉塞爾夫人對艾略特先生既好奇，又納悶，心裡一高興，早就拋棄了她最近向瑪麗表示的：「不想見這個人」的那股情緒。她很想見見他。如果他眞想心甘情願地使自己成爲艾略特家族的孝子，那麼人們倒應當寬恕他一度脫離了自己的父系家族。

安妮對情況並不這麼樂觀，不過她覺得，她不妨再見見艾略特先生，而對巴斯的其他好多人，她卻連見都不想見。

她在卡姆登巷下了車。隨即，拉塞爾夫人乘車向她在里弗斯街的寓所駛去。

第十五章

沃爾特爵士在卡姆登巷租了一幢上好的房子，地勢又高又威嚴，正好適合一個貴紳的身分。他和伊麗莎白都在那裡住了下來，感到十分稱心如意。

安妮懷著沉重的心情走進屋去，一想到自己要在這裡關上好幾個月，便焦灼不安地自言自言道：「哦！我什麼時候才能離開呢？」不過出乎意料，她受到了相當熱情的歡迎，這使她感到欣慰。她父親和姊姊就想讓她看看房子、家具，見到她頗爲高興，待她十分和氣。大夥坐下吃飯時，發現多了個第四者，這也不無好處。

克萊夫人和顏悅色，笑容滿面，不過她的禮貌和微笑倒是理所當然的事情。安妮總是覺得，她一到來，克萊夫人就會裝出禮貌周到的樣子，然而另外兩個人的如此多禮卻是沒有料到的。顯而易見，他們都興高采烈的，這其中的緣由安妮馬上就要聽到。他們並不想聽她說話，開始還指望她能恭維幾句，說說老鄰居如何深切地懷念他們，怎奈安妮不會這一套。他們只不過隨便詢問了兩句，然後整個談話就由他們包攬了。厄潑克勞斯激不起他們的興趣，凱林奇引起的興趣也很小，談來談去全是巴斯。

他們高高興興地告訴她，巴斯無論從哪方面看，都超出了他們的期望。他們的房子在卡姆登巷無疑是最好的，他們的客廳同他們耳聞目睹過的所有客廳比起來，具有許多明顯的優點，而這種優越性同樣表現在陳設的式樣和家具的格調上。人們都爭先恐後地結交他們，個個都想拜訪他們。他們迴避了許多引薦，但仍然有素不相識的人絡繹不絕地送來名片。

這就是享樂的資本！安妮能對父親和姊姊的喜悅感到驚訝嗎？她或許不會驚訝，但一定會嘆息。她父親居然對自己的變化不覺得屈辱，對失去居住在自己土地上的義務和尊嚴不感到懊悔，卻對待在一個小城鎮裡沾沾自喜。當伊麗莎白打開折門，揚揚得意地從一間客廳走到另一間客廳，誇耀這些客廳有多麼寬敞時，安妮豈能不為這位女人的行止感到可笑和驚奇，並為之嘆息。她原是凱林奇大廈的女主人，現在見到兩壁之間大約有三十英尺的距離，居然能夠如此得意。

然而，這並不是他們為之欣喜的全部內容，其中還有艾略特先生。安妮聽到他們大談特談艾略特先生。他不僅受到寬恕，而且博得了他們的歡心。他在巴斯住了大約兩個星期。（他十一月份去倫敦的途中，曾路過巴斯，有關沃爾特爵士移居這裡的消息，他當然已有所聞。他雖說在此地逗留了二十四小時，但卻未能乘機求得一見。）但是，他如今已在巴斯住了兩個星期，他到達後的頭一件事就是去卡姆登巷遞上名片，接著便千方百計地求見。在他們見面的時候，他舉止是那樣的大方，對過去的作為爽爽快快地賠禮道歉，又是那樣急切地希望被重新接納為本家親戚，於是他們完全恢復了過去的充分諒解。

他們發現他並沒有什麼過錯。他為自己的貌似怠慢作了辯解，說那純粹是誤解造成的。

他從沒想到要自我拋棄。他擔心自己被拋棄了，可是又不知道原因何在，而且一直不好意思詢問一聽說他曾對家族和榮譽出言不遜，或出言不慎，他不由得義憤填膺。他一向誇耀自己是艾略特家族的人，有著極其嚴格的家族觀念，這同現今的非封建風氣很不合拍。他的確感到驚訝，不過他的人格和整個行爲一定能對這種誤解加以反駁。他告訴訴沃爾特爵士，他可以向熟悉他的一切人了解他的情況。當然，他一得到重修舊好的機會，便在這上面費盡了心血，想把自己恢復到本家和繼承人的地位，此事充分證明了他對這個問題的看法。

他們發現，他的婚姻情況也是十分情有可原的。這一條他自己不好說，不過他有個非常親密的朋友——沃利斯上校。這是個很體面的人，一個地地道道的君子（沃爾特爵士還補充說，他是一個不醜的男子漢），在馬爾巴勒大樓過著非常豪華的生活，經他自己特意要求，艾略特先生從中介紹，結識了沃爾特爵士父女。他提到了有關艾略特先生婚事的一、兩個情況，這就大大改變了他們的看法，覺得事情並非那麼不光彩。

沃利斯上校早就認識艾略特先生，同他妻子也很熟悉，因而對整個事情瞭如指掌。當然，她不是個大家閨秀，但卻受過上等教育，多才多藝，也很有錢，極其喜歡他的朋友。她富有魅力，主動追求他。她若是沒有那點魅力，她的錢再多也打動不了艾略特先生的心，況且，他還向沃爾特爵士擔保說，她是個十分漂亮的女人。有了這一大堆情況，事情就好理解了。一個非常有錢、非常漂亮的女人愛上了他。沃爾特爵士似乎承認，照這麼說來完全可以諒解。伊麗莎白對此雖說不能完全贊同，卻覺得情有可原。

艾略特先生三番五次地登門拜訪，還同他們一起吃過一頓飯。顯然，他對自己受到盛情邀請感到高興，因爲沃爾特爵士父女一般並不請人吃飯。總而言之，他爲自己受到伯父、堂妹的殷勤接待而感到高興，把自己的整個幸福寄託在同卡姆登巷建立親善關係上。

安妮傾聽著，但是又搞不太明白。她知道，對於說話人的觀點，她必須打個折扣，很大的折扣。她聽到的內容全都經過了添枝加葉。在重修舊好的過程中，那些聽起來過火的、不合理的東西可能是說話人的言語引起的。

儘管如此，她還是有這樣的感覺：間隔了許多年之後，艾略特先生又想受到他們的厚待，外表上看不出來，心裡可不知道打的什麼主意。從世俗的觀點來看，他同沃爾特爵士關係好了無利可圖，關係壞了也無險可擔。十有八、九，他已經比沃爾特爵士更有錢了。再說今後，凱林奇莊園連同那爵位肯定要歸他所有。他是個聰明人，而且看來十分聰明，那他爲什麼要蓄意這樣幹？她只能找到一個解釋：說不定是爲了伊麗莎白。他過去也許眞的喜歡她，不過由於貪圖享受和偶然的機遇，他又作出了別的抉擇。如今他既然可以按照自己的意願行事了，就會打算向伊麗莎白求婚。伊麗莎白當然很漂亮，舉止端莊嫻雅，她的性格也許從來未被艾略特先生看透過，因爲他只是在公開場合結識了她，而且是在他自己十分年輕的時候。現在他到了更加敏銳的年紀，伊麗莎白的性情和見識能否經得起他的審查，卻是令人擔心的，而且令人可怕。

安妮情懇意切地希望，如果艾略特先生當眞相中了伊麗莎白，他可不要太挑剔，太認眞了。伊麗莎白自認爲艾略特先生看中了她，而她的朋友克萊夫人也慫恿她這樣想，這在大夥談論艾略特先生的頻繁來訪時，看著他倆眉來眼去地使上兩次眼色，便能一目瞭然。

安妮說起她在萊姆匆匆見過他兩眼，可惜沒有人注意聽。「哦！是的，那也許是艾略特先生。我們不清楚。那也許是他。」他們無法聽她來形容，因爲他們自己在形容他，尤其是沃爾特爵士。他稱讚他很有紳士派頭，風度優雅入時，臉形好看，還長有一雙聰慧的眼睛。不過，他又不得不爲他的下顎過於突出表示惋惜，而且這一缺陷似乎越來越明顯。他也不能假意奉承，說他這些年來幾乎一點也沒變樣。艾略特先生卻彷彿認爲，沃爾特爵士看上去倒和他們最後分手時一模一樣。但是沃爾特爵士卻不能同樣恭維他一番，因爲這使他感到不安。不過，他也不想表示不滿。艾略特先生畢竟比大多數人更好看些，無論走到哪裡，他都不怕人家看見他倆在一起。

整個晚上，大家都在談論艾略特先生和他在馬爾巴勒大樓的朋友。「沃利斯上校是那樣急於結識我們！艾略特先生也是那樣急切地希望他能結識我們！」眼下，他們對沃利斯夫人只是有所耳聞，因爲她很快就要分娩了。不過艾略特先生稱她是個「極其可愛的女人，很值得卡姆登巷的人們與之交往」，她一恢復健康，他們便可結識。沃爾特爵士十分推崇沃利斯夫人，說她是個極其漂亮的女人。他渴望見到她。他在街上盡見到些難看的女人，希望沃利斯夫人能爲他彌補一下。巴斯的最大缺點，就是難看的女人太多。他不想說這裡沒有漂亮的女人，但是醜女人的比例太大。他往往是邊走邊觀察，每見到一個漂亮的女子，接下來就要見到三十個，甚至三十五個醜女人。

一次，他站在邦德街的一家商店裡，數來數去，總共有八十七個女人走過去了，還沒見到一個像樣的。不錯，那天早晨很冷，寒氣襲人，能經得起這個考驗的，一千個女人裡頭還找不到一個。但是，巴斯的醜女人仍然多得嚇人。

再說那些男人！他們更是醜不可言。這樣的醜八怪，大街上比比皆是！這裡的女人很難見到一個像樣的男人，這可以從相貌端正的男人引起的反應中看得明明白白。沃利斯上校雖說長著灰色頭髮，可也是個儀表堂堂的軍人，沃爾特爵士無論同他臂挽臂地走到哪裡，總是注意到每個女人的目光都在盯著他。的的確確，每個女人的目光都要盯著沃利斯上校。好謙虛的沃爾特爵士！其實，他又何嘗逃脫得了。他的女兒和克萊夫人一同暗示說，沃利斯上校的夥伴具有像沃利斯上校一樣漂亮的體態，而且他的頭髮當然不是沙色的。

「瑪麗看上去怎麼樣啦？」沃爾特爵士喜沖沖地說道：「我上次見到她的時候，她紅著個鼻子，我希望她不是成天這樣。」

「哦！不是的，那一定是純屬偶然。自從米迦勒節以來，她的身體一般都很好，樣子也很漂亮。」

「我本想送給她一頂新遮陽帽和一件皮製新外衣，可是又怕她冒著刺骨的寒風往外跑，把皮膚吹粗糙了！」

安妮心裡在想，她是不是應該冒然建議，他若是改送一件禮服或是一頂便帽，便不至於被如此濫用，不料一陣敲門聲把一切都打斷了。有人敲門！天這麼晚，都十點鐘了！難道是艾略特先生？他們知道他到蘭斯道恩新月飯店吃飯去了，回家的路上可能順便進來問個安。他們想不到會有別人。克萊夫人心想一定是艾略特先生敲門。克萊夫人猜對了。一個管家兼男僕禮儀周到地把艾略特先生引進屋裡。

一點不錯，就是那個人，除了衣著之外，沒有別的什麼兩樣的。安妮往後退了退，只見他在向別人表示問候，請她姊姊原諒他在這麼個不尋常的時刻來登門拜訪，不過都走到門口了，他禁不住想知道一下，伊麗莎白和她的朋友頭天有沒有發生傷風感冒之類的事情。這些話，他盡量說得客客氣氣的，別人也盡量客客氣氣地聽著，可是下面就要輪到她了。沃爾特爵士談起了他的小女兒。

「艾略特先生，請允許我介紹一下我的小女兒。」（誰也不會想起瑪麗）安妮臉上露出了羞澀的微笑，恰好向艾略特先生顯現出他始終未能忘懷的那張漂亮面孔。安妮當即發現他微微一怔，不禁覺得有些好笑，他居然一直不曉得她是誰。他看上去大爲驚訝，但是驚訝之餘更感到欣喜。他的眼睛在熠熠發光！他情懇意切地歡迎這位親戚，還提起了過去的事情，求她拿他當熟人看待。他看上去跟在萊姆的時候一樣漂亮，說起話來更顯得儀態不凡。他的舉止眞是堪稱楷模，既雍容大方，又和藹可親，安妮只能拿一個人的舉止與之媲美。這兩個人的舉止並不相同，但也許同樣令人可愛。

他同他們一起坐了下來，爲他們的談話增添了異彩。他無疑是個聰明人，這在十分鐘裡便得到了證實。他的語氣，神態，話題的選擇，知道適可而止，處處表明他是個聰明、理智的人。他一得到機會，便同安妮談起了萊姆，想交換一下對那個地方的看法，尤其想談談他們同時住在同一座旅館的情況；把他自己的旅程告訴她，也聽她說說她的旅程，並爲失去這樣一個向她表示敬意的機會而感到遺憾。

安妮簡要述說了她們一夥人在萊姆的活動。艾略特先生聽了越發感到遺憾。他整個晚上都是獨自一個人在她們隔壁的房間裡度過的，總是聽到他們有說有笑的，心想他們準是一夥頂開心的人，渴望能加入他們一起，不過他當然絲毫沒有想到他會有任何權利來作自我介紹啦！他要是問問這夥人是誰就好了！一聽到默斯格羅夫這個名字，他就會明白眞情的。「唔，那還可以幫助我糾正在旅館絕不向人發問的荒誕做法，我還是在很年輕的時候，就開始遵循好奇者不禮貌的原則。」

「我相信，」他說：「一個二十一、二歲的年輕人爲了爭時髦，對於必須採取什麼樣的舉止所抱有的想法，眞比天下其他任何一種人的想法還要荒誕。他們採用的方式往往是愚蠢的，而能與這種愚蠢方式相比擬的，卻只有他們那愚蠢的想法。」

但是他知道，他不能光對安妮一個人談論自己的想法，他很快又向衆人扯開了話題，萊姆的經歷只能偶爾再提提。

不過，經他一再詢問，安妮終於介紹了他離開萊姆不久她在那裡所經歷的情景。

一提起「一起事故」，他就必得聽聽全部眞相。他詢問的時候，沃爾特爵士和伊麗莎白也跟著詢問，但是你又不能不感到他們的提問方式是不同的。安妮只能拿艾略特先生與拉塞爾夫人相比較，看誰眞正希望了解出了什麼事情，看誰對安妮目睹這一事件時所遭受的痛苦更加關切。

他和他們在一起待了一個小時。壁爐架上那只精緻的小時鐘以銀鈴般的聲音敲了十一點，只聽遠處的更夫也在報告同樣的時辰。直到此時，艾略特先生或是別的什麼人才似乎感到，他在爵士府上待得夠久的了。

安妮萬萬沒有想到，她在卡姆登巷的頭一天晚上會過得這麼愉快。

第十六章

安妮回到家裡，有一點可能比弄清艾略特先生是否愛上伊麗莎白更會使她感到高興，那就是要確知她父親沒有愛上克萊夫人。可是她在家裡待了幾個小時，對此卻並不感到放心。第二天早晨下樓吃飯的時候，這位夫人只是裝模作樣地說她要走。安妮可以想像克萊夫人一定是這樣說的：「既然安妮小姐回來了，我覺得你們不再需要我了！」只聽伊麗莎白悄聲答道：「那可算不上什麼理由。我向妳擔保，我認爲這不是理由。同妳相比，安妮對我是無足輕重的。」她父親說的話，也讓她全聽到了；「親愛的夫人，這可不成。妳到現在還沒看看巴斯呢！妳來這裡光顧著幫忙。妳現在不能離開我們。妳必須留下來等著結識沃利斯夫人，美麗的沃利斯夫人。妳是個志趣高尚的人，我知道，欣賞美貌對妳是一種眞正的滿足。」

他說得十分誠懇，樣子也很認眞，安妮只見克萊夫人偷偷向伊麗莎白和她自己瞥了一眼，心裡並不感到奇怪。也許，她臉上還流露出幾分戒備的神氣，但是志趣高尚的讚語似乎並未激起她姊姊的思緒。克萊夫人只好屈從兩人的懇求，答應留下來。

就在那同一個早晨，安妮和她父親湊巧單獨碰到了一起，做父親的讚揚她變得更漂亮了。他認爲她的「身材和雙頰不那麼瘦削了，皮膚和面色也大有改觀，變得更白淨、更嬌嫩了，是不是在使用什麼特別的藥物？」「沒有，什麼也沒用。」「是不是用的高蘭洗面劑？」他推測說。「沒有，根本沒有。」

「哈！這就叫我感到奇怪了，」他接著說道：「當然，妳最好能保持現在的容顏，最好能保持良好的狀況；不然我就建議妳在春季使用高蘭洗面劑，不間斷地使用。克萊夫人根據我的建議，一直在；用這種洗面劑，妳瞧對她有多靈驗，把她的雀斑都洗掉了。」

要是伊麗莎白能聽到這話該有多好！這種個人讚揚可能會使她有所觸動，因爲據安妮看來，克萊夫人臉上的雀斑根本沒有減少。不過，一切事情都應該碰碰運氣。如果伊麗莎白也要結婚的話，那她父親的這場婚事的弊病就會大大減少。至於安妮自己，她可以永遠同拉塞爾夫人住在一起。

拉塞爾夫人與卡姆登巷的來往中，她那恬靜的心地和文雅的舉止在這一點上受到了考驗。她待在那裡，眼見著克萊夫人如此得寵，安妮如此被冷落，無時無刻不感到惱怒。就是離開之後，她有時仍舊感到很氣惱，若是一個人待在巴斯，除了喝喝礦泉水，訂購所有的新出版物和結交一大幫熟人之外，還有時間感到氣惱的話。

拉塞爾夫人認識了艾略特先之後，她對別人變得更加寬厚，或者更加漠不關心。他的舉止當即博得了她的歡心。同他一交談，發現他表裡完全一致，於是她告訴安妮，她起初差一點驚叫起來：「這難道能是艾略特先生？」她簡直無法想像會有比他更討人喜歡、更值得敬重的人。他身上綜合了一切優點：富於理智，卓有見地，見多識廣，爲人熱情。他對家族懷有深厚的感情，具有強烈的家族榮譽感，既不傲慢，也不怯弱；他作爲一個有錢人，生活闊綽而不炫耀；他在一切實質性問題上都自有主張，但在處世行事上從不蔑視公衆輿論。他穩重，機警，溫和，坦率；他從不過於興奮，過於自私，儘管這都被視爲感情強烈的表現；然而，他知道什麼是親切可愛的，他珍惜家庭生活的幸福，而有些人自以爲熱情洋溢，激動不堪，其實他們很難眞正具備這種氣質。她知道，他在婚事上一直感到不幸。沃利斯上校是這麼說的，拉塞爾夫人也看出來了。但是這種不幸並不會使他失望，而且（她很快意識到）也不會阻止他產生續弦的念頭。她對艾略特先生的滿意之情壓過了對克萊夫人的厭煩之感。

安妮幾年前便開始認識到，她和她的好朋友有時會抱有不同的想法。因此她並不感到奇怪，拉塞爾夫人對艾略特先生要求和好的強烈願望，既不覺得令人可疑，也沒感到前後矛盾，又看不出他別有用心。在拉塞爾夫人看來，艾略特先生已經到了成年期，要同自己的家長和睦相處，這本是天經地義的事情，只會贏得通情達理的人們的交口稱譽。他的頭腦天生是清楚的，只不過在青年時期犯過錯誤，現在隨著時間的轉移自然改過來了。聽了這話，安妮仍然冒昧地笑了笑，最後還提起了「伊麗莎白」。拉塞爾夫人聽著，望著，只是審愼地這樣答道：「伊麗莎白！好吧，時間會做出解釋的。」

安妮經過一番觀察，覺得必須等到將來，問題才能見分曉。當前，她可下不了結論。在這座房子裡，伊麗莎白必須得到優先權，她習慣於被人們通稱爲「艾略特小姐」。任何親暱的表示似乎是不可能的，何況還不能忘記，艾略特先生喪偶還不到七個月。他要拖延點時間，那是完全情有可原的。事實上，她每次看到他帽子上的黑紗，就擔心她自己是不可原諒的，竟然把這種想像加到他的頭上。他的婚事雖說很不幸，但是他們畢竟做了多年夫妻，她不能想像他會很快忘掉喪偶給他帶來的可怕打擊。

不管事情的結果如何，艾略特先生無疑是他們在巴斯最稱心如意的熟人，安妮認為誰也比不上他。時常同他談談萊姆，這乃是一種莫大的享受，而他似乎也像安妮一樣，迫切希望再多看看萊姆。他們又把首次見面的情景詳詳細細地談論了許多遍。他告訴她說，他把她仔仔細細地端詳了一番。她很熟悉這種目光，她還記得另外一個人的目光。

他們的想法並非總是一致。安妮看得出來，艾略特先生比她更注重門第和社會關係。有一樁事，安妮認為並不值得擔憂，可艾略特先生卻跟著她父親和姊姊一起憂慮重重，這不僅僅是出於殷勤多禮，而且一定是想達到某種目的。原來，巴斯的報紙有天早晨宣布，孀居的達爾林普爾子爵夫人及其女兒卡特雷特小姐來到了巴斯。於是多少天來，卡姆登巷的輕鬆氣氛被一掃而光；因為達爾林普爾母女同艾略特父女是表親，這使安妮覺得極為不幸。沃爾特爵士父女感到傷腦筋的，是如何會見她們為好。

安妮先前從未見到父親、姊姊同貴族來往過，她必須承認，她有些失望。他們對自己的地位頗為得意，安妮本來希望他們的舉動體面一些，可是現在卻無可奈何地產生了一個她從沒料到的願望，希望他們能增添幾分自尊心，因為她一天到晚耳朵裡聽到的盡是「我們的表親達爾林普爾夫人和卡特雷特小姐」以及「我們的表親達爾林普爾母女」。

沃爾特爵士同已故子爵會過一面，但是從未見過子爵府上的其他人。事情難辦的是，自從子爵去世以來，他們兩家已經中斷了一切禮節性的書信來往。原來，在子爵剛去世的時候，沃爾特爵士因正患重病，以致很不幸，凱林奇府上有所失禮，沒向愛爾蘭發去唁函。這種忽略後來又降臨到失禮者的頭上；因爲當可憐的艾略特夫人去世時，凱林奇也沒收到對方的唁函，因而他們完全有理由擔心，達爾林普爾母女認爲他們的關係已經終止了。

現在的問題是如何糾正這令人痛心的誤會，使她們重新承認表親。拉塞爾夫人和艾略特先生雖說表現得比較理智，但是並不認爲這個問題無關緊要。「親戚關係總是值得保持，好朋友總是值得尋求。達爾林普爾夫人在勞拉巷租了一幢房子，爲期三個月，過得可豪華啦！她去年來過巴斯，拉塞爾夫人聽說她是個可愛的女人。如果艾略特父女能夠不失體面地同她們恢復關係，那就再稱心不過了。」

不過，沃爾特爵士寧願選擇自己的方式，最後向他尊敬的表妹寫了一封十分委婉的解釋信，洋洋灑灑的，又是抱歉，又是懇求。拉塞爾夫人和艾略特先生並不贊賞這封信，但是它卻達到了預期的目的，子爵夫人草草寫了三行回書。「甚感榮幸，非常樂於結識你們。」苦盡甘來，他們到勞拉巷登門拜訪，接到了達爾林普爾子爵夫人和卡特雷特小姐的名片，說是願意在他們最方便的時候，前來拜訪。沃爾特爵士父女逢人便談起，「我們勞拉巷的表親」以及「我們的表親爾林普爾夫人和卡特雷特小姐」。

安妮感到羞恥。即使達爾林普爾夫人和她的女兒十分和藹可親，她也會對她們引起的激動不安感到羞恥，何況她們沒有什麼了不起的。她們無論在風度上，還是才智上，都不比人高明。達爾林普爾夫人之所以博得了「一個可愛的女人」的名聲，那是因爲她對誰都笑容可掬，回起話來客客氣氣的。卡特雷特小姐更是少言寡語，再加上相貌平常，舉止笨拙，若不是因爲出身高貴，卡姆登巷決不會容她登門拜訪的。

拉塞爾夫人供認，她原來預期情況要好一些。不過，她們還是「値得結識的」。當安妮大膽地向艾略特先生說明了她對她們母女的看法時，艾略特先生也覺得她們本身是沒有什麼了不起的，不過仍然認爲，她們作爲親戚，作爲愉快的夥伴，加之本身又樂於結交愉快的夥伴，她們自有可貴之處。

安妮笑道：「艾略特先生，我心目中的愉快的夥伴，應該是些聰明人，他們見多識廣，能說會道。這就是我所謂的愉快的夥伴。」

「妳這話可說得不對，」他輕柔地說道：「那不是愉快的夥伴，而是最好的夥伴。愉快的夥伴只需要出身高貴，受過教育，舉止文雅，而且對受教育的要求並不十分嚴格。出身高貴和舉止文雅卻必不可少。不過，對於愉快的夥伴來說，有點知識決不是危險的事情，相反會大有益處。我的堂妹安妮搖頭了。她不相信這話。她還挺挑剔呢！我親愛的堂妹，」他在她身旁坐了下來：「妳幾乎比我認識的任何女人都更有權利挑剔，可是這能解決問題嗎？能使妳感到愉快嗎？如果接受了勞拉巷這兩位夫人小姐的友誼，盡可能享受一下這門親戚提供的一切有利條件，豈不是更好嗎？妳相信我好啦，她們今年冬天準保要活躍於巴斯的社會名流之中。地位畢竟是重要的，人們一旦知道你們同她們有親戚關係，你們一家人（讓我說我們一家人）就會像我們大家所希望的那樣，受到世人的青睞。」

「是呀！」安妮嘆了口氣：「人們肯定會知道我們同她們有親戚關係！」說罷定了定心，因爲不想聽他回答，她接下來又說道：「我當然認爲有人在不遺餘力地高攀這門親戚，我想，」她微笑著：「我比你們都更有自尊心。但是不瞞你說，我感到惱火，我們居然如此急切地要她們承認這種關係，而我們可以肯定，她們對這個問題絲毫也不感興趣。」

「請原諒，親愛的堂妹，妳小看了自己的應有權利。假若是在倫敦，妳就像現在這樣無聲無息地生活著，情況也許會像妳說的那樣。但是在巴斯，沃爾特．艾略特爵士及其一家總是值得受人結識的，總是會被認作朋友的。」

「當然，」安妮說：「我很驕傲，驕傲得無法賞識這樣的歡迎，以至於還得完全取決於在什麼地方。」

「我喜歡妳這樣氣憤，」他說：「這是很自然的。不過妳現在是在巴斯，目的是要在這裡定居下來，而且要保持理應屬於沃爾特．艾略特爵士的一切榮譽和尊嚴。妳說起自己很驕傲，我知道人家說我很驕傲，而我也不想認爲自己並非如此；因爲我不懷疑，我們的驕傲如果經過考查，可以發現有個相同的目的，雖然性質似乎略有點差別。我敢說，在有一點上，我親愛的堂妹，」他繼續說道，雖然屋裡沒有別人，聲音卻壓得更低了：「我敢說，在有一點上，我們肯定會有同感。我們一定會感到，妳父親在與他地位相當，或是勝過他的人們當中每多交一個朋友，就會使他少想一點那些地位比他低下的人。」

他一邊說一邊朝克萊夫人最近常坐的位子望去，足以說明他說這話的特殊用意。雖說安妮不敢相信他們同樣驕傲，但是對他不喜歡克萊夫人卻感到高興。她憑著良心承認，從挫敗克萊夫人的觀點來看，艾略特先生希望促成他父親多結交些朋友，那是完全可以諒解的。

第十七章

正當沃爾特爵士和伊麗莎白在勞拉巷拼命提高自己社會地位的時候，安妮卻恢復了一項性質截然不同的舊交。

她去探訪她以前的女教師，聽她說起巴斯有個老同學，過去對安妮很有交情，現在遇到了不幸，安妮應該關心關心她。此人原是漢密爾頓小姐，現爲史密斯夫人，曾在安妮生平最需要幫助的時刻，向她表示了珍貴的友情。

當時，安妮鬱鬱不樂地來到了學校，一方面爲失去自己親愛的母親而悲哀，一方面又爲離開家而傷感，這對於一個多情善感、情緒低落的十四歲小姑娘來說，此時此刻豈能不感到悲痛。漢密爾頓小姐比安妮大三歲，但是由於舉目無親，無家可歸，便在學校裡又待了一年。對安妮關懷體貼，大大減輕了她的痛苦，安妮每次回想起來，總覺得十分感動。

漢密爾頓小姐離開了學校，此後不久便結了婚，據說嫁給了一個有錢人，這是安妮原來所了解的有關她的全部情況。現在，她們的女教師更加明確地介紹了她後來的情況，說的與安妮了解的大不相同。

她是個窮苦的寡婦。她的丈夫一向揮金如土，大約兩年前，他臨死的時候，家境搞得一場糊塗。她得應付種種困難，除了這些煩惱以外，她還染上了嚴重的風濕病最後落到腿上，現在成了殘廢。她正是由於這個緣故才來到巴斯，眼下住在溫泉浴場附近。她過十分簡陋的生活，甚至連個傭人都僱不起，當然也幾乎是與世隔絕的。

她們的女教師擔保說，艾略特小姐要是去看望一下，一定會使史密斯夫人感到高興，因此安妮決定立即就去。她回到家裡，沒有提起她聽到的情況，也沒提起她的打算。這在那裡不會引起應有的興趣。她只和拉塞爾夫人商量了一下，因爲她能完全體諒她的心情。拉塞爾夫人極爲高興，便根據安妮的意願，用車把她送到史密斯夫人住所附近的西門大樓。

安妮進去拜訪，兩人重建了友情，相互間重新激起了濃厚的興趣。最初十分鐘還有些尷尬和激動。她們闊別十二年了，各人早已不是對方想像中的模樣。十二年來，安妮已經從一個花容月貌、沉默寡言、尚未定型的十五歲小姑娘，變成了一個雍容典雅的二十七歲的小女人，面容嫵媚多姿，只是失去了青春的艷麗，舉止謹慎得體，總是十分文雅；十二年來，漢密爾頓小姐已經從一個漂亮、豐滿、容光煥發、充滿自尊的少女，變成一個貧病交迫、孤苦無告的寡婦，把她過去的被保護人的來訪視爲一種恩典。不過，相見後的拘束感很快便消失了，剩下的只是回憶以往癖好和談論昔日時光的樂趣。

安妮發現，史密斯夫人就像她先前大膽期待的那樣，富有理智，舉止和悅，而她那健談、樂天的性情卻出乎她的意料。她是個涉世較深的人，無論過去的放蕩，還是現在的節制，患病也好，悲哀也罷，似乎都沒有使她心灰意冷，垂頭喪氣。

安妮第二次來訪時，史密斯夫人說起話來十分坦率，這就使安妮感到驚奇。她簡直無法想像，誰的境況還會比史密斯夫人更悽慘。她很喜愛她的丈夫，可是他死了。她過慣了富裕的生活，可是財產敗光了。她沒有兒女給她的生活重新帶來樂趣，沒有親戚幫她料理那些亂糟糟的事務，再加上自己身體不好，餘下的事情也應付不了。她的住處只有一間嘈雜的客廳，客廳後面是一間昏暗的臥室。她要從一個房間來到另一個房間，非得有人幫忙不可，而整幢房子只有一個佣人可以幫幫忙。因此，她除了讓佣人把她送到溫泉浴場療養之外，幾乎從來不離開家門。

然而儘管如此，安妮有理由相信，她沉悶不樂的時刻畢竟是短暫的，大部分時間還是處於忙碌和歡愉之中。這怎麼可能呢？安妮留心觀察，仔細思量，最後得出結論：這不單單是個剛毅還是屈服的問題，順從者能夠忍耐，聰明人比較果斷，但是史密斯夫人的情況並非如此。她性情開朗，容易得到安慰，也容易忘掉痛苦，往好裡著想，找點事情自我解脫。這完全出自天性，是最可貴的天賦。安妮認爲她的朋友屬於這樣一種情況，似乎只要有了這個天賦，別的缺陷幾乎都可抵消。

史密斯夫人告訴她，有那麼一段時間，她險些失去勇氣。同她剛到巴斯的情況相比，她現在還稱不上是病人。她當時確實令人可憐。路上傷了風，剛找到住所便又臥床不起，始終感到疼痛不已。這一切發生在舉目無親的情況下，的確需要請一個正規的護士，可惜眼下缺乏錢財，根本無法支付任何額外的開銷。不過她還是渡過了難關，而且確實可以說，使她經受了鍛鍊。她覺得自己遇到了好人，因而感到越發寬慰。

她過去見的世面太多了，認爲不管走到哪裡，也不會突如其來地受到別人慷慨無私的關心，但是這次生病使她認識到，她的女房東要保持自己的聲譽，不想虧待她。特別幸運的是，她有個好護士。女房東的妹妹是個職業護士，未被僱用的時候總要住到姊姊家裡，眼下她閑著沒事，正好可以護理史密斯夫人。

「她呀，」史密斯夫人說：「除了無微不至地關照我之外，還著實成爲一個難能可貴的朋友。一旦我的手能動了，她就教我做編織活，給我帶來了很大的樂趣。妳總是發現我在忙著編織這些小線盒、針插、卡片架，這都是她教給我的，使我能夠爲這附近的一、兩戶窮人家做點好事。她有一大幫朋友，當然是當護士結識的，他們買得起，於是她就替我推銷貨物。她總是選擇恰當的時候開口。妳知道，當妳剛剛逃過一場重病，或者正在恢復健康的時候，每個人的心都是虔誠的。魯克護士完全懂得該什麼時候開口。她是個機靈精明的女人。她的行業十分適於觀察人性。她富有理性，善於觀察，因此，作爲一個夥伴，她要大大勝過成千上萬的人，那些人只是受過『世界上最好的教育』，卻不知道有什麼值得做的事情。妳要是願意的話，就說我們是在聊天吧，反正魯克護士要是能有半個鐘頭的閑暇陪伴我，她肯定要對我說些既有趣又有益的事情，這樣一來，能使我更好地了解一下自己的同類。人們都愛聽聽天下的新聞，以便熟悉一下人們追求無聊的最新方式。對於孤苦零丁的我來說，她的談話眞是一種難得的樂趣。」

安妮決不想對這種樂趣吹毛求疵，於是答道：「這我完全可似相信。那個階層的女子有著極好的機會，他們如果是聰明人的話，那倒很值得聽她們說說。她們經常觀察的人性眞是五花八門！她們熟悉的不僅僅是人性的愚蠢，因爲她們偶爾也在極其有趣、極其感人的情況下觀察人性。她們一定見到不少熱情無私、自我克制的事例，英勇不屈。堅韌不拔和順從天命的事例，以及使我們變得無比崇高的鬥爭和犧牲的事例。一間病室往往能提供大量的精神財富。」

「是的，」史密斯夫人更加懷疑地說道：「有時候會這樣，不過，人性所表現的形式恐怕往往不像你說的那樣高尚。有的地方，人性在考驗的關頭可能是了不起的，但是總的說來，在病室裡顯露出來的是人性的懦弱，而不是人性的堅強，人們聽說的是自私與急躁，而不是慷慨與剛毅。世界上眞正的友誼如此少見！遺憾的是，」她帶著低微而顫抖的聲音說：「有許許多多人忘了要認眞思考，後來想起來已經爲時過晚。」

安妮意識到了這種痛苦的心情。做丈夫的不稱心，做妻子的置身於這樣一夥人之中，以致於使她對人間產生了很壞的看法，比她認爲理應採取的看法還要壞。

不過，對於史密斯夫人來說，這僅僅是一種瞬息即逝的感情。她消除了這種感情，馬上用另外一種語氣接著說道：「我認爲我的朋友魯克夫人目前的工作既不會給我帶來很大的興趣，也不會給我帶來很多的開導。她在護理馬爾巴勒大樓的沃利斯夫人，我想那只不過是個漂亮、愚蠢、奢華、時髦的女人，當然，她除了花邊和漂亮的衣著之外，沒有別的話好說。

不過，我還是想從沃利斯夫人身上撈點油水。她有的是錢，我打算讓她把我手頭那些高價貨統統買去。」

安妮到她的朋友那兒拜訪了多次之後，卡姆登巷的人們才知道天下還有這麼個人，最後，不得不談論她了。一天上午，沃爾特爵士、伊麗莎白和克萊夫人從勞拉巷回到家裡，突然又接到達爾林普爾夫人的請帖，要他們一家晚上再次光臨，不想安妮早已約定，當晚要在西門大樓度過。她並不為自己去不成而感到惋惜。她知道，他們之所以受到邀請，那是因為達爾林普爾夫人得了重感冒，給關在家裡，於是便想利用一下強加給她的這門親戚關係。安妮滿懷高興地替自己謝絕了：「我已經約定晚上要到一個老同學家裡去。」

他們對安妮的事情並不很感興趣，不過還是提了不少問題，到底了解到了這位老同學是個什麼人。伊麗莎白聽了大為蔑視！沃爾特爵士則極為嚴厲。「西門大樓！」他說：「安妮．艾略特小姐要去西門大樓拜訪誰呢？一位史密斯夫人，這個名字到處都可以遇見，他只是數以千計中的一位。她有什麼吸引人的地方？就因為她老弱多病？說實話，安妮．艾略特小姐，妳的情趣真是不同凡響啊！別人所厭惡的一切，什麼低賤的夥伴啊！簡陋的房間啊！污濁的空氣啊！令人作嘔的朋友啊！對妳卻很有吸引力。不過，妳實在可以推辭到明天再去看望這位老太太，我想她沒有接近末日，還有希望再活一天。她多大年紀了？四十？」

「不，父親，她還不到三十一歲。不過，我想我的約會不能往後推，因為在一段時間之內，只有今天晚上對她和我都方便。她明天要去溫泉浴場，而本週餘下的幾天，我們又都有事情。」

「不過，拉塞爾夫人是如何看待妳的這位朋友的？」伊麗莎白問道：

「她覺得無可指責，」安妮答道，「相反，她表示贊成，而且她一般都用車送我去拜訪史密斯夫人。」

「西門大樓的人們見到一輛馬車停在人行道附近，一定非常吃驚，」沃爾特爵士說：「的確，亨利．拉塞爾爵士的寡婦沒有什麼榮譽來炫耀她的族徽，不過那輛馬車還是很漂亮的。毫無疑問，人們都知道車子拉來了一位艾略特小姐。一位守寡的史密斯夫人，住在西門大樓！一個勉強能夠維持生計的三、四十歲的窮寡婦。不過是個普通的史密斯夫人，天下這麼多人，姓什麼的都有，安妮．艾略特小姐偏偏要選個普普通通的史密斯夫人做朋友，而且看得比她家在英格蘭和愛爾蘭貴族中的親戚還高貴！史密斯夫人！姓這麼個姓！」

就在他們這樣說來說去的時候，克萊夫人一直待在旁邊，她覺得還是離開這個屋子爲好。安妮本來是可以多說一些的，而且也確實想分辯兩句，說她的朋友和他們的朋友情況沒有多大差別，但是她對父親的尊敬阻止了她這麼做。她沒有回答，索性讓他自己去思忖吧！反正在巴斯這個地方，年紀三、四十歲，生活拮据，姓氏不夠尊貴的寡婦，也不止史密斯夫人一個。

安妮去赴自己的約會，其他人也去赴他們的約會。當然，她第二天早晨聽他們說，他們當天晚上過得十分愉快。她是唯一缺席的，因爲沃爾特爵士和伊麗莎白不僅奉命來到子爵夫人府上，而且竟然高高興興地奉命爲她招徠客人，特意邀請了拉塞爾夫人和艾略特先生。艾略特先生硬是早早地離開了沃利斯上校，拉塞爾夫人重新安排了整個晚上的活動，以便能去拜訪子爵夫人。

安妮聽拉塞爾夫人一五一十地把整個晚上的情況述說了一番。對安妮來說，使她最感興趣的是，她的朋友和艾略特先生沒有少議論她，他們惦念她，爲她感到惋惜，同時又敬佩她因爲去拜訪史密斯夫人而不來赴約。她一再好心好意地去看望這位貧病交迫的老同學，這似乎使艾略特先生大爲中意。他認爲她是個十分卓越的年輕女性，無論在性情上，舉止上，還是心靈上，都是優秀女性的典範。他甚至還能投拉塞爾夫人所好，同她談論談論安妮的優點長處。安妮聽朋友說起這麼多事情，知道自己受到一位聰明人的高度評價，心裡不由得激起了一陣陣愉快的感覺，而這種感覺也正是她的朋友有意要激發的。

現在，拉塞爾夫人完全明確了她對艾略特先生的看法。她相信，他遲早是想娶安妮爲妻的，而且他也配得上她。她開始算計，艾略特先生還要多少個星期才能從服喪的羈絆中解放出來，以便能無拘無束地公開施展出他那殷勤討好的高超本領。她覺得這件事是十拿九穩的，但是她決不想對安妮說得那麼肯定。她只想給她點暗示，讓她知道以後會出現什麼情況。艾略特先生可能鍾情於她，假如他的情意是眞的，而且得到了報答，那倒是一門理想的姻緣。安妮聽她說著，並沒有大聲驚叫。她只是嫣然一笑，紅著臉，輕輕搖了搖頭。

「妳知道，我不是個媒婆，」拉塞爾夫人說：「因爲世人行事和考慮問題都變化莫測，對此我了解得太清楚了。我只是想說，萬一艾略特先生以後向妳求婚，而妳又願意接受他的時候，我認爲你們完全可以幸福地生活在一起。誰都會覺得這是一起天設良緣，我認爲這也許是一起非常幸福的姻緣。」

「艾略特先生是個極其和藹可親的人，我在許多方面都很欽佩，」安妮說道：「不過，我們並不匹配。」

拉塞爾夫人對這話並未反駁，只是回答說：「我承認，能把妳視爲未來的凱林奇的女主人，未來的艾略特夫人，能期望看見妳占據妳親愛的母親的位置，繼承她的全部權利，她的全部人緣，以及她的全部美德，對我將是最大的稱心樂事。妳在相貌和性情上與妳母親一模一樣。我最親愛的安妮，如果我可以認爲妳在地位、姓氏和住宅上也和她一模一樣，在同一個地方掌管家務，安樂享福，只是比她更受尊重，那麼，在我這個年紀上，我會覺得這比什麼事都使我感到快樂。」

安妮不得不轉過臉，立起身子，朝遠處的桌子走去，靠在那兒假裝忙乎什麼，試圖克制住這幅美景引起的激動。一時間，她的想像、她的心彷彿著了魔似的。一想到由她取代她母親的位置，第一次由她來復活「艾略特夫人」這個可貴的名字，讓她重新回到凱林奇，把它重新稱作她自己的家，她永久的家，這種魅力是一時無法抗拒的。

拉塞爾夫人沒有再吭聲，她願意讓事情水到渠成。她認爲，艾略特先生要是當時能恰如其分地爲自己做點辯解，那就太好了！總歸一句話，她相信安妮不相信的事情。要讓艾略特先生自我辯解的同一想法，不禁使安妮又恢復了鎮靜。凱林奇和「艾略特夫人」的魅力統統消失了。她決不會接受他的求愛。這不單單因爲她在感情上除了一個人以外，其他男人一概都不喜歡。她對這件事情的種種可能性，經過認眞地仔細考慮之後，在理智上是不贊成艾略特先生的。

他們雖說已經結識了一個月，但是她並不認爲自己眞正了解他的品格。他是個聰明人，和藹可親，能說會道，卓有見解，似乎也很果斷，很講原則，這些特點都是明擺著的。不用說，他是明白事理的，安妮找不出他有一絲一毫明顯違背道義的地方。然而，她不敢爲他的行爲打包票。她如果不懷疑他的現在，卻懷疑他的過去。有時，他嘴裡無意漏出一些老朋友的名字，提到過去的行爲和追求，不免要引起她的疑心，覺得他過去的行爲有失檢點。她看得出來，他過去有些不良的習慣：星期日出去旅行是家常便飯；他生活中有一段間（很可能還不短），至少是馬馬虎虎地對待一切嚴肅的事情；他現在也許改弦易轍了，可是他是個聰明謹慎的人，到了這個年紀也懂得要有個清白的名聲，誰能爲他的眞實感情作擔保呢？怎麼能斷定他已經洗心革面了呢？

艾略特先生明白事理，談吐謹慎，舉止文雅，但是並不坦率。他對別人的優點從來沒有激動過，從來沒有表示過強烈的喜怒。這在安妮看來，顯然是個缺陷。她早先的印象是無法補救的。她最珍視眞誠、坦率而又熱切的性格。她依然迷戀熱情洋溢的人。她覺得，有些人雖然有時樣子漫不經心，說起話來有些輕率，但是卻比那些思想從不留神，舌頭從不滑邊的人更加眞誠可信。

艾略特先生對誰都過於謙和。安妮父親的屋裡有各種脾性的人，他卻能個個討好。他對誰都過於容忍，受到人人的偏愛。他曾經頗爲坦率地向安妮議論過克萊夫人，似乎完全明白她在搞什麼名堂，因而很瞧不起她。可是克萊夫人又和別人一樣，覺得他很和藹可親。

拉塞爾夫人比她的年輕朋友或者看得淺些，或者看得深些，她覺得這裡面沒有什麼可懷疑的。她無法想像還有比艾略特先生更標準的男子。她想到秋天可能看見他與她親愛的朋友安妮在凱林奇教堂舉行婚禮，心裡覺得再愜意不過了。

第十八章

時值二月初，安妮已在巴斯住了一個月，越來越渴望收到來自厄潑克勞斯和萊姆的消息。瑪麗寫來的情況遠遠滿足不了她的要求，安妮已經三個星期沒有收到她的來信了。她只知道亨麗埃塔又回到了家裡，路易莎雖說被認爲恢復得很快，但仍舊待在萊姆。

一天晚上，安妮正在深切地思念她們大夥的時候，不料收到了瑪麗發來的一封比平常都厚的信。使她感到更加驚喜的是，克羅夫特海軍少將與夫人還向她表示問候。克羅夫特夫婦一定來到了巴斯！這情況引起了她的興趣。理所當然她心裡惦念這兩個人。

「這是怎麼回事？」沃爾特爵士嚷道：「克羅夫特婦來到了巴斯？就是租用凱林奇的克羅夫特夫婦？他們給妳帶來了什麼東西？」

「來自厄潑克勞斯農舍的一封信，爸爸。」

「唔，那些信成了方便的護照。他們也就得到了介紹。不過，無論如何，我早該拜訪一下克羅夫特海軍少將。我知道如何對待我的房客。」

安妮再也聽不下去了。她甚至說不上可憐的海軍少將的面色爲何沒有受到攻擊。她聚精會神地讀信。信是幾天前寫來的。

親愛的安妮：我不想爲自己沒給你寫信表示歉意，因爲我知道在巴斯這種地方，人們對信根本不感興趣。妳一定快樂極了，不會把厄潑克勞斯放在心上。妳了解得很清楚，厄潑克勞斯實在沒有什麼東西好寫的。我們過了一個好沒意思的聖誕節。整個節慶期間，默斯格羅夫夫婦沒有舉行過一次宴會。我又不把海特一家人放在眼裡。不過，節日終於結束了。我想，誰家的孩子也沒過過這麼長的節日。我肯定沒過過。大宅裡昨天總算清靜下來了，只剩下哈維爾家的小傢伙。不過妳聽了會感到吃驚，他們居然一直沒有回家。哈維爾夫人一定是個古怪的母親，能和孩子們分別這麼久。這眞叫我無法理解。依我看，這些孩子根本不可愛，但是默斯格羅夫太太彷彿像喜歡自己的孫子一樣喜歡他們，如果不是那樣喜歡的話。

我們這兒的天氣多糟糕啊！巴斯有舒適的人行道，你們可能感覺不到。可是在鄉下，影響可就大了。自從一月份第二個星期以來，除了查爾斯．海特，沒有第二個人來看望過我們，而查爾斯．海特又來得太勤，我們都有些討厭他。咱們私下裡說說，我覺得眞遺憾，亨麗埃塔沒和路易莎一起待在萊姆，那樣會使海特無法同她接觸。馬車今天出發了，準備明天把路易莎和哈維爾夫婦拉回來，我們要等到他們到達後的第二天，才能應邀同他們一道進餐，因爲默斯格羅夫太太擔心路易莎路上太累，其實，她有人關照，不大可能累著。若是明天去那裡吃飯，對我倒會方便得多。我很高興妳覺得艾略特先生非常和藹可親，希望我也能同他結識。可惜我倒楣慣了，每逢出現好事情，我總是離得遠遠的，總是全家人裡最後一個得知。克萊夫人同伊麗莎白在一起待得太久了！難道她永遠不想走啦？不過，即使她人走屋空，我們或許也受不到邀請。請告訴我，你們對這個問題有什麼看法。妳知道，我不期待他們叫我的孩子也跟著去。我完全可以把孩子留在大宅裡，個把月不成問題。

我剛剛聽說，克羅夫特夫婦馬上要去巴斯，人們都認爲海軍少將患有痛風病。這是查爾斯偶爾聽到的。他們也不客氣客氣，或是向我打個招呼，或是問問我要不要帶什麼東西。我認爲，他們同我們的鄰居關係絲毫沒有改進。我們見不到他們的影子，這足以證明他們是多麼目空一切。查爾斯與我同問妳好，祝萬事如意。

妳親愛的妹妹

瑪麗・默斯格羅夫

二月一日

遺憾地告訴妳，我身體一點也不好。杰米瑪方才告訴我，賣肉的說附近正盛行咽喉炎。我看我一定會感染上。妳知道，我的咽喉炎總是比任何人都厲害。

第一部分就這麼結束了，後來裝進信封時，又加進了幾乎同樣多的內容：

我沒有把信封上，以便向妳報告路易莎最新的情況。現在，多虧沒有上封，眞讓我高興極了，因爲我有好多情況要補充。首先，昨天收到克羅夫特夫人的一張字條，表示願意給妳帶東西。那字條寫得的確十分客氣，十分友好，當然是寫給我的，因此，我可以把信願寫多長就寫長❶。海軍少將不像病得很重的樣子，我誠摯地希望巴斯給他帶來所期待的一切好處。我眞歡迎他們再回來。我們這一帶缺不了如此和藹可親的一家人。

現在來談談路易莎。我有件事要告訴妳，準能嚇妳一大跳。她和哈維爾夫婦於星期二平安到家了，晚上我們去向她問安，非常驚奇地發現本威克海軍中校沒有跟著一起來，因爲他和哈維爾夫婦都受到了邀請。妳知道這是什麼原因嗎？恰好因爲他愛上路易莎，在得到默斯格羅夫先生的答覆以前，不願冒昧地來到厄潑克勞斯。路易莎離開萊姆之前，兩人把事情都談妥了，本威克海軍中校寫了封信，托哈維爾海軍上校帶給她父親。的確如此，我以名譽擔保！妳難道不感到奇怪嗎？假如妳隱隱約約聽到了什麼風聲的話，我至少是要感到奇怪的，因爲我從沒聽到任何風聲。默斯格羅夫太太鄭重其事地聲明，她對此事一無所知。不過我們大家都很高興，因爲這雖說比不上嫁給溫特沃思海軍上校，但是卻比嫁給查爾斯．海特強幾百倍。默斯格羅夫先生已經寫信表示同意，本威克海軍中校今天要來。哈維爾夫人說，她丈夫爲他那可憐的妹妹感到十分難受，但是路易莎深受他們兩人的喜愛。確實，我和哈維爾夫人都認爲，我們因爲護理了她，而對

❶ 因為信是托克羅夫特夫婦帶去的，不需要付郵費。

她更喜愛了。查爾斯想知道，溫特沃思海軍上校會說什麼。不過，妳要是記得的話，我從不認爲他愛上路易莎。我看不出任何苗頭。妳瞧，我們原以爲本威克海軍中校看中了妳，這下子全完了。查爾斯怎麼能心血來潮想到這上面去，讓我始終無法理解。我希望他今後能討人喜歡一些。當然，這對路易莎不是天設良緣，但是要比嫁到海特家強上一百萬倍。

瑪麗不必擔心她姊姊對這條消息會有某種程度的心理準備。她生平從來沒有這麼驚奇過。本威克海軍中校和路易莎．默斯格羅夫！奇妙得簡直叫人不敢置信。她經過極大的克制，才勉強待在屋裡，裝作若無其事的樣子，回答衆人當時提出的一般性問題。算她幸運，問題提得不多。沃爾特爵士想知道，克羅夫特夫婦是不是乘坐駟馬車來的，他們會不會住到一個上等的地方，好讓艾略特小姐和他自己去登門拜訪。但是除此之外，他便沒有什麼其他方面的興趣了。

「瑪麗怎麼樣了？」伊麗莎白問道。沒等安妮回答，又說：「是什麼風把克羅夫特夫婦吹到了巴斯？」

「他們是爲了海軍少將而來的。據認爲，他患有痛風病。」

「痛風加衰老！」沃爾特爵士說：「可憐的老傢伙！」

「他們在這裡有熟人嗎？」伊麗莎白問。

「我不清楚。不過，我想克羅夫特海軍少將憑著他的年紀和職業，在這樣一個地方不大可能沒有許多熟人。」

「我覺得，」沃爾特爵士冷漠地說道：「克羅夫特海軍少將很可能因爲做了凱林奇大廈的房客而揚名巴斯。伊麗莎白，我們能不能把他和他妻子引見給勞拉巷？」

「哦，不行！我看使不得。我們與達爾林普爾夫人是表親關係，理當十分謹慎，不要帶著一些她可能不大喜歡的熟人去打擾她。倘若我們無親無故，那倒不要緊。可我們是她的表親，她對我們的每項建議都要認眞考慮的。我們最好讓克羅夫特夫婦去找與他們地位相當的人吧！有幾個怪模怪樣的人在這裡走來走去，我聽說他們都是水兵。克羅夫特夫婦會同他們交往的。」

這就是沃爾特爵士和伊麗莎白對這封信的興趣所在。克萊夫人倒比較禮貌，詢問了查爾斯．默斯格羅夫夫人和她的漂亮的小傢伙的情況。此後，安妮便清閑了。

她回到自己屋裡，試圖想個明白。查爾斯敢情想知道溫特沃思海軍上校會怎麼想的！也許他不幹了，拋棄了路易莎，不再愛她了，發覺自己並不愛她。安妮無法想像他和他的朋友之間竟會發生背信棄義、舉止輕率或者近似虧待之類的事情。她無法容忍他們之間的這種友情竟然被不公平地割斷了。

本威克海軍中校和路易莎．默斯格羅夫！一個興高采烈，愛說愛笑，一個鬱鬱寡歡，好思索，有感情，愛讀書，兩人似乎完全不相匹配。他們的思想更是相差甚遠！哪裡來的吸引力呢？轉眼間，答案有了。原來是情況造成的。他們在一起待了幾個星期，生活在同一個家庭小圈子裡。自打亨麗埃塔走後，他們準是一直相依為命。路易莎病後初癒，處於一種十分有趣的狀態，而本威克海軍中校也並非無法安慰。這一點，安妮以前早就有所懷疑。然而，她從目前事態的發展中得出了與瑪麗不同的結論，目前的事態僅僅有助於證實這樣一個想法，即本威克海軍中校確實對安妮產生過幾分柔情。可是，她不想為了滿足自己的虛榮心而對此大做文章，致使瑪麗不能接受。她相信，任何一個比較可愛的年輕女人，只要留神聽他說話，並且看來還同情他，那她就會受到同樣的恭維。本威克是個多情的人，本來就應該愛上個什麼人。

她沒有理由認為他們不會幸福。首先，路易莎對海軍充滿了激情，他們很快便會越來越相像的。本威克海軍中校會變得快活起來，路易莎將學會愛讀司各特和拜倫的詩；不對，她可能已經學會了；他們當然是通過讀詩而相愛的。一想到路易莎．默斯格羅夫有了文學情趣，變成了一個多情善感的人，真夠逗人樂的，不過她並不懷疑情況確實如此。路易莎在萊姆的那天從碼頭上摔下來，這或許會終生影響到她的健康、神經、勇氣和性格，就像她的命運似乎受到了徹底的影響一樣。

整個事情的結論是：如果說這位女子原來很賞識溫特沃思海軍上校的長處，而現在卻可以看上另外一個人，那麼他們的訂婚沒有什麼值得永遠大驚小怪的。如果溫特沃思海軍上校不曾因此而失去朋友，那當然也沒有什麼值得遺憾的。不，安妮想到溫特沃思海軍上校被解除了束縛而得到自由的時候，不是因爲感覺遺憾才情不自禁地變得心發跳，臉發紅的。她心裡有些感情，她不好意思加以追究，那太像欣喜的感覺了，毫無道理的欣喜！

她渴望見到克羅夫特夫婦。但是等到見面的時候，他們顯然還沒聽到這個消息。雙方進行了禮節性的拜訪和回訪，言談中提起了路易莎．默斯格羅夫，也提起了本威克海軍中校，但是沒有露出半點笑容。

沃爾特爵士感到十分滿意的是，克羅夫特夫婦住在快樂街。他一點也不爲這位相識感到羞愧，事實上，他對海軍少將的思念和談論，遠遠超過了海軍少將對他的思念和談論。

克羅夫特夫婦在巴斯的相識要多少有多少，他們把自己同艾略特父女的交往僅僅看作一種禮儀，絲毫不會爲他們提供任何樂趣。他們帶來了鄉下的習慣，兩人始終形影不離。海軍少將遵照醫生的囑咐，通過散步來消除痛風病，克羅夫特夫人似乎一切都要共同分擔，爲了給丈夫的身體帶來好處，拼命地和他一起散步。安妮走到哪裡都能看見他們。拉塞爾夫人差不多每天早晨都要乘馬車帶她出去，而她也每次都要想到克羅夫特夫婦，見到他們的面。她了解他們的感情，他倆走在一起，對她來說是一幅最有魅力的幸福畫面。她總是久久地注視著他們。看見他們喜氣洋洋、自由自在地走過來，便高興地以爲自己知道他們可能在談論什麼。她還同樣高興地看見，海軍少將遇到老朋友時，握起手來十分親切，有時同幾個海軍弟兄聚在一起，說起話來非常熱情，克羅夫特夫人看上去和周圍的軍官一樣機靈、敏銳。

安妮總是和拉塞爾夫人泡在一起，不能經常自己出來散步。但是事有碰巧，大約在克羅夫特夫婦到來個把星期之後的一個早晨，她得便在下城區離開了她的朋友，或者說離開了她朋友的馬車，獨自返回卡姆登巷。當走到米爾薩姆街時，她幸運地碰見了海軍少將。

他一個人站在圖片店的櫥窗前，背著手，正在一本正經地望著一幅畫出神，她就是打他身邊走過去，他也不會看見，她只得碰他一下，喊了一聲，才引起他的注意。當他反應過來，認出了她時，他又變得像往常一樣坦率、和悅。「哈！是妳呀？多謝，多謝。妳這是把我當成了朋友。妳瞧，我在這裡看一幅畫。我每次路過這家鋪子的時候，總要停下來看看。這是個什麼玩藝呢？像一條船嗎？請妳看一看。妳見過這樣的船嗎？你們的那些傑出的畫家眞是些怪人，居然認爲有人敢於坐著這種不像樣的小破船去玩命！誰想還眞有兩個人待在船上，十分悠然自得，望著周圍的山岩，好像不會翻船似的，其實，這船馬上就要翻。我眞不知道這隻船是哪兒造的！」

他縱情大笑。「即便叫我乘著它到池塘裡去冒險，我也不幹。好啦，」他轉過臉去，「妳現在要上哪兒？我是否可以替妳去，或是陪妳去？我可以幫幫忙嗎？」

「不用啦，謝謝你。不過咱們有一小段是同一條路，是不是勞駕你陪我走走。我正要回家去。」

「好的，我極願奉陪，而且還要多送妳一段。是的，是的，我們要舒舒服服地一起散散步。路上我還有點事情要告訴妳。來，挽住我的胳膊。對，就是這樣。我要是沒有個女人挽住手臂，就覺得不自在。天哪！那是什麼船呀！」他們開始動身的時候，他又最後望了一眼那幅畫。

「先生，你剛才是不是說有事情要告訴我？」

「不錯，有的，馬上就告訴妳。可是，那邊來了一位朋友，布里格登海軍上校。我們打照面的時候，我只說聲『你好？』我不停下。『你好？』布里格登見我不是和我妻子在一起，眼睛都睜大了。我妻子眞可憐，讓一隻腳給困住了。她的腳後跟長了個水泡，足有一枚三先令的硬幣那麼大❷。妳如果朝街對面看過去，就會見到布蘭德海軍少將和他弟弟走過來了。兩個寒酸的傢伙！我很高興，他們沒有走在街這邊。索菲婭忍受不了他們。他們曾經搞過我的鬼，拐走了幾個我最好的水兵。整個情況我以後再告訴妳。

「瞧，老阿奇博爾德．德魯爵士和他的孫子來啦！妳看，他瞧見了我們，還向妳送吻呢！他把妳當成我的妻子。唉！和平來得太早了，那位小伙子沒趕上發財的機會。可憐的老阿奇博爾德爵士！艾略特小姐，妳喜歡巴斯嗎？它倒很合我們的意。我們隨時都能遇到某一位老朋友。每天早晨，街上盡是老朋友，閑聊起來沒完沒了，後來我們乾脆溜走了，關在屋裡不出來，坐在椅子上畫畫，舒舒服服的就像住在凱林奇一樣，甚至就像過去住在北亞茅斯和迪爾一樣。實話對妳說！這裡的住宅使我們想起了我們最初在北亞茅斯的住宅，但是我們並不因此而討厭這裡。跟北亞茅斯的住宅一樣，風也是從碗櫥裡吹進來的。」

---

❷ 一八一一年至一八一六年期間，由於戰爭引起銀子短缺，英國銀行發行了三先令代幣。

他們又走了一段，安妮再次催問他有什麼事情要說。她原以爲走出米爾薩姆街就能使自己的好奇心得到滿足，不想她還得等待，因爲海軍少將打定了主意，等走到寬闊寧靜的貝爾蒙特街再開始說。說眞的，她也不是克羅夫特夫人，只得由著他。

兩人走上貝爾蒙特之後，海軍少將開口了：「妳現在要聽到點使妳吃驚的事情。不過，妳先要告訴我一下我要談論的那位小姐的名字。妳知道，就是我們大家十分關心的那位年輕小姐。她的教名，我老是忘記她的教名。」

安妮本來不好意思顯出馬上心領神會的樣子，不過現在卻能萬無一失地說出「路易莎」這個名字。

「對啦，對啦，路易莎．默斯格羅夫小姐，就是這個名字。我希望年輕小姐們不要起那麼多動聽的教名。她們要是都叫索菲婭之類的名字，我說什麼也忘不了！好啦，說說這位路易莎小姐吧！妳知道，我們本來都以爲她要嫁給弗雷德里克。弗雷德里克一個星期一個星期地追求她。人們唯一感到奇怪的是他們還等什麼，後來出了萊姆這件事，顯然，他們一定要等到她頭腦恢復正常。可是即使這個時候，他們的關係也有些奇怪。他不是待在萊姆，卻跑到普利茅斯，後來又跑去看望愛德華。我們從邁恩黑德回來的時候，他已經跑到愛德華家了，迄今一直待在那裡。自從十一月份以來，我們就沒見到他的影子。就連索菲婭也感到無法理解。可是現在，事情發生了極其奇怪的變化，因爲這位年輕的女士，就是這位默斯格羅夫小姐，並不打算嫁給弗雷德里克，而想嫁給詹姆斯．本威克。妳認識詹姆斯．本威克吧？」

「是啊，我同本威克海軍中校有點交往。」

「她就是要嫁給本威克海軍中校。不，他們很可能都已經結婚了，因爲我不知道他們還有什麼好等的。」

「我認爲本威克中校是個十分可愛的年輕人，」安妮說：「據說他的名聲很好。」

「哦，是的，是的，詹姆斯．本威克是無可指責的。不錯，他只是個海軍中校，去年夏天晉升的，現在這個時候很難往上爬呀！不過，據我所知，他再也沒有別的缺點了。我向妳擔保，他是個心地善良的好小伙子，還是個非常積極熱情的軍官，這也許是妳想像不到的，因爲這是從溫和的舉止上看不出來。」

「先生，你這話可就說錯了。我決不認爲本威克海軍中校舉止上缺乏朝氣。我覺得他的舉止很討人喜歡，說不定誰見了誰喜歡。」

「好啦，好啦，女士們是最好的判官。不過我覺得詹姆斯．本威克太文靜了。很可能是偏愛的緣故，反正索菲婭和我總認爲弗雷德里克的舉止比他強。我們更喜歡弗雷德里克。」

安妮愣住了。本來，人們普徧認爲朝氣蓬勃和舉止文靜是水火不相容的，她只不過想表示不同意這一看法，壓根兒不想把本威克海軍中校的舉止說成是最好的。她猶豫了一陣，然後說道：「我並沒有拿這兩位朋友做比較——」

不想海軍少將打斷了她的話：「這件事情是確鑿無疑的，不是流言蜚語。我們是聽弗雷德里克親自說的。他姊姊昨天收到他的一封信，他在信裡把這件事告訴了我們。當時，他也是剛剛從哈維爾的信中得知，那信是哈維爾當場從厄潑克勞斯寫給他的。我想他們都在厄潑克勞斯。」

這是安妮不能錯過的一次機會，她因此說道：「我想，海軍少將，我想溫特沃思海軍上校信中的語調，不會使你和克羅夫特夫人感到特別不安。去年秋天，他和路易莎．默斯格羅夫看上去確實有點情意。不過，我想你們可能認識到，他們雙方的感情都已淡漠了，儘管沒有大吵大鬧過。我希望這封信裡沒有流露出受委屈的情緒。」

「絲毫沒有，絲毫沒有。自始至終沒有詛咒，沒有抱怨。」

安妮連忙低下頭去，藏住臉上的喜色。

「不，不！弗雷德里克不喜歡喊冤叫屈。他很有志氣，不會那樣做。如果那個姑娘更喜歡另外一個人，她理所當然應該嫁給對方。」

「當然。不過我的意思是說，從溫特沃思海軍上校寫信的方式來看，我希望沒有什麼東西使你覺得他認爲自己受到朋友的虧待，而你知道，這種情緒不用直說就能流露出來的。他和本威克海軍中校之間的友誼，如果因爲這樣一件事而遭到破壞，或者受到損害，我將感到十分遺憾。」

「是的，是的，我明白妳的意思。不過信裡壓根兒沒有這種情緒。他一點也沒有諷刺挖苦本威克。他連這樣的話都沒說：『對此我感到奇怪。我有理由感到奇怪。』不，你從他的寫信方式裡，看不出他什麼時候曾經把這位小姐（她的名字叫什麼？）當作自己的意中人。他寬宏大度地希望他們能幸福地生活在一起。我想這裡面沒有什麼不解的怨恨。」

海軍少將一心想說服安妮，而安妮卻並不完全信服，但是進一步追問下去將是徒勞無益的，因此她只滿足於泛泛地談論兩句，或是靜靜地聽著，海軍少將也就可以盡情地說下去。

「可憐的弗雷德里克！」他最後說道：「現在他得和別人從頭開始啦！我想我們應該把他搞到巴斯。索菲婭應該寫封信，請他到巴斯來。我管保這裡有的是漂亮姑娘。他用不著再去厄潑克勞斯，因爲我發現，那另一位默斯格羅夫小姐已經和她那位當牧師的年輕表哥對上了。艾略特小姐，難道妳不認爲我們最好把他叫到巴斯嗎？」

第十九章

就在克羅夫特海軍少將和安妮一邊走著，一邊表示希望把溫特沃思海軍上校叫到巴斯來時，溫特沃思海軍上校已經走在來巴斯的路上。克羅夫特夫人還沒寫信，他就到達了。安妮下一次出門時，便見到了他。

艾略特先生陪著兩個堂妹和克萊夫人，來到米爾薩姆街。不想天下起雨來，雨不大，但是夫人小姐們希望能找個避雨處，特別是艾略特小姐，她希望達爾林普爾夫人的馬車能把她們送回家，因爲她見到那輛馬車就在不遠處等候。於是，艾略特小姐、安妮和克萊夫人便躲進莫蘭糖果店，艾略特先生走到達爾林普爾夫人跟前，勞駕她幫幫忙。他當然獲得了成功，很快回到了夫人小姐這裡。他說達爾林普爾夫人十分樂意送她們回家，過幾分鐘會來招呼她們的。

子爵夫人用的是輛四輪馬車，只能坐四個人，再多就不舒適了。卡特雷特小姐陪著她母親，因此不能期望讓卡姆登巷的三位女士都上車。艾略特小姐無疑是要坐上去的，無論讓誰承受不便，也不能讓她有所不便。但是解決另外兩個人的謙讓問題卻費了一點工夫。安妮不在乎這點雨，極其誠懇地希望同艾略特先生走回去。可是克萊夫人也不在乎這點雨，她簡直認爲雨沒在下，何況她的靴子又那麼厚！比安妮小姐的還厚。總而言之，她客客氣氣的，就像安妮一樣迫切希望同艾略特先生走回去。兩人寬宏大量地謙讓來謙讓去，實在爭執不下，不得已只好由別人代爲裁奪。艾略特小姐堅持認爲克萊夫人已經有點感冒，艾略特先生受到懇求，還是斷定他堂妹安妮的皮靴更厚些。

因此，大夥決定讓克萊夫人坐到馬車上。這個決定剛剛作出，坐在窗口附近的安妮清清楚楚地看見溫特沃思海軍上校順著大街走來。

她的驚訝只有她自己覺察得到，但是她當即感到她是世界上最大的笨蛋，眞是荒唐至極，不可思議！一時之間，她什麼也看不見了，眼前一片模糊。她茫然不知所措，只怪自己不冷靜，等她好不容易恢復了神志，卻發現別人還在等車。一向殷勤討好的艾略特先生馬上朝聯盟街走去，替克萊夫人辦點什麼事情。

安妮很想走到外門那兒，看看天在不在下雨。她爲什麼要懷疑自己別有用心呢？溫特沃思海軍上校一定走沒影了。她離開座位想走。她不應該懷疑自己心裡有什麼不理智的念頭，也不應該懷疑自己頭腦深處有什麼見不得人的東西。她要看看天在不在下雨。可是轉眼間她又轉回來了，只見溫特沃思海軍上校和一幫先生女士走了進來。明擺著，這些人都是他的朋友，他準是在米爾薩姆街下面一點碰見他們的。一見到安妮，他顯得十分震驚，安妮從未看見他這麼慌張，滿臉脹得通紅。自打他們重新結交以來，安妮第一次感到自己沒有他來得激動。她比他有個有利條件，在最後一剎那做好了思想準備，驚愕之際，那種震懾、眩暈、手足無措的最初感覺已經消失。可是，她心裡仍然很激動。這是激動、痛苦加高興，眞有點悲喜交集。

溫特沃思海軍上校對她說了兩句話，然後便走開了。他的樣子十分尷尬。安妮既不能說他冷漠，也不能說他友好，更不能一口咬定他是不是很窘迫。

過了一會，他又走過來同她說話。兩人相互詢問了一些共同關心的問題，可是八成誰都沒有聽進去，安妮仍舊覺得他不像以前那樣從容不迫。以往，他們由於經常在一起，說起話來顯得十分自然、隨便。但是他現在卻做不到了。時光使他發生了變化，或者是路易莎使他發生了變化。他總是有點局促不安。他看樣子倒挺好，彷彿身體和精神都不感到痛苦。他談起了厄潑克勞斯，談起了默斯格羅夫一家人，其至談起了路易莎，而且在提到她的名字時，臉上甚至掠過一副既俏皮又神氣的表情。然而，溫特沃思海軍上校畢竟是忐忑不安的，無法裝出泰然自若的樣子。

安妮發現伊麗莎白不肯認他，對此她並不感到奇怪，但卻感到傷心。她知道溫特沃思海軍上校看見了伊麗莎白，伊麗莎白也看見了他，而且雙方內心裡是完全相識的。她相信，溫特沃思海軍上校很願意被認作朋友，正在滿心期待著，不想安妮痛心地見到她姊姊把臉一轉，依然一副冷冰冰的樣子。

艾略特小姐正等得不耐煩的時候，達爾林普爾夫人的馬車過來了，僕人走來通報。天又下雨了，夫人小姐先是耽擱了一下，然後忙碌起來，大聲談論著，這一來使糖果店裡所有的人都明白，是達爾林普爾夫人來請艾略特小姐上車。最後，艾略特小姐和她的朋友走開了，照料她們上車的只有那位僕人，因爲做堂哥的還沒回來。溫特沃思海軍上校望著她們，再次掉臉朝著安妮，他雖然嘴裡沒說，但是從舉止上看得出來，他要送她上車。

「非常感謝你，」她答道：「不過我不和她們一起走。馬車坐不下這麼多人。我走路，我喜歡走路。」

「可天在下雨。」

「哦！雨很小，我看算不上下雨。」

溫特沃思海軍上校停了片刻，然後說道：「我雖說昨天才到，可是已經在爲巴斯生活做好了充分準備，妳瞧，」他指著一把新傘：「妳要是執意要走的話，希望妳能打著這把傘。不過，我想最好還是讓我幫妳叫個轎子來。」

安妮十分感激他，但謝絕了他的好意，一面把她認爲雨很快就要停止的話重複了一遍。接著她又補充說：「我只是在等候艾略特先生。我想他馬上就會回來。」

她的話音剛落，艾略特先生便走了進來。溫特沃思海軍上校完全記得他。他和站在萊姆台階上以愛慕的眼光望著安妮走過的那個人毫無兩樣，只是現在仗著自己是她的親戚和朋友，神情姿態有些差異。他急急忙忙走進來，似乎眼裡看到、心裡想著的只有安妮。他爲自己的耽擱表示歉意，爲使安妮久等感到痛心，迫切希望馬上就帶著她走，不要等到雨大起來。轉眼間，他們便一道離開了，安妮用手挽住他的胳膊，從溫特沃思海軍上校面前走過時，只來得及朝他溫柔而尷尬地望了一眼，說了聲「再見！」

等他倆走得看不見了，與溫特沃思海軍上校同行的幾位女士便對他們議論開了。

「我想艾略特先生並不討厭他的堂妹吧？」

「唔！不討厭，那是明擺著的。人們可以猜想他倆會出現什麼情況。他總是和他們在一起，我想是有一半時間住在他們家裡。好一個美男子！」

「是的。阿特金森小姐曾經和他一道在沃利斯府上吃過飯，說他是她結交過的最和藹可親的男子。」

「我覺得安妮．艾略特很漂亮。你要是細瞧，她還眞漂亮呢！現在不作興這麼說，可是不瞞你說，我愛慕她勝過愛慕她姊姊。」

「哦！我也如此。」

「我也如此。沒法相比。可男人們都發瘋似地追求艾略特小姐。他們覺得安妮小姐的情趣太高雅了。」

艾略特先生陪著安妮朝卡姆登巷走去。他假如一路上一聲不吭的話，安妮倒會對他感激不盡。她從來不曾覺得聽他說話有這麼困難，儘管他對她極爲關心，而且談論的大都是些總能激起她興趣的話題：一是熱烈而公正地讚揚拉塞爾夫人，顯得很有鑒賞力；二是含沙射影地攻擊克萊夫人，聽起來十分在理。可是現在她只能想到溫特沃思海軍上校。她無法理解他眼下的情感，不知道他是不是眞的感到非常失望。不搞清楚這一點，她就不可能恢復常態。

她希望自己能很快變得明智起來。可是天哪！她必須承認，她現在還不明智。

還有個極其主要的情況她需要知道，這就是溫特沃思海軍上校打在算巴斯待多久。這個問題他沒提到，或者是她自己想不起來了。他也許僅僅是路過。但是更有可能的，是他要在這裡住下來。如果是這種情況，鑒於在巴斯人人都可能相逢，拉塞爾夫人十有八、九會在什麼地方遇見他。她會記得他嗎？情況將如何呢？

她出於無奈，已經把路易莎・默斯格羅夫要嫁給本威克海軍中校的消息告訴了拉塞爾夫人。見到拉塞爾夫人那副吃驚的樣子，安妮心裡很不是滋味。這位夫人對情況並不很了解，萬一遇見溫特沃思海軍上校，也許又要對他增添幾分偏見。

第二天早晨，安妮陪著她的朋友一道出去。頭一個小時，她一直在提心吊膽地留神溫特沃思海軍上校，幸而沒有見到。可是到了最後，正當兩人順著普爾蒂尼街往回走的時候，她在右手的人行道上發現了他，他所處的位置使她離著大半條街也能看得見。他周圍有許多人，一群群的也朝同一方向走去，不過誰也不會認錯他。安妮本能地望望拉塞爾夫人，這倒不是因爲她生出了什麼怪念頭，認爲拉塞爾夫人能像她自己一樣立即認出溫特沃思海軍上校。不，除非迎面相視，否則拉塞爾夫人休想認出他。不過，安妮還是有些焦灼不安，不時地瞅瞅她。溫特沃思海軍上校亮相的時刻來臨了，安妮雖說不敢再扭頭望了（因爲她知道自己的臉色不中看），但她十分清楚，拉塞爾夫人的目光正對著溫特沃思海軍上校的那個方向。總之，她正在目不轉睛地注視他。她完全可以理解，溫特沃思海軍上校在拉塞爾夫人的心目中具有一種搖神動魄的魅力，她的目光很難從他身上抽回來，一見他在異水他鄉服了八、九年役，居然沒有失去半點魅力，這豈能不叫她感到驚訝！

最後，拉塞爾夫人終於轉過頭來。〈現在她會怎麼議論他呢？〉

「妳會奇怪，」拉塞爾夫人說：「什麼東西讓我凝視了這麼久。我在尋找一種窗帘，是阿利西亞夫人和弗蘭克蘭太太昨晚告訴我的。她們說有一家客廳的窗帘的全巴斯最美觀、最實用的，這一家就在這一帶，街這邊，但是她們記不清門牌號碼，我只好設法找找看。不過說實話，我在這附近看不見她們說的那種窗帘。」

安妮不知道是對她的朋友還是對她自己產生了一股憐憫鄙夷之情，不由得嘆了口氣，臉上一紅，淡然一笑。最使她感到惱火的是，她謹小愼微地虛驚了一場，結果坐失良機，連溫特沃思海軍上校是否發現她倆都沒注意到。

無聲無息地過了一、兩天。溫特沃思海軍上校最可能出入的戲院、聚會廳，對艾略特一家來說卻有失時髦，他們晚上的唯一樂趣就是舉行些風雅而無聊的家庭的晚會，而且越搞越來勁。安妮厭煩這種死氣沉沉的局面，厭煩孤陋寡聞，覺得自己有力無處使，身體比以前強多了，迫不及待地要參加音樂會。這場音樂會是專爲達爾林普爾夫人的被保護人舉辦的。當然，她們一家人應該參加。這的確將是一場很好的音樂會。而溫特沃思海軍上校又十分喜歡音樂。安妮只要能夠再與他交談幾分鐘，也就會感到心滿意足了。至於說敢不敢向他打招呼，她覺得時機一到，她將渾身都是勇氣。伊麗莎白對他背臉相向，拉塞爾夫人對他視而不見，這些情況增加了她的膽量，她覺得她應該關心他。

安妮曾經含含糊糊地答應過史密斯夫人：這天晚上同她一起度過。後來她匆匆忙忙地跑到她家稍坐了一會，作了解釋，要求延期一下，並且明確答應明天再來多坐一會。史密斯夫人和顏悅色地同意了。

「當然可以，」她說；「不過妳再來的時候，可要把音樂會的情況全說給我聽聽。你們參加音樂會的都有些什麼人？」

安妮說出了所有參加人的姓名。史密斯夫人沒有答話。可是當安妮起身要走的時候，她卻帶著半嚴肅、半開玩笑的神氣說道：「我衷心希望你們的音樂會取得成功。妳明天能來的話，千萬得來。我有個預感，妳來看我的次數不多了。」

安妮驀地一驚，她莫名其妙地佇立了片刻之後，匆匆地離開，而且心裡並不感到遺憾。

第二十章

沃爾特爵士、他的兩個女兒以及克萊夫人是當晚最早來到聚會廳的幾個人。因爲還得等候達爾林普爾夫人，他們便在八角廳的一處爐火旁就座。剛一坐定，不想門又打開了，只見溫特沃思海軍上校獨自走了進來。安妮離他最近，立即往前邁了兩步，向他問好。他本來只準備鞠個躬就走過去，但是一聽見她溫柔地說了聲「你好？」便走出那條筆直的路線，站到她的跟前，詢問起她的情況，以作報答，儘管她那令人望而生畏的父親和姊姊就在背後。他們坐在背後倒使安妮更放心了，反正她也看不見他們的神色，她便更有勇氣自行其是。

就在他們說話的當兒，她聽見她父親和伊麗莎白在竊竊私語。她聽不清他們說些什麼，但是猜得出他們的話題。溫特沃思海軍上校隔著老遠鞠了個躬，安妮領會到她父親還比較明智，做了個認識他的簡單表示。安妮再往旁邊一瞧，正好見到伊麗莎白微微行了個屈膝禮，雖說晚了些，勉勉強強的，有失風雅，可總比毫無表示要好。安妮頓時增添了興致。

但是，兩人談完了天氣、巴斯、音樂會之後，說話的勢頭又減弱了，後來簡直無話可談了，安妮以爲他隨時都會走掉，誰想他就是沒走。他似乎並不急於離開她。

過了一會，他又恢復了興致，臉上泛出了微微的笑容和淡淡的紅暈，然後說道：「自萊姆那天以來，我幾乎一直沒有見到妳。我擔心妳準是受驚了。妳當時沒被嚇倒，以後更容易受驚。」

安妮叫他放心，她沒受驚。

「那是個可怕的時刻，」他說：「可怕的一天！」說著用手抹了一眼睛，彷彿回想起來依然痛苦萬分似的。可是轉瞬間，他臉上又浮起了幾分笑容，嘴裡接著說道：「不過，那天還是產生了一定的影響，引起了一些應該看作與可怕恰恰相反的後果。當妳鎮定自若地建議說最好讓本威克去請醫生時，妳根本想像不到，他最終竟然會成爲對路易莎的復元最爲關切的一個人。」

「我當然想像不到。不過看樣子……我希望這是一門十分幸福的婚事。他們雙方都很有道德觀念，脾氣又好。」

「是的，」他說，看樣子並不十分爽快：「不過我認爲，他們的相似之處也就是這些。我衷心祝願他們幸福，並且對有助於他們幸福的一切情況感到高興。他們在家裡不會遇到什麼困難，沒有人妨礙他們、拖延他們、對他們反覆反常。默斯格羅夫夫婦的爲人一貫極其體面厚道，他們出於做父母的一片眞心，就想讓女兒過得舒適一些。這對於他們的幸福是很有利的，也許比……」

他頓住了。只見安妮紅了臉，目光垂到了地下，他彷彿突然記起了什麼往事，使他也嘗到了幾分安妮心裡的滋味。

不過，他清了清嗓子，接著這樣說道：「不瞞妳說，我的確認爲他們有所差別，極大的差別，本質上的差別，不亞於理智上的差別。我把路易莎．默斯格羅夫看作一個十分和藹、十分溫柔的姑娘，智力並不貧乏，但是本威克更勝一籌。他是個聰明人，讀書人。不瞞妳說，我對他愛上路易莎著實有些詫異。假如他是出於感激的緣故，假如他是由於認爲她看中了自己才開始喜愛她，那將又當別論。但是，我看情況並非如此。相反，他的感情好像完全是自發的，這就使我感到奇怪了。像他這樣的人，處於這種境況！一顆心已經受到了創傷，簡直都快碎了！范妮．哈維爾是個出類拔萃的女性，他對她的愛可眞稱得上愛情。一個男人不會忘情於這樣一位女子！他不應該忘情，也不會忘情。」

他不曉得是意識到他的朋友已經忘情了，還是意識到別的什麼問題，反正他沒有再說下去。儘管他後半截話說得非常激動，儘管屋裡一片嘈雜，房門砰砰地幾乎響個不停，進出的人們唧唧喳喳地說個沒完，安妮卻字字都聽很眞切，禁不住既激動，又興奮，又有些心慌，頓時感到呼吸急促，百感交集。要她談論這樣的話題，那是不可能的，然而歇了一會兒，她覺得還是得說話，而且又絲毫不想完全改變話題，於是只打了個這樣的岔：

「我想你在萊姆待了好久吧？」

「大約兩個星期。路易莎沒有確實恢復健康之前，我不能走開。這起惡作劇使我陷得太深了，心裡一時安靜不下來。這都是由我造成的，完全是由我造成的。假如我不是那麼軟弱，她也不會那麼固執。萊姆四周的景色十分秀麗，我常常到那裡散步、騎馬，我越看越喜歡那個地方。」

「我很想再看看萊姆。」安妮說。

「眞的嗎？我萬萬沒有想到妳會對萊姆產生這樣的感情。妳給捲入了驚恐和煩惱之中，搞得思想緊張，精神疲憊！我本以爲妳對萊姆的最後印象一定是深惡痛絕的。」

「最後幾個小時當然十分痛苦的，」安妮答道：「但是痛苦過後，再回想起來倒經常變成一樁賞心樂事。人們並不因爲在一個地方吃了苦頭便不喜歡這個地方，除非是吃盡了苦頭，一點甜頭也沒嘗到，而萊姆的情況決非如此。我們只是在最後兩個鐘頭才感到焦灼不安的，在這之前還是非常快樂的。那麼多新奇的東西，美不勝收！我走的地方很少，每個新鮮地方都能引起我的興趣，不過萊姆眞的美極了。總而言之，」她不知道想起了什麼往事，臉上略微有些發紅：「我對萊姆的整個印象還是非常愉快的。」

她話音剛落，屋門打開了，他們正在等候的那夥人駕到了。只聽有人欣喜地說道：「達爾林普爾夫人！達爾林普爾夫人！」

沃爾特爵士和他的兩位女士帶著熱切而優雅的神態，迫不及待地走上前去歡迎她。達爾林普爾夫人和卡特雷特小姐在艾略特先生和沃利斯上校的陪同下（這兩位幾乎在同一時刻到達），走進屋裡。其他人都湊到她們跟前，安妮覺得自己也應該入夥。她同溫特沃思海軍上校分開了。他們有趣的，簡直是太有趣的談話只得暫時中斷。但是，同引起這場談話的愉快心情相比，這種自我犧牲畢竟是微不足道的！在剛才的十分鐘裡，她了解到那麼多他對路易莎的看法，了解到那麼多他對其他問題的看法，這完全出乎她的意想之外。她帶著愉快而激動的心情，去滿足衆人的要求，應酬一些當時必要的禮儀。她對誰都和顏悅色的。她產生了這樣的念頭，以致於使她對所有的人都客客氣氣的，對每個不及她幸運的人都深表同情。

她離開衆人再去找溫特沃思海軍上校的時候，發現他不在了，心裡不覺有點掃興。一轉眼，恰好看見他走進音樂廳了，看不見了，安妮感到一陣遺憾。不過，他們還會再次相逢。他會來找她的，不等音樂會結束就會找到她，眼下或許分開一會也好。她需要點間隙定定心。

過了不久，拉塞爾夫人到了，衆人聚到一起，只等著列隊步入音樂廳。一個個盡量裝出神氣十足的樣子，盡可能引起別人的注目、竊竊私語和心神不寧。

伊麗莎白和安妮喜氣洋洋地走進音樂廳。伊麗莎白同卡特雷特小姐臂挽臂，望著走在前面的達爾林普爾子爵夫人的寬闊背影；似乎自己沒有什麼奢望是不可企及的。而安妮呢？對安妮來說，拿她的幸福觀和她姊姊的幸福觀相比較，那將是一種恥辱，因爲一個是出於自私自利的虛榮心，一個出於高尚的愛情。

安妮沒有看到、也沒有想到這屋子的富麗當皇。她的快樂是發自內心的。只見她兩眼亮晶晶，雙頰紅撲撲的，可是她對此卻全然不知。她腦子裡光想著剛才的半個小時，等大家來到座位前時，她匆匆回想了一下當時的情景。他選擇的那些話題，他的那些表情，特別是他的舉止和神色，使她只能得出一個看法；他瞧不起路易莎·默斯格羅夫，而且急著要把這個意見告訴她安妮。他對本威克海軍中校的驚訝，對第一次熱戀的看法，話語剛開了個頭就說不下去了，躲躲閃閃的眼睛，以及那意味深長的目光，這一切都表明，他至少在恢復對她的情意。昔日的嗔怒、怨恨和迴避已經不復存在了，代之而來的不止是友好與敬重，而且是過去的柔情蜜意。是的，頗有幾分過去的柔情蜜意！她仔細想想這個變化，覺得意味非同小可。他一定是愛她的。

她心想著這些念頭，腦海裡閃現出當時的種種情景，激動得無法再去留心周圍的事情。她朝屋裡走去，並沒看見他，甚至也不想法認出他來。等排好位置，衆人都坐定之後，她環視了四周，看看他是否也在屋子的同一部位，可惜他不在。她的目光見不到他，音樂會剛好開始，她暫時只得將就著開開心。

衆人被一分爲二，安排在兩條鄰近的長凳子上。安妮坐在前排，艾略特先生在他的朋友沃利斯上校的協助下，十分巧妙地坐到了她的旁邊。艾略特小姐一看周圍都是她的堂表親戚，沃利斯上校又一味地向她獻殷勤，不由覺得心滿意足。

安妮心裡高興，對當晚的節目極爲中意。這些節目還眞夠她消遣的，情意綿綿的她喜愛，格調歡快的她有興致，內容精采的她能留心聽，令人厭煩的她能耐心聽。她從來沒有這樣喜歡過音樂會，起碼在演第一組節目時情況如此。這組節目快結束的時候，趁著唱完一支義大利歌人曲的間隙，她向艾略特先生解釋歌詞。他們兩人正合用著一份節目單。

「這就是歌詞的大致含義，」她說：「或者更確切地說，是歌詞的大致意思，因爲義大利愛情歌曲的含義當然是無法言傳的，而這大致就是我所能說明的歌曲的意思。我對這語言並不裝懂，我的義大利語學得很差。」

「是的，是的，我看妳是學得很差。我看妳對此道一竅不通。妳只有那麼一點語言知識，能夠即席把這些倒裝、變位、縮略的義大利歌詞譯成清晰、易懂、優美的英語。妳不必再絮叨妳的無知了。這就是最好的佐證。」

「我不反對這樣的善意鼓勵。不過讓一個眞正的專家來檢查一下，我就要出醜。」

「我有幸到卡姆登巷拜訪了這麼久，」他答道：「總要對安妮．艾略特小姐有點了解吧！我的確認爲她太謙虛了，世人不可能充分了解她的聰明才智。她是那樣的多才多藝，以致於任何別的女人要謙虛都不可能很自然。」

「眞不害躁！眞不害躁！這種恭維太過分了。我忘了下一個節目是什麼，」說著，安妮便去查看節目單。

「也許，」艾略特先生低聲說道，「我對妳品格的了解比妳知道的時間要長。」

「眞的嗎？何以見得？你對我品格的了解只能是我來到巴斯以後的事情，除非你先前聽我家裡人說起過我。」

「早在妳來巴斯之前，我就聽說過妳。我是聽那些與妳相熟的人說的，對妳的人品已經了解多年了。妳的容貌、性格、才智、風度，他們全都做了描繪，我全都清楚。」

艾略特先生一心想激起安妮的興趣，這個希望總算沒有落空。這麼神秘的事情，誰能不爲之著迷呢？一些不知姓名的人早就向別人描述過自己，誰能不問個究竟？安妮心裡好奇極了。她感到納悶，迫不及待地詢問他，可是毫無結果。

艾略特先生只喜歡聽她追問，卻不想告訴她。

「不，不，也許以後可以告訴妳，現在不行。我現在不想指名道姓，不過可以告訴妳，這是事實。我好多年以前就聽人說起過安妮．艾略特小姐，激起了我對她的優點的高度賞識，引起了我要結識她的強烈好奇心。」

安妮心想，好多年前，誰也不可能像溫特沃思海軍上校的哥哥、蒙克福德的溫特沃思先生那樣深情地說起她。他或許同艾略特先生交往過，但是她又沒有勇氣提出這個問題。

「很久以來，」他說：「安妮．艾略特這個名字我聽起來就覺得很有意思。長久以來，它使我心醉神迷。假如我不揣冒昧的話，我倒要希望這個名字永不改變。」

安妮相信這都是他說的話。但是這些話音剛落，她又注意到身後有別人說話的聲音，這聲音使別的事情都變得無足輕重了。原來是她父親和達爾林普爾夫人在說話。

「一個漂亮的男子漢，」沃爾特爵士說：「一個非常漂亮的男子漢。」

「的確是個非常漂亮的小伙子！」達爾林普爾夫人說：「比你在巴斯常見到的人更有派頭。大概是愛爾蘭人吧？」

「不是的。我就知道他的名字。一個點頭之交。溫特沃思，溫特沃思海軍上校。他姊姊嫁給了我在薩默塞特郡的房客，姓克羅夫特，凱林奇就是他租去的。」

沒等沃爾特爵士說到這裡，安妮的眼睛便瞅準了方向，在不遠處的一夥人中認出了溫特沃思海軍上校。

安妮的目光落到他身上的時候，溫特沃思海軍上校的目光似乎已經從她身上移開了。看樣子是這麼回事。她似乎遲了一剎那。當她大膽地望著他的時候，他一直沒有再看她。演出開始了，安妮只得把注意力又集中到樂隊身上，眼睛直盯著前面。

她朝他那兒又瞥了一眼，他已經走開了。他即使想走近她，也無法走近，她給圍在人群之中。不過她還是希望能引起他的注意。

現在艾略特先生的談話，也使她感到無端地煩惱。她不願意再和他交談了，但願他不要離著她這麼近。

第一組節目結束了。她希望能出現點有益的花樣。衆人閑扯了一陣之後，有的決定去找點茶喝。有幾個人懶得動，安妮便是其中的一個。她依舊坐在位子上，拉塞爾夫人也是如此。不過，使她高興的是，她擺脫了艾略特先生。不管她如何體諒拉塞爾夫人，只要溫特沃思海軍上校給她機會，她不會畏畏縮縮地不敢和他談話。她從拉塞爾夫人的面部表情看得出來，她已經看見了溫特沃思海軍上校。

可是他沒有過來。安妮有時以爲她隔著老遠見到他，可他始終沒有過來。休息時間漸漸過去了，安妮焦灼不安地白等了一場。其他人都回來了，屋裡又擠得滿滿的，一個個重新坐到凳子上，這一個鐘頭要堅持到底，有人覺得是件快事，有人覺得是種懲罰，有人從中得到樂趣，有人直打哈欠，就看你對音樂是眞欣賞還是假欣賞。

對安妮來說，這可能主要成爲激動不安的一個鐘頭。她若是不能再一次見到溫特沃思海軍上校，不和他友好地對看一眼，便無法安安靜靜地離開音樂廳。

大夥重新坐定的時候，位子發生了很多變動，結果對安妮倒頗爲有利。沃利斯上校不肯再坐下，艾略特先生受到伊麗莎白和卡特雷特小姐的邀請，實在不便推托，只好坐到她們兩之間。由於還走了另外幾個人，再加上她自己又稍微的挪了挪，安妮得以坐到一個比先前離凳子末端更近的位置上，這樣更容易接近過往的人。

她要這樣做又不能不拿自己和拉羅里斯小姐相比，就是那個無與倫比的拉羅里斯小姐❶。可她還是這樣做了，而且結果並不十分愉快。不過，由於她旁邊的人接二連三地早就離去，到音樂會結束之前，她發覺自己就坐在凳子的盡頭。

她就坐在這樣的位置上，旁邊有個空位。恰在這時，溫特沃思海軍上校又出現了。她見他離自己不遠。他也見到了她。不過他板著面孔，顯出猶豫不決的樣子，只是慢慢騰騰地走到跟前，和她說話。她覺得一定出了什麼事。變化是毋庸置疑的。他現在的神色與先前在八角廳裡的神色顯然大爲不同，這是爲什麼呢？她想到了她父親，想到了拉塞爾夫人。難道有

---

❶ 英國小說家范妮．伯尼（一七五二～一八四〇）所著小說《西西麗亞》中的一個人物，她說過這樣的話：「不得不坐在那種人之間，這是你可以想像得到的最駭人聽聞的事情。人們還是回家為好，這樣就沒有人和你扯談了。」

誰向他投去了不愉快的目光？他談起了音樂會，那個嚴肅的臉色就像在厄潑克勞斯一樣。他承認自己有些失望，他本來期望能聽到更優美的歌聲。總之，他必須承認，音樂會結束的時候，他不會感到遺憾。

安妮回答時，倒是爲演唱會辯護了一番，不過爲了安撫他的情緒，話說得十分委婉動聽。他的臉色變得和悅了，回話時幾乎露出了笑容。他們又談了幾分鐘。他的臉色依然是和悅的，他甚至低頭朝凳子上望去，彷彿發現有個空位，很想坐下去。恰在這時，有人碰了碰安妮的肩膀，安妮趁勢轉過頭來。碰她的是艾略特先生。他說對不起，還得請她再解釋義大利文。卡特雷特小姐急切希望了解下面要唱的歌曲大致是個什麼意思。安妮無法拒絕，但是她出於禮貌表示同意時，心裡從來沒有這樣勉強過。

她雖然想盡量少用點時間，但還是不可避免地花費了好幾分鐘。等她騰出身來，掉過頭像先前那樣望去時，發現溫特沃思海軍上校走上前來，拘謹而匆忙地向她告別。「祝妳晚安。我要走啦！我得盡快回到家裡。」

「難道這支歌曲不值得你留下來聽聽嗎？」安妮說。她突然產生了一個念頭，使她更加急切地想慫恿他留下。

「不！」他斷然答道：「沒有什麼東西值得讓我留下的！」說罷，當即走了出去。

嫉妒艾略特先生！這是可以理解的唯一動機。

溫特沃思海軍上校嫉妒她的感情！這在一週以前，甚至三個鐘頭以前，簡直叫她無法相信！一時之間，她心裡感到大爲得意。

可是，她後來的想法可就複雜了。如何打消他的嫉妒心呢？如何讓他明白事實眞相呢？他們兩人都處於特別不利的境地，他如何能了解到她的眞實感情呢？一想起艾略特先生在獻殷勤，就令人痛苦。他的這番殷勤眞是後患無窮啊！

第二十一章

第二天早晨，安妮愉快地記起她答應去看望史密斯夫人，這就是說，在艾略特先生很有可能來訪的時候，她可以不待在家裡，而避開艾略特先生簡直成了她的首要目標。

她對他還是十分友好的。儘管他獻的殷勤成了禍根，但她對他還是非常感激，非常尊重，也許還頗爲同情。她情不自禁地要常常想到他們結識時的種種奇特情況，想到他憑著自己的地位、感情和對她早就有所偏愛，似乎也有權利引起她的興趣。這件事太異乎尋常了，既討人歡喜，又惹人痛苦。眞叫人感到遺憾。此事若是沒有溫特沃思海軍上校她會覺得怎麼樣，這個問題無需再問，因爲事實上是有位溫特沃思海軍上校。目前這種懸而未決的狀況，不管結局是好是壞，她將永遠鍾情於他。她相信，他們無論是結合還是最終分手，都不能使她再同別的男人親近。

安妮懷著熱烈而忠貞不渝的愛情，從卡姆登巷向西門大樓走去，巴斯的街道上不可能有過比這更美好的情思，簡直給一路上灑下了純淨的芳香。

她準知道自己會受到愉快的接待。她的朋友今天早晨似乎特別感激她的到來，雖說她們有約在先，但她好像並不指望她能來。

史密斯夫人馬上要她介紹音樂會的情況。安妮興致勃勃地回憶了起來，史密斯夫人聽得笑逐顏開，不由得十分樂意談論這次音樂會。凡能說的，安妮都高高興興地告訴她了。但是她所敘述的這一切，對於一個參加過音樂會的人來說，那是微不足道的，而對於史密斯夫人這樣的詢問者來說，則是不能令人滿意的，因爲有關晚會獲得成功的大致情況，她早就從一位洗衣女工和一位侍者那裡聽說了，而且比安妮說得還詳細。她現在詢問的是與會者的某些具體情況，可是徒勞無益。在巴斯，不管是舉足輕重的人，還是臭名昭著的人，史密斯夫人個個都知道他們的姓名。

「我斷定，小杜蘭德一家人都去了，」她說：「張著嘴巴聽音樂，像是羽毛未豐的小麻雀等著餵食。他們從來不會錯過任何音樂會。」

「是的。我沒見到他們，不過我聽艾略特先生說，他們就在音樂廳裡。」

「伊博森一家去了嗎？還有那兩個新到的美人和那個高個子愛爾蘭軍官，據說他要娶她們其中的一個？他們也到了嗎？」

「我不知道。我想他們沒去。」

「瑪麗·麥克萊恩老太太呢？我不必打聽她啦！我知道她是從不缺席的。妳一定看見她了。她一定就在妳那個圈圈裡，因爲妳是同達爾林普爾夫人一起去的，不用說就坐在樂隊附近的雅座上。」

「不，我就怕坐雅座。無論從哪個方面看，那都會叫人覺得不自在。幸好達爾林普爾夫人總是願意坐得遠一些。我們坐的地方好極了，這是就聽音樂而言的，從觀看的角度就不能這麼說了，因爲我好像沒有看見多少。」

「哦！妳看見的東西夠妳開心的了。我心裡明白。即使在人群之中也能感到一種家庭的樂趣，這妳是深有感受的。你們本身就是一大幫子人，除此之外沒有更多的要求。」

「我應該多留心一下四周，」安妮說。她說這話的時候心裡明白，她其實沒有減少四下留心，只是目標不多罷了！

「不，不。妳在做更有意義的事情。不用妳說，妳昨天晚上過得很愉快，我從妳的眼神裡看得出來。我完全清楚妳的時間是怎麼度過的。妳自始至終都有悅耳的歌曲可以傾聽。音樂休息的時候可以交談交談。」

安妮勉強笑笑說：「這是妳從我的眼神裡看出來的？」

「是的，的確如此。妳的面部表情已經清清楚楚地告訴我，妳昨天晚上是和你認爲的世界上最討人喜愛的那個人待在一起，這個人現在比世界上所有的人加在一起，還更能引起妳的興趣。」

安妮臉上刷地一紅。她啞口無言了。

「情況既然如此，」史密斯夫人稍停了停，然後說道：「我希望妳儘管相信，我懂得如何珍惜妳今天上午來看我的情分。妳本該有那麼多更愉快的事情要做，卻來陪伴我，妳眞是太好了。」

這話安妮一點也沒聽見。她的朋友的洞察力仍然使她感到驚訝和狼狽。她無法想像，關於溫特沃思海軍上校的傳聞怎麼會刮到她的耳朵裡。

又沉默了一會之後，史密斯夫人說：「請問，艾略特先生知不知道妳認識我？他知不知道我在巴斯？」

「艾略特先生！」安妮重複了一聲，一面驚奇地抬起頭來。她沉思了片刻，知道自己領會錯了。她頓時醒悟過來，覺得安全多了，便又恢復了勇氣，馬上更加泰然地說道：「妳認識艾略特先生？」

「我與他非常熟悉，」史密斯夫人嚴肅地答道：「不過現在看來好像很疏遠了。我們好久未見了。」

「我根本就不了解這個情況啊！妳以前從未說起過。我要是早知道的話，就會與他談起您的。」

「說眞話，」史密斯夫人恢復了她平常的快活神氣，說道：「這正是我對妳的希望。我希望妳向艾略特先生談起我。我希望妳對他施加點影響。他能夠幫我的大忙。親愛的艾略特小姐，妳要是有心幫忙的話，這事當然好辦。」

「我感到萬分高興。希望妳不要懷疑我還願意爲妳幫點忙，」安妮答道：「不過，我懷疑妳違背實際情況，高估了我對艾略特先生的情意，高估了我對他的影響。我想妳肯定抱有這樣的看法。妳應該把我僅僅看成艾略特先生的親戚。從這個觀點出發，妳如果認爲我可以向他提出什麼正當的要求，請妳毫不猶豫地吩咐我好啦！」

史密斯夫人用銳利的目光瞥了她一眼，然後笑吟吟地說道：「我想我有點操之過急，請妳原諒。我應該等著正式通知。可是現在，親愛的艾略特小姐，看在老朋友的份上，請妳給我個暗示，我什麼時候可以開口。下一週？毫無疑問，到了下週我總可以認爲全定下來吧！可以托艾略特先生的福氣謀點私利。」

「不，」安妮回道，「不是下週，不是下下週，也不是再下下週。實話對妳說吧，妳所設想的那種事情哪一週也定不下來。我不會嫁給艾略特先生的。我倒想知道，妳怎麼設想我會嫁給他？」

史密斯夫人又朝她看去，看得很認真，笑了笑，搖搖頭，然後嚷道：「唉，我眞希望我能摸透妳的心思！我眞希望我知道妳說這些話用意何在？我心裡很有數，等到恰當的時機，妳就不會存心冷酷無情了。妳知道，不到恰當的時機，我們女人決不想要任何人。理所當然，對於每一個男人，只要他沒提出求婚，我們都要拒絕。不過妳爲什麼要冷酷無情呢？我不能把他稱作我現在的朋友，但他是我以前的朋友，讓我爲他求求情。妳到哪裡能找到個更合適的女婿？妳到哪裡能遇上個更有紳士派頭、更和藹可親的男人？我要推舉他。我敢斷定，妳聽沃利斯上校說起來，他全是好處。有誰能比沃利斯上校更了解他？」

「我親愛的史密斯夫人，艾略特先生的妻子才死了半年多一點。他跟本就不該向任何人求愛的。」

「哦，妳要是僅僅認爲這有些不妥，」她狡黠地嚷道：「那艾略特先生就十拿九穩了，我也犯不著再替他擔憂啦！我只想說，你們結婚的時候可別忘了我。讓他知道我是妳的朋友，那時候他就會認爲麻煩他幹點事算不了什麼，只是現在有許多事情、許多約會要應酬，他非常自然地要盡量避免、擺脫這種麻煩。這也許是很自然的。一百個人裡有九十九個是要這麼做的。當然，他認識不到這對我有多麼重要。好啦，親愛的艾略特小姐，我希望而且相信妳會十分幸福的。艾略特先生很有見識，懂得妳這樣一個女人的價值。妳的安寧不會像我的那樣遭到毀滅。妳不用爲世事擔憂。不用爲他的品格擔憂。他不會被引入歧途，不會被人引向毀滅。」

「是的，」安妮說：「我完全相信我堂兄的這一切。看樣子，他秉性堅決鎮定，根本不會受到危險的影響。我對他十分尊敬。從我觀察到的現象來看，我沒有理由不尊敬他。不過，我認識他的時間不長，我想他也不是個很快就能親近的人。史密斯夫人，聽我這樣談論他，妳還不相信他對我是無足輕重的?的確，我說這話時心裡是夠冷靜的。說實話，他對我是無足輕重的。假如他向我求婚的話（我沒有理由認爲他想這樣做），我是不會答應他的。我肯定不會答應他。老實對妳說吧，昨天晚上的音樂會不管有些什麼樂趣，妳總以爲有艾略特先生的一份功勞，其實這沒有他的份兒。不是艾略特先生，的確不是艾略特先生……」

她煞住話頭，臉上脹得通紅，後悔自己話中有話地說得太多，不過說少了可能能又不行。史密斯夫人若不是察覺還有個別的什麼人，很難馬上相信艾略特先生遭到了失敗。事實上，她當即認輸了，而且完全裝出一副別無他知的樣子。安妮急欲避開史密斯夫人的進一步注意，急欲知道她爲何設想她要嫁給艾略特先生，她從哪裡得到了這個念頭，或者從誰那裡聽說的。

「請告訴我，妳最初是怎樣興起這個念頭的？」

「我最初興起這個念頭，」史密斯夫人答道：「是發現你們經常在一起，覺得這是你們雙方每個人所祈望的最有益的事情。妳儘管相信我好啦！妳所有的朋友都是這麼看待妳的。不過，我直到兩天前才聽人說起。」

「這事眞有人說起嗎？」

「妳昨天來看我的時候，有沒有注意到給妳開門的那個女人？」

「沒有。難道不照例是斯皮德夫人，或是那位女僕？我沒有特別注意到什麼人。」

「那是我的朋友魯克夫人，魯克護士。順便說一句，她非常想見見妳，很高興能爲妳開開門。她星期天才離開馬爾巴勒大樓。就是她告訴我，妳要嫁給艾略特先生。她是聽沃利斯夫人親口說的，沃利斯夫人恐怕不是沒有依據的。魯克夫人星期一晚上陪我坐了一個鐘頭，她把整個來龍去脈都告訴了我。」

「整個來龍去脈！」安妮重複道，一面放聲笑了。「我想，這麼一小條無根無據的小道消息，她編不出一個很長的故事來。」

史密斯夫人沒有吱聲。

「不過，」安妮隨即接著說道：「雖說我事實上並不要嫁給艾略特先生，但我還是十分願意以我力所能及的任何方式來幫妳的忙。我要不要向他提起妳就在巴斯？要不要給他捎個口信？」

「不，謝謝妳。不，當然不必。本來，出於一時的激動，出於錯誤的印象，我也許會告訴妳一些情況，可是現在不行了。不，謝謝妳，我沒有什麼事情要麻煩妳的。」

「我想妳說過妳同艾略特先生認識多年了？」

「是的。」

「我想不是在他結婚前吧？」

「是在他結婚前。我最初認識他的時候，他還沒結婚。」

「你們很熟悉嗎？」

「非常熟悉。」

「眞的！那麼請妳告訴我，他那時候是怎樣一個人。我很想知道艾略特先生年輕的時候是怎樣一個人。他當年是不是現在這個樣子？」

「近三年來，我一直沒看見艾略特先生！」

史密斯夫人回答的口氣很嚴肅。因此，這個話題也就不好再追問下去了。安妮覺得一無所獲，越發增加了好奇心。兩人都默默不語，史密斯夫人夫人思慮重重。終於……

「請妳原諒，親愛的艾略特小姐，」史密斯夫人用她那天生的熱誠口氣嚷道：「請原諒，我給妳的回答很簡短，不過我實在不知道該怎麼辦。我心裡拿不準，一直在思慮著應該怎樣對妳說。有很多問題需要考慮。人們都討厭好管閑事，搬弄是非，挑撥離間。家庭的和睦即使是表面現象，似乎也值得保持下去，雖然內裡並沒有什麼持久的東西。

「不過我已經打定了主意。我認爲我是對的。我認爲應該讓妳了解一下艾略特先生的眞實品格。雖然我完全相信妳現在絲毫無心接受他的求愛，但很難說以後會出現什麼情況。妳說不定有朝一日會改變對他的感情。因此，現在趁妳不帶偏見的時候，妳還是聽聽事實的眞相。

「艾略特先生是個沒有情感、沒有良心的男人，是個謹小愼微、詭計多端、殘酷無情的傢伙，光會替自己打算。他爲了自己的利益或舒適，只要不危及自己的整個聲譽，什麼冷酷無情的事情，什麼背信棄義的勾當，他都幹得出來。他對別人沒有感情。對於那些主要由他導致毀滅的人，他可以加以忽視和拋棄，而絲毫不受良心的責備。他完全沒有什麼正義感和同情心。唉！他的心是黑的，既虛僞又狠毒！」

「啊！」安妮帶著詫異的神色驚叫起來。

史密斯夫人不由得頓了一下，然後更加鎭定地接著說道：「我的話使妳大吃一驚。妳得原諒一個受害的憤怒的女人。不過我還是要盡量克制自己。我不想辱罵他。我只想告訴妳我發現他是怎麼個人。事實最能說明問題。他是我親愛的丈夫的莫逆之交，我丈夫信任他，喜愛他，把他看作像他自己那樣好。他們之間的親密關係在我們結婚以前就建立起來了。我發現他們十分親密，於是我也極爲喜歡艾略特先生，對他推崇備至。

「妳知道，人在十九歲是不會認眞思考的。在我看來，艾略特先生像其他人一樣好，比大多數人都可愛得多，因此我們幾乎總是在一起。我們主要住在城裡，日子過得非常體面。艾略特先生當時的境況比較差，是個窮光蛋。他在倫敦法律學會寄宿，好不容易擺出一副紳士的樣子。他只要願意，隨時都可以住到我們家裡，我們總是歡迎他的，待他親如兄弟。我那可憐的查爾斯是天下最慷慨的大好人，他就是剩下最後一枚四分之一便士的硬幣❶，也會同他分著用。我知道他的錢包是向艾略特先生敞開的。我知道他經常資助他。」

「想必大約就在這個時期，」安妮說：「艾略特先生總是使我感到特別好奇。想必大約在這同時，我父親和我姊姊認識了他。我自己一直不認識他，只是聽說過他。不過，他當時對我父親和我姊姊的態度，以及後來結婚的情況都有些蹊蹺，我覺得與現在的情況很不協調這似乎表明他是另外一種人。」

「這我都知道，這我都知道，」史密斯夫人大聲叫道：「在我結識他之前，他就認識了沃爾特爵士和妳姊姊，我總是聽他沒完沒了地說起他倆。我知道他受到邀請和鼓勵，我也知道他不肯去。也許我可以向妳提供一些妳根本想像不到的細節。且說他結婚的時候，我當時了解得一清二楚。我知道其中全部的利弊。我是他的知心朋友，他向我傾訴了他的希望和打

❶ 四分之一便士的便幣（FARTHING）：英國當時面值最低的錢幣，後來廢除了。

算。雖說我先前不認識他妻子（她的社會地位低下，使我不可能認識她），然而我了解她後來的情況，至少了解到她一生中最後兩年的情況，因而能夠回答妳想提出的任何問題。」

「不，」安妮說：「我對她沒有什麼特別要問的。我一向聽說他們不是一對幸福的夫妻。不過我想知道，他那個時候爲什麼會不屑於同我父親交往。我父親對他當然很客氣，想給他以妥善的照顧。艾略特先生爲什麼不願與我父親交往呢？」

「那個時候，」史密斯夫人答道：「艾略特先生心裡抱著一個目標，就是要發財致富，而且要通過比做律師更快當的途徑，他決心通過結婚來達到目的。他至少決心不讓一門輕率的婚事毀了他的生財之路。我知道他有這樣的看法（當然我無法斷定是否眞有道理），認爲妳父親和妳姊姊客客氣氣地一再邀請，是想讓繼承人與年輕小姐結成姻緣，而這樣一門親事卻不可能滿足他要發財致富和獨立自主的思想。我可以向妳擔保，這就是他避免來往的動機所在。他把全部內情都告訴我了，對我一點也沒隱瞞。眞奇怪，我在巴斯剛剛離開妳，結婚後遇到的第一個主要朋友就是妳的堂兄，從他那裡不斷聽到妳父親和妳姊姊的情況。他描述了一位艾略特小姐，我卻十分親暱地想到了另一位。」

「也許，」安妮心裡猛然省悟，便大聲說道：「妳時常向艾略特先生說起我吧？」

「我當然說過，而且經常說。我常常誇獎我的安妮．艾略特，說妳大不同於……」

「艾略特先生昨晚說那話，原來是這個緣故，」安妮嚷道：「這就好解釋了。我發現他經常聽人說起我。我不理解是怎麼回事。人一遇到與己有關的事情，可眞能想入非非的，到頭來非出錯不可！不過請妳原諒，我打斷了妳的話頭。這麼說來，艾略特先生完全是爲了錢而結婚的啦？很可能就是這個情況使妳最先看清了他的本性吧？」

史密斯夫人聽了這話，稍許猶豫了一陣。「噢！這種事情太司空見慣了。人生在世，男男女女爲金錢而結婚的現象太普偏了，誰也不會感到奇怪。我當時很年輕，光跟年輕人打交道，我們那夥人沒有頭腦，沒有嚴格的行爲準則，光會尋歡作樂。我現在可不這麼想了。時光、疾病和憂傷給我帶來了別的想法。不過在那個時候，我必須承認我覺得艾略特先生的行爲並沒有什麼可指責的。『盡量爲自己打算』被當成了一項義務。」

「可她不是一位出身卑賤的女人嗎？」

「是的。對此我提出過異議，可他滿不在乎。錢，錢，他要的只是錢。她父親是個牧場主，祖父是個屠夫，可是這都無所謂。她是個上好的女人，受過體面的教育。她是由幾個表姊妹帶出來的，偶爾碰見了艾略特先生，愛上了他。艾略特先生對她的出身既不計較，也不顧忌，他處心積慮的只想搞清楚她的財產的眞實數額，然後才答應娶她。

妳相信我好啦，不管艾略特先生現在如何看重自己的社會地位，他年輕的時候對此卻毫不重視。繼承凱林奇莊園在他看來倒還不錯，但是他把家族的榮譽視若糞土。我經常聽他宣稱，假如從男爵的爵位能夠出售的話，誰都可以拿五十鎊買走他的爵位，包括族徽和徽文、姓氏和號衣。不過、我過去常聽他說的那些話，現在一點也不想重複。那樣做是不公道的。可是，我的話口說無憑，妳應該見到證據，而且妳會見到證據的。」

「說眞的，親愛的史密斯夫人，我不要證據，」安妮嚷道：「妳說的情況與艾略特先生幾年前的樣子並不矛盾。相反，這倒完全印證了我們過去聽信的一些情況。我越發想知道，他現在爲什麼會判若兩人。」

「不過看在我的面上，請妳拉鈴叫一下瑪麗。等一等，我想還是勞駕妳親自走進我的臥室，就在壁櫥的上格妳能見到一只鑲花的小匣子，把它拿給我。」

安妮見她的朋友情懇意切地堅持讓她去，便只好從命，小匣子拿來了，擺在史密斯夫人面前。史密斯夫人一邊嘆息，一邊打開匣子，然後說道：「這裡面裝滿了我丈夫的書信文件。這僅僅是他去世時我要查看的信件中的一小部分。我現在要找的這封信是我們結婚前艾略特先生寫給我丈夫的，幸好給保存下來了。怎麼會保存下來，人們簡直無法想像。我丈夫像別的男人一樣，對這類東西漫不經心，缺乏條理。當我著手檢查他的信件時，我發現這封信和其他一些信件放在一起，那些信件更沒有價值，都是分布在四面八方的人們寫給他的，而許多眞正有價值的書信文件卻給毀掉了。好，找到啦！我不想燒掉它，是因爲我當時對艾略特先生就不太滿意，我決定把我們過去關係密切的每一份證據都保存下來。我現在之所以能很高興地這封信拿出來，還有另外一個動機。」

這封信寄給「滕布里奇書爾斯❷，查爾斯．史密斯先生」寫自倫敦，日期早在一八○三

---

❷ 英格蘭肯特郡的城鎮，有名的礦泉療養地。

年七月。信的內容如下——

親愛的史密斯：來信收悉。你的好意眞叫我萬分感動。我眞希望大自然造就更多像你這樣的好心人，可惜我在世上活了二十三年，卻沒見到你這樣的好心人。目前，我的確不需要勞你幫忙，我又有現金了。向我道喜吧，我擺脫了沃爾特爵士及其小姐。他們回到了凱林奇，幾乎逼著我發誓：今年夏天去看望他們。不過，我第二次去凱林奇的時候，一定要帶上個鑒定人，好告訴我如何以最有利的條件把莊園拍賣出去。然而，從男爵並非不可能續娶，他還眞夠愚蠢的。不過，他若是眞的續娶了，他們倒會讓我安靜些，這在價值上完全可以同繼承財產等量齊觀。他的身體不如去年。

我姓什麼都可以，就是不願姓艾略特。我壓惡這個姓。謝天謝地，沃爾特這個名字我可以去掉！我希望你千萬別再拿我的第二個W．來侮辱我❸，這就是說，我今後永遠是你的忠實的——威廉．艾略特。

安妮讀著這樣一封信，豈能不氣得滿臉發紫。史密斯夫人一看見她這樣的面色，便說：

❸ 略特的全名是威廉．沃爾特．艾略特（WILLIAM WALTER ELLIOT）其中WILLIAM與WALTER都以字母W開頭，他討壓WALTER這個名字，因而「有別再拿我的第二個W．來侮辱我」的說法。

「我知道，信裡的言詞十分無禮。雖說確切的詞句我記不清了，但對整個意思我的印象卻很深刻。不過從這裡可以看出他是怎樣一個人。妳看看他對我那可憐的丈夫說的話。還有比那更肉麻的話嗎？」

安妮發現艾略特把這樣的言詞用到她父親身上，她那震驚和屈辱的心情是無法立即消除的。她情不自禁地想起，她看這封信是違背道義準則的，人們不應該拿這樣的證據去判斷或了解任何人，私人信件是不能容許他人過目的。

後來她恢復了鎮定，才把那封她一直拿著苦思冥想的信件還給了史密斯夫人，一面說道：「謝謝妳。這當然是充分的證據啦，證實了所說的一切情況。可他現在爲什麼要與我們交往呢？」

「這我也能解釋，」史密斯夫人笑著嚷道。

「妳眞能解釋？」

「是的。我已經讓妳看清了十二年前的艾略特先生，我還要讓妳看清現在的艾略特先生。對於他現在需要什麼，在幹什麼，我再也拿不出書面證據，不過我能按照妳的願望，拿出過硬的口頭證據。他現在可不是僞君子。他眞想娶妳爲妻。他如今向妳家獻殷勤倒是十分誠摯的，完全發自內心。我要提出我的證人：他的朋友沃利斯上校。」

「沃利斯上校！妳認識他？」

「不認識。我不是直接從他那裡聽說的，而是拐了一、兩個彎子，不過這無足輕重。溪水還像最初一樣清澈，拐彎處積下的細小污物很容易就被清除❹。艾略特先生毫不顧忌地問沃利斯上校談起了他對妳的看法。我想這位沃利斯上校本人倒是個聰明、謹愼而又有眼光的人，可他有個十分愚蠢的妻子，他告訴了她一些不該告訴的事情，把艾略特先生的話源源本本地學給她聽了。她的身體處於康復階段，精力特別充沛，因此她又源源本本地全學給她的護士聽了。護士知道我認識妳，自然也就全部告訴了我。星期一晚上，我的好朋友魯克夫人向我透露了馬爾巴勒大樓的這麼多秘密。因此，當我說到整個來龍去脈時，妳瞧我並不像妳想像的那樣言過其實。」

「親愛的史密斯夫人，妳的證據是不充足的。這樣證明是不夠的。艾略特先生對我有想法，絲毫不能說明他爲什麼要盡力爭取同我父親和好。那都是我來巴斯以前的事情。我到來的時候，發現他們極爲友好。」

「我知道妳發現他們極爲友好。這我完全知道，可是……」

「說眞的，史密斯夫人，我們不能期待通過這種渠道獲得眞實的消息。事實也好，看法也罷，讓這麼多人傳來傳去，要是有一個由於愚笨，另一個由於無知，結果都給曲解了，那就很難剩下多少眞實的內容。」

「請妳聽我講下去。妳要是聽我介紹一些妳馬上能加以反駁、或是加以證實的詳情，那

---

❹ 比喻說法，意即：我的消息雖然是間接的，但卻是準確的，不確切的東西早就澄清了。

麼妳很快就能斷定我的話，是否可信？誰也不認爲他最初是受到妳的誘惑。他來巴斯之前的確見到過妳，而且也愛慕妳，但他不知道那個人就是妳。至少我的歷史學家是這麼說的。這是不是事實？用歷史學家的話來說，他去年夏天或秋天是不是在『西面某個地方』見到了妳，可又不知道那個人是妳？」

「他當然見過我。到此爲止完全正確。在萊姆，我碰巧待在萊姆。」

「好的，」史密斯夫人揚揚得意地繼續說道：「既然我說的第一個情況是成立的，那就證明我的朋友還是可信的。艾略特先生在萊姆見到了妳，非常喜歡妳，後來在卡姆登巷再遇到妳，知道妳是安妮．艾略特小姐時，簡直高興極了。從那之後，我並不懷疑，他去卡姆登巷有個雙重動機。不過他還有一個動機，一個更早的動機，我現在就來解釋。妳要是知道我說的情況有任何虛假或不確實的地方，就叫我不要講下去。我要這麼說，妳姊姊的朋友，現在和妳們住在一起的那位夫人，我曾經聽妳提起過她，早在去年九月，當艾略特小姐和沃爾特爵士最初來到巴斯時，她也陪著一起來了，此後便一直待在這裡。她是個八面玲瓏、獻媚邀寵的漂亮女人，人雖窮嘴卻很巧，從她現在的境況和態度來看，沃爾特爵士的親朋故舊得到一個總的印象，她打算做艾略特夫人，而使大家感到驚奇的是，艾略特小姐顯然看不到這個危險。」

史密斯夫人說到這裡停頓了片刻，見安妮無話可說，便又繼續說道：「早在妳回家之前，了解妳家情況的人就有這個看法。沃利斯上校雖說當時沒去卡姆登巷，但他很注意妳父親，察覺到了這個情況。他很關心艾略特先生，對那裡發生的一切情況能注意觀察。

「就在聖誕節前夕，艾略特先生碰巧來到巴斯，準備待上一、兩天，沃利斯上校便向他介紹了一些表面現象，於是人們便流傳開了。妳要明白，隨著時間的轉移，艾略特先生對從男爵的價值的認識發生了根本的變化。在門第和親屬關係這些問題上，他如今完全判若兩人。長期以來，他有足夠的錢供他揮霍，在貪婪和縱樂方面再沒有別的奢望，便漸漸學會把自己的幸福寄託在他要繼承的爵位上。我早就認為他在我們停止交往之前就產生了這種思想，現在這個思想已經根深柢固了。他無法設想自己不是威廉爵士。

「因此妳可以猜測，他從他朋友那裡聽到的消息不可能是很愉快的，妳還可以猜測出現了什麼結果：他決定盡快回到巴斯，在那裡住上一段時間，企圖恢復過去的交往，恢復他在妳家的地位，以便搞清楚他的危險程度，如果發現危險很大，他就設法挫敗那個女人。這是兩位朋友商定唯一要做的事情，沃利斯上校將想方設法加以協助。艾略特先生要介紹沃利斯上校，介紹沃利斯夫人，介紹每一個人。於是，艾略特先生回到了巴斯。

「如妳所知，經過請求，他受到了諒解，並被重新接納為家庭的成員。在這裡，他有一個堅定不移的目標，一個唯一的目標（直到妳來了之後，他才增添了另外一個動機），這就是監視沃爾特爵士和克萊夫人。他從不錯過和他們在一起的機會，接連不斷地登門拜訪，硬是夾在他們中間，不過，關於這方面的情況，我不需要細說。你可以想像一個詭計多端的人會使出什麼伎倆。經我這麼一開導，你也許能回想起妳看見他做的一些事情。」

「不錯，」安妮說：「妳告訴我的情況，與我了解的、或是可以想像的情況完全相符。一說起玩弄詭計的細節，總有點令人生厭。那些自私狡詐的小動作永遠令人作嘔。不過，我剛才聽到的事情並不眞正使我感到驚訝。我知道有些人聽妳這樣說起艾略特先生，是會大吃一驚的，他們對此將很難相信，可我一直沒有打消疑慮。我總想他的行爲除了表面的動機之外，還應該有個別的什麼動機。我倒想知道他對他所擔心的那件事的可能性，現在有什麼看法，他認爲危險是不是在減少？」

「我覺得是在減少，」史密斯夫人答道：「他認爲克萊夫人懼怕他，她知道他把她看穿了，不敢像他不在的時候那樣膽大妄爲。不過他遲早總得離開，只要克萊夫人保持著目前的影響，我看不出艾略特先生有什麼可保險的。護士告訴我說，沃利斯夫人有個可笑的主意，當妳嫁給艾略特先生的時候，要在結婚條款裡寫上這樣一條：妳父親不能同克萊夫人結婚。大家都說，這種花招只有沃利斯夫人能想得出來。我那聰明的魯克護士便看出了它的荒唐，她說：『哦，說眞的，夫人，這並不能阻止他和別人結婚婣！』的確，說實話，我覺得魯克護士從心裡並不極力反對沃爾特爵士續娶。妳知道，她應該說是贊成男娶女嫁的。況且，這還要牽涉到個人利益，誰敢說她不會想入非非，祈望通過沃利斯夫人的推薦，服侍下一位艾略特夫人？」

安妮略微沉思了一下，然後說：「我很高興了解到這一切。在某些方面，同他交往將使我感到更加痛苦，不過我會知道怎麼辦的。我的行爲方式將更加直截了當。顯然，他是個虛僞做作、老於世故的人，除了自私自利以外，從來沒有過更好的指導原則。」

但是，艾略特先生的老底還沒抖完。史密斯夫人說著說著便偏離了最初的方向，安妮因爲擔心自己家裡的事情，忘記了原先對他的滿腹怨恨。不過她的注意力現在集中到史密斯夫人那些最早的暗示上，聽她詳細敘說。史密斯夫人的敘說如果不能證明她的無比怨恨是完全正當的，卻能證明艾略特先生待她十分無情，既不公正，也不同情。

安妮認識到，艾略特先生結婚以後他們的親密關係並沒受到損害，兩人還像以前那樣形影不離，在艾略特先生的慫恿下，他的丈夫變得大手大腳，花起錢來大大超出了他的財力。史密斯夫人不想責怪自己，也不想輕易責怪自己的丈夫。不過安妮看得出來，他們的收入一向都滿足不了他們的生活派頭，總的來說，他們兩人從一開始就揮霍無度，安妮從史密斯夫人的話裡可看出，史密斯先生這個人熱情洋溢，隨遇而安，漫不經心，就是智力有些平庸。他比他的朋友和藹得多，而且與他大不相同，盡讓他牽著鼻子走，很可能還讓他瞧不起。艾略特先生通過結婚發了大財，他可以盡情滿足自己的欲望和虛榮心，而不使自己陷入麻煩，因爲他儘管放蕩不羈，卻變得精明起來。就在他的朋友發現自己窮困潦倒的時候，他卻越來越富，可他對朋友的經濟情況似乎毫不關心，相反倒一味慫恿他拼命花錢，這只能引起他的傾家蕩產。因此，史密斯夫婦便傾家蕩產了。

那個做丈夫的死得眞是時候，也省得全面了解這些情況了。在這之前，他們已經感到有些窘迫，曾考驗過朋友們的友情，結果證明：對艾略特先生還是不考驗的好。但是，直到史密斯先生死後，人們才全面了解到他的家境敗落到何等地步。史密斯先生出於感情上而不是理智上的原因，相信艾略特先生對他還比較敬重，便指定他作自己遺囑的執行人。誰想艾略特先生不肯幹，結果使史密斯夫人遇到了一大堆困難和煩惱，再加上她的處境必然會帶來痛楚，因而敍說起來不可能不感到痛苦萬端，聽起來也不可能不感到義憤填膺。

史密斯夫人把艾略特先生當時的幾封信拿給安妮看了，這都對都史密斯夫人幾次緊急請求的回信，筆調口吻全是那麼生硬，執意不肯去找那種徒勞無益的麻煩。信裡還擺出一副冷漠而客氣的姿態，對史密斯夫人可能因此遭到的不幸全是那麼冷酷無情，漠不關心。

這是忘恩負義毫無人性的可怕寫照。安妮有時感到，這比公開犯罪還要可惡。她有很多事情要聽。過去那些悲慘情景的詳細情況，一樁樁煩惱的細枝末節，這在以往的談話中只不過委婉地暗示幾句，這下子卻自然而然地淋漓盡致地全講出來了。安妮完全可以理解這種莫大的寬慰，只是對她的朋友平時心裡那麼鎮靜，越發感到驚訝不已！

在史密斯夫人的苦情帳上，有一個情況使她感到特別惱火。她有充分的理由相信，她丈夫在西印度群島有份資產，多年來一直被扣押著，以便償還債務，若是採取妥當的措施，倒可以重新要回來。這筆資產雖然數額不大，但是相對來說可以使她富裕起來。可惜沒有人去操辦。艾略特先生不肯代勞，史密斯夫人自己又無能爲力，一則身體虛弱不能親自奔波，二則手頭缺錢不能僱人代辦。她甚至都沒有親戚幫她出出主意，也僱不起律師幫忙。實際上有了眉目的資產如今又令人痛心地複雜化了。她覺得自己的境況本應好一些，只要在節骨眼上使一把勁就能辦到，可又擔心拖延下去甚至會削弱她對資產的要求權，這眞叫她難以忍受。

正是在這一點上，史密斯夫人希望安妮能要求艾略特先生作的工作。起先，她以爲他們兩人要結婚，十分擔心因此而失掉自己的朋友。但她後來斷定艾略特先生不會幫她的忙，因爲他甚至不知道她在巴斯。隨即她又想到：艾略特先生所愛的女人只要施加點影響，還是能幫幫她的忙的。於是，她準備在對艾略特先生的人格給以應有的尊重的前提下，盡量激起安妮的興趣，不想安妮卻反駁說，他們並沒像她想像的那樣訂過婚，這樣一來，事情的面目全改變了。她新近產生的希望，覺得自己最渴望的事情有可能獲得成功，不料安妮的反駁又使她的希望破滅了。不過，她至少可以按照自己的方式來講述整個事情，因而從中得到安慰。

安妮聽了有關艾略特先生的全面描述之後，不禁對史密斯夫人在講話開始時，如此讚許艾略特先生感到有些驚奇：「妳剛才似乎在誇獎他！」

「親愛的，」史密斯夫人答道：「我沒有別的辦法呀！雖說他可能還沒向妳求婚，但我認爲妳必然要嫁給他，因此我不能告訴妳眞情，就猶如他眞是妳丈夫一樣。當我談論幸福的時候，我從心裡爲妳感到痛惜。不過，他生性聰明，爲人謙和，有了妳這樣一個女人，幸福不是絕對不可能的。他對他的頭一個妻子很不仁慈。他們在一起是可悲的。不過她也太無知，太輕浮，不配受到敬重，況且他從來沒有愛過她。我想，妳一定比她幸運。」

安妮心裡倒勉強能夠承認，她本來是有可能被人勸說嫁給艾略特先生的，而一想到由此必定會引起的痛苦，她又爲之不寒而慄。她完全可能被拉塞爾夫人說服！假定出現這種情況的話，等時光過了很久，這一切才慢慢披露出來，那豈不是極其可悲嗎？

最好不要再矇騙拉塞爾夫人了。兩人這次意義重大的談話持續了大半個上午，最後得出的結論之一，就是安妮可以把與史密斯夫人有關係、而又與艾略特先生有牽連的每一件事情，隨意告訴她的朋友。

第二十二章

安妮回到家裡，仔細思忖著所聽到的這一切。她對艾略特先生的了解有一點使她心裡感到寬慰。她對他再也沒有任何親切感了。他與溫特沃思海軍上校恰好相反，總是那樣咄咄逼人，令人討厭。昨天晚上，他居心不良地大獻殷勤，可能已經造成了無法補救的禍害，安妮一想起來便感慨萬端，但是頭腦還比較清醒。她已經不再憐憫他了，這是她唯一感到寬慰的地方。至於其他方面，她環顧一下四周，或是展望一下未來，發現還有更多的情況值得懷疑和憂慮。

她擔心拉塞爾夫人會感到失望與悲痛，擔心她父親和姊姊一定會滿面羞恥，她還傷心地預見到許多不幸的事情，但是一個也不知道如何防範。她慶幸自己認清了艾略特先生。她從未考慮自己會因爲沒有冷眼待史密斯夫人這樣一位老朋友而得到報答，可是現在她確實因此而得到了報答！

史密斯夫人居然能夠告訴她別人不能提供的消息。這些消息可不可以告訴她全家人呢？這是一種痴心妄想。她必須找拉塞爾夫人談談，把這些情況告訴她，問問她的意見，盡到最大努力以後，就盡可能安下心來，等待事態的發展。然而，使她最不能安靜的是，她有一樁心事不能向拉塞爾夫人吐露，只得一個人爲此焦慮不堪。

她回到家裡，發現正像她打算的那樣，她避開了艾略特先生。他上午已經來過了，待了很長時間。但是她剛剛有些自我慶幸，覺得放心了，就又聽說他晚上還要來。

「我絲毫不想讓他晚上來，」伊麗莎白裝出一副漫不經心的神氣說道：「可是卻做了那麼多暗示，至少克萊夫人的這麼說的。」

「的確，我是這麼說的。我生平從沒見過任何人像他那樣渴求別人邀請。好可憐的人！我眞替他傷心。安妮小姐，看來，妳那狠心的姊姊還眞的個鐵石心腸。」

「哦！」伊麗莎白嚷道：「我對這一套已經習以爲常了，不會一聽到一個男人暗示幾句，就搞得不知所措。不過，當我發現他今天上午因爲沒有見到父親而感到萬分遺憾時，我馬上讓步了，因爲我的確從不錯過機會把他和沃爾特爵士撮合到一起。他們在一起顯得十分融洽，舉止都那麼和藹可親。艾略特先生必恭必敬的。」

「太令人高興啦！」克萊夫人說道，可是她不敢把眼睛轉向安妮。「完全像父子一樣！親愛的艾略特小姐，難道不可以說是父子嗎？」

「哦！我不禁止任何人說話。妳願這麼想就這麼想吧！不過，說老實話，我看不出他比別人更殷勤。」

「親愛的艾略特小姐！」克萊夫人喊了一聲，同時舉起兩手，抬起雙眼。接著她又採取最簡便的辦法，用沉默抑制住了她全部的餘驚。

「好啦！親愛的佩內洛普，妳不必爲他如此驚恐。妳知道我的確邀請他了。我滿臉笑容地把他送走了。當我發現他明天全天眞的要去桑貝里莊園的朋友那裡，我就很可憐他。」

安妮很讚嘆那位朋友的精采表演。她明知艾略特先生的出現勢必要妨礙她的主要意圖，卻能顯得十分高興地期望他眞的到來。克萊夫人不可能不討厭見到艾略特先生，然而她卻能裝出一副極其殷切、極其嫻靜的神情，彷彿很願意把自己平時花在沃爾特爵士身上的時間減掉一半似的。

對於安妮本人來說，看著艾略特先生走進屋裡，那是極爲苦惱的，而看著他走過來同她說話，又將是十分痛苦的。她以前就經常感到，他不可能總是那麼誠心誠意的，可是現在她發現他處處都不眞誠。他對她父親的必恭必敬同他過去的言論對照起來，實在令人作嘔。一想起他對待史密斯夫人的惡劣行徑，再看看他眼下那副滿臉堆笑、溫情脈脈的神態，聽聽他那矯揉造作、多情善感的語調，簡直叫她無法忍受。

安妮心想態度不要變得太突然，以免引起他的抱怨。她的主要目標是避開他的盤問和自我炫耀。不過她要毫不含糊地對他有所冷淡，以便同他們之間的關係協調起來。本來，她在艾略特先生的誘導下，漸漸對他產生了幾分多餘的親切感，現在要盡量無聲無息地冷下來。因此，她比前天晚上來得更加謹愼，更加冷淡。

艾略特先生想再次激起她的好奇心，問問他以前是如何以及從哪裡聽人讚揚她的，而且很想揚揚得意地聽她多問問。誰知道他的魔法失靈了，他發現他的堂妹過於自謙，要想激起她的虛榮心，還得靠那氣氛熱烈的聚會廳。他至少發現，眼下別人老是纏住他不放，任憑他冒然對安妮作出任何表示，也將無濟於事。他萬萬沒有料到，他這樣幹對他恰恰是不利的，它使安妮當即想起了他那些最不可饒恕的行徑。

安妮頗爲高興地發現，艾略特先生第二天早晨確實要離開巴斯，一大早就動身，而且要走掉兩天的大部分時間。他回來的那天晚上還要應邀來卡姆登巷，可是從星期四到星期六晚上❶，他卻是肯定來不了啦！對安妮來說，眼前老是有個克萊夫人已經夠討厭的了，再加上個更虛僞的僞君子，似乎破壞了一切安寧與舒適。想想他們對她父親和伊麗莎白的一再欺騙，想想他們要蒙受恥辱的種種根源，眞使她感到丟臉！克萊夫人的自私打算還不像艾略特先生那樣複雜，那樣令人厭惡。她嫁給沃爾特爵士雖說弊端很多，但是爲了不使艾略特先生處心積慮地加以阻攔，安妮寧願立即同意這門婚事。

星期五早晨，安妮打算一大早去找拉塞爾夫人，完成那必要的通氣任務。她本想一吃好早飯就走，不料克萊夫人也要出去，爲的是替她姊姊辦點事，因此她決定先等一等，省得和她作伴。等她看見克萊夫人走遠了，才說起上午要去里弗斯街。

「好吧！」伊麗莎白說：「我沒有什麼好送的，代問個好吧！哦！妳最好把她非要借給我的那本討厭的書給她帶回去，就假裝說我看完了。我的確不能總是用英國出版的新詩、新

❶ 原文如此。從前後文判斷，此處似乎應是「從星期五到星期六晚上。」

書來折磨自己。拉塞爾夫人盡拿些新出版物來惹我厭煩。這話妳不必告訴她，不過我覺得她那天晚上打扮得很可怕。我本來以爲她的穿著很風雅，可那次在音樂會上我眞替她害臊。她的神態那麼拘謹，那麼做作！她坐得那麼筆挺！當然，代我致以最親切的問候。」

「也代我問好，」沃爾特爵士接著說道：「最親切的問候。妳還可以告訴她，我想不久去拜訪她。捎個客氣話，我只不過想去留個名片。女人到了她這個年紀很少打扮自己，因此早晨走訪對她們來說總是不恰當的。她只要化好妝，就不會害怕讓人看見。不過我上次去看她時，注意到她馬上放下了窗帘。」

就在她父親說話的時候，忽聽有人敲門。會是誰呢？安妮一記起艾略特先生事先商定隨時都可以來訪，便會往他身上想，可眼下她知道他到七英里外赴約去了。大家像通常那樣捉摸不定地等了一陣之後，聽到了客人到來的通常響聲，接著查爾斯·默斯格羅夫夫婦便被引進到屋裡來了。

他們的到來使得衆人大爲驚訝，不過安妮見到他們確實很高興，而其他人也並不後悔自己竟能裝出一副表示歡迎的神態。後來，當這兩位至親表明他們來此並不打算住到沃爾特爵士府上，沃爾特爵士和伊麗莎白頓時熱誠劇增，客客氣氣地招待了起來。查爾斯夫婦陪同默斯格羅夫太太來巴斯逗留幾天，住在白哈特旅館。這點情況他們很快便了解到了。

後來，直到沃爾特爵士和伊麗莎白把瑪麗領到另一間客廳，樂滋滋地聽著她的溢美之詞，安妮才從查爾斯那裡得知他們來巴斯的眞實經過。瑪麗剛才有意賣關子，笑瞇瞇地暗示說他們有特殊任務，查爾斯對此也作了解釋。他還對他們一行有哪些人作了說明，因爲他們幾個人對此顯然有所誤解。

安妮這才發現，他們一行除了查爾斯夫婦以外，還有默斯格羅夫太太、亨麗埃塔和哈維爾海軍上校。查爾斯把整個情況介紹得一清二楚，安妮聽了覺得這事搞得極爲奇特。事情最先是由哈維爾海軍上校挑起來的，他想來巴斯辦點事。他早在一個星期以前就嚷嚷開了，查爾斯因爲狩獵期結束了，爲了有點事幹，提出來要同哈維爾海軍上校一道來，哈維爾夫人似乎非常喜歡對這個主意，覺得對她丈夫很有好處。怎奈瑪麗不肯一個人留在家裡，顯得好不高興，一、兩天來，彷彿一切都懸而不決，或者不了了之。幸而查爾斯的父母對此也發生了興趣。他母親在巴斯有幾位老朋友，她想去看看。大家認爲這對亨麗埃塔來說倒是個好機會，可以給自己和妹妹置辦結婚禮服。

總之，最後形成了默斯格羅夫太太一行，而且處處爲哈維爾海軍上校帶來了舒適和安逸。爲了便利大夥兒，查爾斯和瑪麗也給吸收了進來。他們前天深夜到達。哈維爾夫人、她的孩子以及本威克海軍中校，同默斯格羅夫先生和路易莎一起留在厄潑克勞斯。

安妮唯一感到驚奇的是，事情發展得如此迅速，居然談起了亨麗埃塔的結婚禮服。她原來設想他們會有很大的經濟困難，一時還結不了婚。誰想查爾斯告訴她，最近（瑪麗上次給她寫信以後），有一位朋友向查爾斯·海特提議，要他爲一個青年代行牧師職務，那個青年在幾年內不會要回。憑著目前的這筆收入，直到該協定期滿以前，他幾乎可以肯定獲得長期的生活保障，因此男女兩家答應了青年人的心願，他們的婚禮可能和路易莎的來得一樣快，再過幾個月就要舉行。

「這眞是個美差，」查爾斯補充說：「離厄潑克勞斯只不過二十五英里，在一個十分美麗的鄉村，那是多塞特郡一個很美的地方。就在王國一些上等禁獵地的中央，周圍有三個大業主，他們一個更比一個小心戒備。查爾斯．海特至少可以得到兩個大業主的特別垂愛。這倒不是說他會對此很珍惜，這是他應當珍惜的。查爾斯太不愛動了，這是他的最大弱點。」

「我眞高興極了，」安妮喊道：「能有這種事，眞叫我格外高興。這姊妹倆應該受到同樣的優待，她們一向情同手足，一個人前程燦爛不能讓另一個人黯然失色，她們應該同樣富裕安逸。我希望你父母親對這兩門親事都很中意。」

「哦，是的！假使兩個女婿錢再多一些，我父親倒可能很高興。不過他沒有別的好挑剔的。錢，妳知道，他要拿出錢來——一下子嫁出兩個女兒——這不可能是一件非常輕快的事情，會使他在許多事情上陷入窘境。然而我並不是說做女兒的沒有權利要錢。她們理所當然應該得到嫁妝。我敢說，他對我一直是個十分慈愛、十分慷慨的父親。瑪麗不太喜歡亨麗埃塔的對象。妳知道，她向來如此。但是她小看了查爾斯．海特，小看了溫思羅普。我想讓她知道他有多少財產，可是做不到。總而言之，這是一門十分匹配的親事。我一向都很喜歡查爾斯．海特，現在決不會絕情。」

「像默斯格羅夫夫婦這樣慈愛的父母，」安妮大聲嚷道：「看著自己的女兒出嫁準會很高興。我想他們一定在想方設法爲她們造福。青年人有這樣的父母，眞是萬幸！看樣子，你父母親全然沒有那種野心，不會害得一家老小犯那麼大的錯誤，吃那麼多的苦頭。但願你認爲路易莎完全康復了！」

查爾斯呑呑吐吐地答道：「是的，我想我是這麼認爲的。她好是好多了，不過人卻變了。不跑不蹦，沒有笑聲，也不跳舞，和以前大不一樣。哪怕誰關門關重了點，她也要嚇一跳，像水裡的小鷿鷉似地蠕動身子。本威克坐在她旁邊，整天給她念詩，或是竊竊私語。」

安妮忍不住笑了？「我知道，這不會合你的意。」接著又說，「不過，我相信他是個極好的青年人。」

「他當然好，對此誰也不懷疑。我希望妳不要以爲我那樣狹隘，以致於想讓每個人都懷有我那樣的目標和樂趣。我十分器重本威克。誰要是能打開他的話匣子，他就會說個滔滔不絕。讀書對他並無害處，因爲他既讀書又打仗。他是個勇敢的小伙子。這個星期一，我對他比以往有了更多的了解。我們在我父親的大穀倉裡逮老鼠，大鬧了一個上午。他幹得很出色，從此我就更喜歡他了。」

說到這裡，他們的談話中斷了，因爲查爾斯不得不跟著衆人去觀賞鏡子和瓷器。不過安妮聽到的事情夠多的了，足以了解厄潑克勞斯目前的狀況，並對那裡的喜慶局面感到高興。雖說她一邊高興一邊嘆息，但是她的嘆息絲毫沒有嫉妒的意思。如果可能的話，她當然願意獲得他們那樣的幸福，但是她不想損害他們的幸福。

這次訪問高高興興地過去了。瑪麗喜氣洋洋的，出來換換環境，遇到如此快樂的氣氛，不禁感到十分稱心。她一路上乘著她婆婆的駟馬車，到了巴斯又能不依賴卡姆登巷而完全自立，對此她也感到十分得意。因此，她完全有心思欣賞一切理應欣賞的東西，等娘家人向她詳細介紹這房子的優越性時，她也能欣然地應承幾句。她對父親或姊姊沒有什麼要求，能坐在他們那漂亮的客廳裡，她就覺得夠神氣的了。

伊麗莎白一時之間感到很苦惱。她覺得，她應該請默斯格羅夫太太一幫人來家裡吃飯，但是家裡換了派頭，減少了傭人，一請他們吃飯準會露餡，而讓那些地位總比凱林奇的艾略特家低下的人們來看熱鬧，眞叫她無法忍受。這是禮儀與虛榮心之間的鬥爭，好在虛榮心占了上風，於是伊麗莎白又高興了。

她心裡是這樣想的——〈那是些陳腐觀念，鄉下人的好客。我們可不請人吃飯，巴斯很少有人這樣做。阿利西亞夫人從不請客，甚至連自己妹妹家的人都不請，儘管他們在這裡住了一個月。我想那會給默斯格羅夫太太帶來不便，使她感到極不自在。我敢肯定，她倒寧願不來，因爲她和我們在一起不自在。我想請他們大夥來玩一個晚上，這樣會強得多，既新奇，又有趣。他們以前從沒見過這樣漂亮的兩間客廳。他們明天晚上會樂意來的。這將是一次名副其實的晚會，規模雖小，但卻十分講究。〉

這個想法使伊麗莎白感到很滿意。當她向在場的兩人提出邀請，並且答應向不在場的人發去邀請時，瑪麗感到同樣心滿意足。伊麗莎白特別要求她見見艾略特先生，結識一下達爾林普爾夫人和卡特雷特小姐。眞是幸運，他們幾個都說定要來。有他們賞臉，瑪麗將感到不勝榮幸。當天上午，艾略特小姐要去拜訪默斯格羅夫太太。安妮跟著查爾斯和瑪麗一起走了出去，這就去看看默斯格羅夫太太和亨麗埃塔。

她要陪伴拉塞爾夫人的計畫眼下只得讓路了。他們三人到里弗斯街待了幾分鐘，安妮心想，原來打算要告訴拉塞爾夫人的情況，遲一天再說也沒關係，於是便匆匆忙忙地趕到白哈特旅館，去看望去年秋天與她一起相處的朋友。由於多次接觸的緣故，她對他們懷有深切的情意。

他們在屋裡見到了默斯格羅夫太太和她的女兒，而且就她們兩個人。安妮受到了兩人極其親切的歡迎。亨麗埃塔因爲最近有了喜事，心裡也爽快起來，見到以前喜歡過的人，總是充滿了體貼與關心。而默斯格羅夫太太則因爲安妮在危急時刻幫過忙，對她也一片眞心，十分疼愛。安妮實在命苦，在家裡嘗不到這種樂趣，如今受到這樣親切、熱情和眞摯的接待，不禁越發感到高興。她們懇求她盡量多去她們那兒，邀請她天天去，而且要她整天與她們待在一起，或者更確切地說，她被看作她們家庭的一員。而作爲報答，安妮當然也像往常那樣關心她們，幫助她們。

查爾斯走後，她就傾聽默斯格羅夫太太敘說起路易莎的經歷，傾聽亨麗埃塔介紹她自己的情況。安妮還談了她對市場行情的看法，推荐她們到哪些商店買東西。在這期間，瑪麗還不時需要她幫這幫那，從給她換緞帶，到給她算帳，從給她找鎖匙、整理細小裝飾品，到設法讓她相信誰也沒有虧待她。瑪麗儘管平常總是樂呵呵的，眼下立在窗口，俯瞰著礦泉水調配室的門口，不禁又想像自己受人虐待了。

那是一個十分忙亂的早晨。旅館裡住進一大群人，必然會出現那種瞬息多變、亂亂烘烘的場面。前五分鐘收到一封短簡，後五分鐘接到一件包裹。安妮來了還不到半個小時，似乎大半個餐廳都擠滿了人，雖說那是個寬寬敞敞的大餐廳。一夥忠實可靠的老朋友坐在默斯格羅夫太太四周。

查爾斯回來了，帶來了哈維爾和溫特沃思兩位海軍上校。溫特沃思海軍上校的出現只不過使安妮驚訝了一小會兒，她不可能不感覺到，他們的共同朋友的到來必定會使他倆很快重新相見。他們的最後一次見面最關重要，打開了他感情上的閘門，安妮像吃了定心丸似的，心裡感到十分高興。但是看看他的表情，她又有些擔心，上次他以為安妮另有他人，匆匆離開了音樂廳，只怕他心裡到現在還被這種不幸的念頭所左右。看樣子，他並不想走上前來同她搭話。

安妮盡量保持鎮定，一切聽其自然。她力圖多往合乎情理的觀點上著想：「當然，我們雙方要是忠貞不渝的話，那麼我們的心不久就會相通。我們不是小孩子，不會互相吹毛求疵，動不動就發火，不會讓一時的疏失迷住眼睛，拿自己的幸福當兒戲。」可是隔了幾分鐘之後，她又覺得在目前的情況下，他們待在一起似乎只能引起極為有害的疏失與誤解。

「安妮，」瑪麗仍然立在窗口，大聲叫道：「克萊夫人站在柱廊下面，千眞萬確，還有個男的陪著她。我看見他們剛從巴斯街拐過來。他們好像談得很火熱。那是誰呢？快告訴我。天哪！我想起來了，是艾略特先生。」

「不！」安妮連忙喊道，「我敢擔保不可能是艾略特先生。他今天上午九點離開巴斯，明天才能回來。」

她說話的當兒，覺得溫特沃思海軍上校在瞅著她，為此她感到又惱又窘，後悔自己不該說那麼多，儘管話很簡單。

瑪麗最憤恨別人以為她不了解自己的堂兄，便十分激動地談起了本家的相貌特徵，越發一口咬定就是艾略特先生，還再次招呼安妮過去親自瞧瞧，不想安妮動也不動，極力裝作漠不關心的樣子。不過她覺得出來，有兩、三個女客相互笑了笑，會心地使著眼色，彷彿自以為深知其中的奧秘似的，害得安妮又此忐忑不安起來。顯然，關於她的傳說已經散布開了。接下來是一陣沉靜，似乎要確保這傳說進一步擴散出去。

「快來呀，安妮，」瑪麗喊道：「妳來親自看看。不快點來可就趕不上啦！他們要分別了，正在握手。他轉身了。我不認得艾略特先生！妳好像把萊姆的事情忘得精光。」

安妮為了讓瑪麗平息下來，或許也是為了掩飾自己的窘態，便悄悄走到窗口。她來得眞及時，恰好看清那人果然是艾略特先生，這在剛才她還一直不肯相信呢！只見艾略特先生朝一邊走不見了，克萊夫人朝另一邊急速走掉了。這兩個人有著截然不同的利害關係，居然擺出一副友好商談的樣子，安妮豈能不為之驚訝。

不過，她抑制住自己的驚訝，坦然地說道：「是的，確實是艾略特先生。我想他改變了出發時間，如此而已。或者，也許是我搞錯了，我可能聽的不仔細。」說罷她回到自己的椅子上，恢復了鎮定，心想自己表現得還不錯，不禁覺得有些欣慰。

客人們告辭了，查爾斯客客氣氣地把他們送走後，又朝他們做了個鬼臉，臭罵他們不該來。他開頭是這樣說的：「唔，媽媽，我給妳做了件好事，妳會喜歡的。我跑到戲院，為明天晚上訂了個包廂。我這個兒子不錯吧？我知道妳愛看戲。我們大家都有位置。包廂裡能坐九個人。我已經約好了溫特沃思海軍上校。我想安妮不會反對和我們一起去的。我們大家都喜歡看戲。我幹得不錯吧，媽媽？」

默斯格羅夫太太和顏悅色地剛表示說：「假如亨麗埃塔和其他人都喜歡看戲的話，她也百分之百地喜歡，」不想話頭被瑪麗急忙打斷了，只聽她大聲嚷道：「天哪！查爾斯，你怎麼能想出這種事來？為明天晚上訂個包廂！難道你忘了我們約好明天晚上去卡姆登巷？伊麗莎白還特別要求我們見見達爾林普爾夫人和她的女兒，以及艾略特先生？他們都是我們家的主要親戚，特意讓我們結識一下。你怎麼能這麼健忘？」

「得啦！得啦！」查爾斯回答說，「一個晚會算什麼？根本不值得放在心上。我想，假如妳父親真想見我們，他也許該請我們吃頓飯。妳愛怎麼辦就怎麼辦，反正我要去看戲。」

「哦、查爾斯，你已經答應去參加晚會了，要是再去看戲，我要說，那就太可惡了。」

「不，我沒有答應。我只是假意笑了笑，鞠了個躬，說了一聲『我很高興』。我可沒有答應。」

「可是你一定得去，查爾斯。你不去將是無法饒恕的。人家特意要爲我們作介紹。達爾林普爾一家人和我們之間一向有著密切的聯係。雙方無論發生什麼事情，都是馬上加以通報。你知道，我們是至親。還有艾略特先生，你應該特別同他結交！你應該十分關心艾略特先生。你想想看，他是我父親的繼承人，艾略特家族的代表。」

「不要跟我談論什麼繼承人、代表的，」查爾斯喊道：「我可不是那種人，放著當政的權貴不予理睬，卻去巴結那新興的權貴。我要是看在妳父親的面上都不想去，卻又爲了他的繼承人而去，我想那是夠可恥的。對我來說，艾略特先生算老幾？」

這隨隨便便的言語對安妮如同命根子一般，只見溫特沃思海軍上校正在全神貫注地望著，聽著，聽到最後一句話，他不由得將好奇的目光從查爾斯身上移到安妮身上。

查爾斯和瑪麗仍然以這種方式繼續爭論著，一個半認眞半開玩笑，堅持要去看戲，一個始終很認眞，極力反對去看戲，並且沒有忘記說明：她自己儘管非去卡姆登巷不可，但是他們如果撇開她去看戲，那她就會感到自己受到了虐待。

默斯格羅夫太太插嘴說：「看戲還是往後推推吧！查爾斯，你最好回去把包廂換成星期二的。把大夥拆散可就遺憾啦！何況，安妮小姐看她父親那裡有晚會，也不會跟我們去的，我可以斷定，假使安妮小姐不和我們一起去，亨麗埃塔和我壓根兒就不想去看戲。」

安妮眞誠感激她的這番好意並十分感激這給她提供了一個機會，可以明言直語地說道：

「太太，假如僅僅依著我的意願，那麼家裡的晚會若不是因爲瑪麗的緣故，絕不會成爲一絲一毫的妨礙。我並不喜歡那類晚會，很願意改成去看戲，而且和你們一道去。不過，也許最好不要這麼做。」她把話說出去了，可她卻一邊說一邊在顫抖，因爲她意識到有人在聽，她甚至不敢觀察她的話產生了什麼效果。

大家很快同意：星期二再去看戲。只是查爾斯仍然保持著繼續戲弄他妻子的權利，一味堅持說：明天就是別人不去，他也要去看戲。

溫特沃思海軍上校離開座位，朝壁爐跟前走去，很可能是想在那裡待一下再走開，悄悄坐到安妮旁邊。

「妳在巴斯時間不長，」他說：「還不能欣賞這裡的晚會。」

「哦！不。從通常的觀點來說，晚會並不適合我的胃口。我不打牌。」

「我知道妳以前不打。那時候妳不喜歡打牌。可是時光會引起很多變化。」

「我可沒有變多少，」她嚷了一聲，又停住了，唯恐不知要造成什麼誤解。停了一會，溫特沃思上校像是發自肺腑地說道：「眞是恍若隔世啊！八年半過去啦！」

他是否會進一步說下去，那只有讓安妮靜下來的時候再去苦思冥想了，因爲就在她聽著他的話音的當兒，亨麗埃塔卻扯起了別的話題，使她吃了一驚。原來，亨麗埃塔一心想趁著眼下的閑暇機會趕緊溜出去，便招呼她的夥伴不要耽誤時間，免得有人再進來。

大家迫不得已，只能準備走。安妮說她很願意走，而且極力裝出願意走的樣子。

不過她覺得，假若亨麗埃塔知道她在離開那張椅子、準備走出屋子的時候，心裡有多麼遺憾，多麼勉強，她就會憑著她對自己表兄的情感，憑著表兄對她自己牢靠的情意，而對安妮加以同情。

大夥正準備著，猛地聽到一陣令人驚恐的聲音，一個個都連忙停了下來。又有客人來了，門一打開，進來的是沃爾特爵士和艾略特小姐，衆人一見，心裡不覺涼了半截。

安妮當即產生了一種壓抑感，她的目光無論往哪裡看，都見到這種壓抑感的跡象。屋裡的那種舒適、自由、快樂的氣氛消失了，代之而來的是冷漠與鎮靜，面對著她那冷酷而高傲的父親和姊姊，一個個或者硬是閉口不語，或者趣味索然地敷衍幾句。出現這種情況，眞叫人感到屈辱！

她那戒備的目光對有一個情況比較滿意。她的父親和姊姊又向溫特沃思海軍上校打了個招呼，特別是伊麗莎白，表現得比以前更有禮貌。她甚至還同他說了一次話，不止一次地朝他望去。其實，伊麗莎白正在醞釀一項重大措施。這從結果可以看得出來。她先是恰如其分地寒暄了幾句，費了幾分鐘，接著便提出了邀請，要求默斯格羅夫府上所有在巴斯的人全都光臨，「就在明天晚上，見見幾位朋友，不是正式晚會。」

伊麗莎白把這話說得十分得體，她還帶來了請帖，上面寫著「艾略特小姐恭請」，她恭恭敬敬、笑容可掬地把請帖放在桌子上，恭請諸位賞光。她還笑吟吟地特意送給溫特沃思海軍上校一份請帖。

老實說，伊麗莎白在巴斯待久了，像溫特沃思海軍上校這種氣派、這種儀表的人，她很懂得他的重要性。過去是無足輕重的。現在的問題是，溫特沃思海軍上校可以體面地在她的客廳裡走來走去。請帖直接交給了他，然後沃爾特爵士和伊麗莎白便起身告辭了。

這段打擾雖說氣氛很嚴肅，但時間卻不長，他倆一走出門，屋裡的絕大多數人又變得輕鬆愉快起來，唯獨安妮例外。她一心想著剛才驚訝地目睹伊麗莎白下請帖的情景，想著溫特沃思海軍上校接請帖的樣子，意思讓人捉摸不定，與其說是感激，不如說是驚奇，與其說是接受邀請，不如說是客氣地表示收到請帖。

安妮了解他，從他眼裡見到鄙夷不屑的神情，著實不敢相信他會決意接受這樣一項邀請，並把它看作是過去對他傲慢無禮的補償。安妮的情緒不覺低下來。等她父親和姊姊走後，溫特沃思海軍上校把請帖捏在手裡，好像是在深思。

「請你只要想一想，伊麗莎白把每個人都請到了！」瑪麗私下說道，不過大夥都聽得見，「我毫不懷疑溫特沃思海軍上校感到很高興！你瞧，他拿著請帖都不肯撒手了。」

安妮發現溫特沃思海軍上校正在注視自己，只見他滿臉通紅，嘴角浮現出一絲輕蔑的表情，瞬息間便消逝了。安妮走開了，既不想多看，也不想多聽，省得引起她的苦惱。

衆人分開了。男人們去玩自己的，太太小姐去忙自己的，安妮在場時，他們沒有再合在一起。大家誠懇地要求安妮回頭來吃晚飯，今天就陪著衆人玩到底。可是安妮勞了這麼長時間的神，現在覺得疲倦、有點精神不濟了，只有回家爲妥，那樣她就可以愛怎麼清靜、就怎麼清靜。

她答應明天陪他們玩一個上午，然後便離開朝卡姆登巷走去。晚上的時間主要聽聽伊麗莎白和克萊夫人講講她們如何爲明日的晚會忙碌準備，聽聽她們一再列數邀請了哪些客人，一項項佈置越說越詳細，邊說邊改進，簡直要使這次晚會成爲巴斯最最體面的一次。在這同時，安妮一直在暗暗詢問自己：溫特沃思海軍上校會不會來？他們都認爲他肯定會來，可是她卻感到焦慮不安，要想連續平靜五分鐘都做不到。她大體上認爲他會來，因爲她大體上認爲他應當來，然而這件事又不能從義務和審慎的角度認爲他一定能來，那樣勢必無視對立的感情因素。

安妮從這激動不安的沉思中醒悟過來，只對克萊夫人說：就在艾略特先生原定離開巴斯三個鐘頭之後，有人看見克萊夫人和他待在一起。本來，安妮一直等著克萊夫人自己說起這次會面，可是白搭，於是她就決定親自提出來。她似乎發現，克萊夫人聽了之後，臉上閃現出內疚的神情，瞬息間便消逝了。但安妮心想，她從克萊夫人的神情裡可以看出，由於某種複雜的共謀，或是懾於艾略特先生的專橫跋扈，她只得乖乖地聽他說教，不准她對沃爾特爵士別有用心，而且也許一談就是半個小時。

不過克萊夫人用僞裝得十分自然的語氣大聲說道：「哦，天哪！一點不錯。妳只要想一想，艾略特小姐，完全出乎我的意料，我在巴斯街遇見了艾略特先生。我從來沒有這麼驚奇過。他掉過頭來，陪我走到礦泉水調配場。他遇到了什麼事情，沒有按時出發去桑貝里，可我確實忘了是什麼事情。我當時匆匆忙忙的，不可能很專心。我只能擔保他決不肯延遲回來。他想知道，他明天最早什麼時候可以登門做客。他滿腦子的『明天』。顯然，自從我進到屋裡，得知你們擴充了計畫，得知所發生的一切情況，我也是滿腦子想著明天，要不然，我無論如何也忘不掉看見了他。」

第二十三章

安妮同史密斯夫人的談話才過了一天，可她又遇到了使她更感興趣的事。現在對於艾略特先生的行爲，除了有個方面造成的後果還使她感到關切以外，別的方面她已經不大感興趣了，因此到了第二天早晨，理所當然地要再次延期到里弗斯街說明眞情。她先前答應過，早飯後陪默斯格羅夫太太一行玩到吃中飯。她信守自己的諾言，於是，艾略特先生的聲譽可以像山魯佐德王后的腦袋一樣❶，再保全一天了。

可是她未能準時赴約。天不作美，下起雨來，她先爲他的朋友和她自己擔憂了一陣，然後才開始往外走。當她來到白哈特旅館，走進她要找的房間時，發現自己既不及時，也不是頭一個到達。她面前就有好幾個人，默斯格羅夫太太在同克羅夫特夫人說話，哈爾維海軍上校在同溫特沃思海軍上校交談。她當即聽說，瑪麗和亨麗埃塔等得不耐煩，天一晴就出去了，不過很快就會回來。她們還特別再三叮嚀默斯格羅夫太太，千萬要叫安妮等她們回來。安妮只好遵命，坐下來，表面上裝得很鎮靜，心裡卻頓時覺得激動不安起來。本來，她只是

---

❶ 山魯佐德王后，係《一千零一夜》中給山魯亞爾國王講故事的王后。

料想在上午結束之前，才能嘗到一些激動不安的滋味，現在卻好，沒有拖延，沒有耽擱，她當即便陷入了如此痛苦的幸福之中，或是如此幸福的痛苦之中。

她走進屋子兩分鐘，只聽溫特沃思海軍上校說道：「哈爾維，我們剛才說到寫信的事，你給我紙筆，我們現在就寫吧！」

紙筆就在跟前，放在另外一張桌子上。溫特沃思海軍上校走過去，朝大家背過身，全神貫注地寫了起來。

默斯格羅夫太太在向克羅夫特夫人介紹她大女兒的訂婚經過，用的還是那個令人討厭的語氣，一面假裝竊竊私語，一面又讓眾人聽得一清二楚。安妮覺得自己與這談話沒有關係，可是，由於哈爾維海軍上校似乎思慮重重，無心說話，因此安妮不可避免地要聽到許多有傷大雅的細節，比如，默斯格羅夫先生和妹夫海特如何一再接觸，反覆商量啊！他妹夫海特某日說了什麼話，默斯格羅夫先生隔日又提出了什麼建議啊，他妹妹海特夫人有些什麼想法啦，年輕人有些什麼意願啦，默斯格羅夫太太起先說什麼也不同意，後來聽了別人的勸說，覺得倒挺合適啦，她就這樣直言不諱地說了一大堆。

這些細枝末節，即使說得十分文雅，十分得體，也只能使那些對此有切身利害關係的人感到興趣，何況善良的默斯格羅夫太太還不具備這種情趣和雅致。克羅夫特夫人聽得津津有味，她不說話則已，一說話總是非常富有理智。安妮希望，那些男客能個個自顧不暇，聽不見默斯格羅夫太太說的話。

「就這樣，夫人，把這些情況通盤考慮一下，」默斯格羅夫太太用她那高門大嗓的竊竊私語說道：「雖說我們可能不希望這樣做，但是我們覺得再拖下去也不是個辦法，因爲查爾斯．海特都快急瘋了，亨麗埃塔也同樣心急火燎的，所以我們認爲最好讓他們馬上成親，盡量把婚事辦得體面些，就像許多人在他們前面所做的那樣。我說過，無論如何，這比長期訂婚要好。」

「這正是我要說的話，」克羅夫特夫人嚷道：「我寧肯讓青年人憑著一小筆收入馬上成親，一同起來困難作鬥爭，也不願讓他們捲入長期的訂婚。我總是認爲，沒有相互間……」

「哦！親愛的克羅夫特夫人，」默斯格羅夫太太等不及讓她把話說完，便大聲嚷了起來，「我最厭煩讓青年人長期訂婚啦！我總是反對自己的孩子長期訂婚。我過去常說，青年人訂婚是件大好事，如果他們有把握能在六個月、甚至十二個月內結婚的話。可長期訂婚……」

「是的，太太，」克羅夫特夫人說道：「抑或不大牢靠的訂婚，可能拖得很長的訂婚，都不可取。開始的時候還不知道在某時某刻有沒有能力結婚，我覺得這很不穩妥，很不明智，我認爲所有做父母的應當極力加以阻止。」

安妮聽到這裡，不想來了興趣。她覺得這話是針對她說的，渾身頓時緊張起來。在這時時，她的眼睛本能地朝遠處的桌子那裡望去，只見溫特沃思海軍上校停住筆，仰起頭，靜靜地聽。隨即他轉過臉，敏捷而有意識地對安妮看了一眼。

兩位夫人還在繼續交談，一再強調那些公認的眞理，並且用自己觀察到的事例加以印證，說明背道而馳要帶來不良的後果。可惜安妮什麼也沒聽清楚，她們的話只在她耳朵裡嗡嗡作響，她的心裡亂糟糟的。

哈爾維海軍上校的確是一句話也沒聽見，現在離開座位，走到窗口，安妮似乎是在注視他，雖說這完全是心不在焉所造成的。她漸漸注意到，哈爾維海軍上校在請她到他那裡去。只見他笑嘻嘻望著自己，腦袋略微一擺，意思是說：「到我這裡來，我有話對妳說。」他的態度眞摯大方，和藹可親，好像比實際上還要鄭重似的，因而顯得更加盛情難卻。她立起身來，朝他那身走去。哈爾維海軍上校佇立的窗口位於屋子的一端，兩位夫人坐在另一端，雖說距離溫特沃思海軍上校的桌子近了些，但還不是很近。當安妮走至他跟前時，哈爾維海軍上校的面部又擺出一副認眞思索的表情，看來這是他臉上的自然特徵。

「妳瞧瞧，」他說，一面打開手裡的一個小包，展示出一幅小型畫像。「妳知道這是誰嗎？」

「當然知道。是本威克海軍中校。」

「是的。妳猜得出來這是送給誰的。不過，」他帶著深沉的語氣說：「這原先可不是爲她畫的。艾略特小姐，妳還記得我們一起在萊姆散步，心裡爲他憂傷的情景嗎？我當時萬萬沒有想到——不過那無關緊要。這像是在好望角畫的。他早先答應送給我那可憐的妹妹一幅畫像，在好望角遇到一位心靈手巧的年輕德國畫家，就讓他畫了一幅，帶回來送給我妹妹。

我現在卻負責讓人把畫像裝幀好，送給另一個人。這事偏偏委託給我！不過他還能委託誰呢？我希望我能諒解他。把畫像轉交給另一個人，我的確不感到遺憾。他要這麼幹的。」他朝溫特沃思海軍上校望去：「他正在爲此事寫信呢！」最後，他嘴唇顫抖地補充說：「可憐的范妮！我妹妹可不會這麼快就忘記他。」

「不會的，」安妮帶著低微而感慨的聲音答道，「這我不難相信。」

「她不是那種性格的人。她太喜愛他了。」

「但凡眞心相愛的女人，誰都不是那種性格。」

哈爾維海軍上校莞爾一笑，說：「妳敢爲你們女人打這個包票？」

安妮同樣嫣然一笑，答道：「是的。我們對你們當然不像你們對我們忘得那麼快。也許，這與其說是我們的優點，不如說是命該如此。我們實在沒有辦法。我們關在家裡，生活平平淡淡，感情上是苦惱的。你們男人不得不勞勞碌碌的。你們總有一項職業，總有這樣那樣的事務，馬上就能回到世事當中，不停的忙碌與變化可以削弱人們的印象。」

「就算妳說得對（可我不想假定妳是對的），認爲世事對男人有這麼大的威力，見效這麼快，可是這並不適用於本威克。他沒有被迫勞勞碌碌的。當時天下太平了，他回到岸上，從此便一直同我們生活在一起，生活在我們家庭的小圈子裡。」

「的確，」安妮說道：「的確如此。我沒有想到這一點。不過，現在該怎麼說呢，哈爾維海軍上校？如果變化不是來自外在因素，那一定是來自內因。一定是性格，男人的性格幫了本威克海軍中校的忙。」

「不，不，不是男人的性格。對自己喜愛或是曾經喜愛過的人朝三暮四，甚至忘情，我不承認這是男人的、而不是女人的本性。我認爲恰恰相反。我認爲我們的身體和精神狀態是完全一致的。因爲我們的身體更強壯，我們的感情也更強烈，能經得起驚濤駭浪的考驗。」

「你們的感情可能更強烈，」安妮答道：「但是本著這身心一致的精神，我可以這樣說，我們的感情更加溫柔。男人比女人強壯，但是壽命不比女人長，這就恰好說明了我們對他們的感情的看法。要不然的話，你們就會受不了啦！你們要同艱難、困苦和危險作鬥爭。你們總是不停地在艱苦奮鬥，遇到種種艱難險阻。你們離開了家庭、祖國和朋友。時光、健康和生命都不能說是你們自己的。假如再具備女人一樣的情感，」她聲音顫抖地，「那就的確太苛刻了。」

「在這個問題上，我們的意見永遠不會一致，」哈爾維海軍上校剛說了個話頭，只聽「啪」的一聲輕響，把他們的注意力引到溫特沃思海軍上校所在的地方，那裡迄今爲止一直是靜悄悄的。其實，那只不過是他的筆掉到了地上，可是安妮驚奇地發現，他離她比原來想像的要近。她有點懷疑，他之所以把筆掉到地上，只是因爲他在注意他們倆，想聽清他們的話音，可安妮覺得，他根本聽不清。

「你的信寫好了沒有？」哈爾維海軍上校問道。

「沒全寫好，還差幾行。再有五分鐘就完了。」

「我這裡倒不急。只要你準備好了，我也就準備好了。我處在理想錨地❷，」他對安妮燦然一笑，「供給充足，百無一缺。根本不急於等信號。唔，艾略特小姐，」他壓低聲音說：「正如我剛才所說的，我想在這一點上，我們永遠不會意見一致。大概沒有哪個男人和哪個女人會取得一致。不過請聽我說，所有的歷史記載都與妳的觀點背道而馳——所有的故事，散文和韻文。假如我有本威克海軍中校那樣的記憶力，我馬上就能引出五十個事例，來證實我的論點。我想，我生平每打開一本書，總要說到女人的朝三暮四。所有的歌詞和諺語都談到女人的反覆無常。不過妳也許會說，那都是男人寫的。」

「也許我是要這麼說。是的，是的，請你不要再引用書裡的例子。男人比我們具有種種有利條件，可以講述他們的做事。他們受過比我們高得多的教育，筆桿子握在他們手裡。我不承認書本可以證明任何事情。」

「可我們如何來證明任何事情呢？」

「我們永遠證明不了。在這樣一個問題上，我們永遠證明不了任何東西。這種意見分歧是無法證明的。我們大概從一開頭就對自己同性別的人有點偏心。基於這種偏心，便用發生在我們周圍的一起起事件，來爲自己同性別的人辯護。這些事件有許多（也許正是那些給我們的印象最深刻），一旦提出來，就勢必要洩露一些私房話，或者是在某些方面說些原本不

❷ 海軍詼諧語，說明哈維爾海軍上校對自己當時的處境十分滿意。

該說的話。」

「啊！」哈爾維海軍上校大聲叫道，語氣中帶著強烈的感情：「當一個人最後看一眼自己的老婆孩子，眼巴巴地望著把他們送走的小船，直到看不見爲止，然後轉過身來，說了聲：『天曉得，我們還會不會再見面！』我眞希望能使妳理解，此時此地他有多麼痛苦啊！同時，我眞希望讓妳知道，當他再次見到老婆孩子時，心裡有多激動啊！當他也許離別了一年之後，終於回來了，奉命駛入另一港口，他便盤算什麼時候能把老婆孩子接到身邊，假裝欺騙自己說：『他們要到某某日才能到達。』可他一直在希望他們能早到十二個小時，而最後看見他們還早到了好多個小時，猶如上帝給他們插上了翅膀似的，他心裡有多麼激動啊！我要是能向妳說明這一切，說明一個人爲了他生命中的那些寶貝疙瘩，能夠忍受多大的痛苦，做出多大的努力，而且以此爲榮，該有多好！妳知道，我說的只是那些有心腸的人！」說著，激動地按了按自己的心。

「哦！」安妮熱切地嚷道：「我希望自己能充分理解你的情感，理解類似你們這種人的情感。我決不能低估我的同胞熱烈而忠貞的感情！假如我膽敢認爲只有女人才懂得堅貞不渝的愛情，那麼我就活該受人鄙視。不，我相信氣們在婚後生活中，能夠做出種種崇高而美好的事情。我相信你們能夠做出一切重大努力，能夠對家人百般克制，只要你們心裡有個目標——如果我可以這樣說的話。我是說，只要你們的戀人還活著，而且爲你們活著。我認爲我們女人的長處（這不是個令人羨慕的長處，你們不必爲之垂涎），就在於她們對於自己的戀人，即便人不在世，或是失去希望，也能天長日久地愛下去！」

一時之間，她再也說不出一句話了，只覺得心裡百感交集，呼吸也受到壓抑。

「妳眞是個賢慧的女人，」哈維爾海軍上校叫道，一面十分親熱地把手搭在她的胳臂上。「沒法同妳爭論。況且我一想起本威克，就無話可說了。」

這時，他們的注意力被吸引到衆人那裡。

克羅夫特夫人正在告辭。「弗雷德里克，我想我倆要分手啦！」她說：「我要回家，你和朋友還有事幹。今晚我們大家要在你們的晚會上再次相會，」她轉向安妮。「我們昨天接到妳姊姊的請帖，我聽說弗雷德里克也接到了請帖，不過我沒見到。弗雷德里克，你是不是像我們一樣，今晚有空去吧？」

溫特沃思海軍上校正在急急忙忙地疊信，或者顧不得、或者不願意給她個圓滿的答覆。

「是的，」他說：「的確如此。我們要分手啦！不過哈爾維和我隨後就來。這就是說，哈爾維，你要是準備好了，我再有半分鐘就能準備好。我知道你想走了，我只消再過半分鐘就陪你走。」

克羅夫特夫人告辭了。溫特沃思海軍上校火速封好信，的的確確準備好了，甚至露出一副倉促不安的神氣，表明他一心急著要走。安妮有些莫名其妙。哈爾維海軍上校十分親切地向她說了聲：「再見，願上帝保佑妳！」可溫特沃思海軍上校卻一聲不響，連看都不看一眼！就這樣走出了屋子！

安妮剛剛走近他先前伏在上面寫信的那桌子，忽聽有人回屋的腳步聲。房門打開了，回來的正是溫特沃思海軍上校。他說請原諒，他忘了拿手套，當即穿過屋子，來到寫字台跟前，背對著默斯格羅夫太太，從一把散亂的信紙底下抽出一封信，放在安妮面前，用熱烈、懇求的目光凝視了她一陣，然後匆匆拾起手套，又走出了屋子，搞得默斯格羅夫太太幾乎不知道他回來過，可見動作之神速！

霎時間，安妮心裡引起的變化簡直無法形容。明擺著，這就是他剛才匆匆忙忙在折疊的那封信，收信人爲「安．艾略特小姐」，字跡幾乎辨認不清。人們原以爲他僅僅在給本威克海軍中校寫信，不想他還在給她安妮寫信！

安妮的整個命運就取決於這封信的內容了。什麼情況都有可能出現，而她什麼情況都可以頂得住，就是等不及要看個究竟。默斯格羅夫太太正坐在自己的桌前，忙著處理自己的一些瑣事，因此不會注意安妮在幹什麼，於是她一屁股坐進溫特沃思海軍上校坐過的椅子，伏在他方才伏案寫信的地方，兩眼貪婪地讀起信來：

我再也不能默默地傾聽了。我必須用我力所能及的方式向妳表明：妳的話刺痛了我心靈。我是半懷著痛苦，半懷著希望。請妳不要對我說：我表白得太晚了，那種珍貴的感情已經一去不復返了。八年半以前，我的心幾乎被妳扯碎了，現在我懷著一顆更加忠於妳的心，再次向妳求婚。我不敢說男人比女人忘情快，絕情也快。我除了妳以外沒有愛過任何人。我可能不夠公平，可能意志薄弱，滿腹怨恨，但是我從未見異思遷過。只是爲了妳，我才來到巴斯。我的一切考慮、一切打算，都是爲了妳一個人。妳難道看不出來嗎？妳難道不理解我的心願嗎？假如我能摸透妳的心思（就像我認爲妳摸透了我的心思那樣），我連這十天也等不及的。我簡直寫不下去了。我時時刻刻都在聽到一些使我傾倒的話。妳壓低了聲音，可是妳那語氣別人聽不出，我可辨得清。妳眞是太賢慧，太高尚了！妳的確對我們做出了公正的評價。妳相信男人當中存在著眞正的愛情與忠貞。請相信我最熾烈、最堅定不移的愛情。

弗・溫

我對自己的命運捉摸不定，只好走開。不過我要盡快回到這裡，或者跟著你們大家一起走。一句話，一個眼色，便能決定我今晚是到妳父親府上，還是永遠不去。

讀到這樣一封信，心情是不會馬上平靜上來的。假若單獨思忖半個鐘頭，倒可能使她平靜下來。可是僅僅過了十分鐘，她的思緒便被打斷了，再加上她的處境受到種種約束，心裡不可能得到平靜。相反，每時每刻都在增加她的激動與不安。這是無法壓抑的幸福。她滿懷激動的頭一個階段還沒過去，查爾斯、瑪麗和亨麗埃塔全都走了進來。

她絕對必須裝出一副若無其事的樣子，這立即引起了一番鬥爭。可是過了一會，她再也堅持不下去了。他們說的話她一個字也聽不懂了，迫不得已，只好推說身體不好。這時，大家看得出來她的氣色不好，不禁大吃一驚，深爲關切。沒有她，他們說什麼也不肯出去。這可糟糕透了。這些人只要一走，讓她一個人待在屋裡，她倒可能恢復平靜。可他們一個個立在她周圍，等候著，眞叫她心煩意亂。她無可奈何，便說了聲要回家。

「好的，親愛的，」默斯格羅夫太太叫道：「馬上回家，注意保重，晚上好能參加晚會。要是薩拉在這兒就好了，可以給妳看看病，可惜我不會看。查爾斯，拉鈴要個轎子。安妮小姐不能走路。」

但是，她無論如何也不能坐轎子。那比什麼都糟糕！她若是獨個兒靜悄悄地走在街上，她覺得幾乎肯定能遇到溫特沃思海軍上校，可以同他說幾句話，而失去這個機會，則將是無法忍受的。安妮誠懇地說她不要乘轎子，默斯格羅夫太太腦子裡只想到一種病痛，便帶著幾分憂慮地自我安慰說：這次可不是摔跤引起的，安妮最近從沒摔倒過，頭上沒有受過傷，她百分之百地肯定她沒摔過跤，因而能高高興興地與她分手，相信晚上準能見她有所好轉。

安妮唯恐有所疏忽，便吃力地說道：「太太，我擔心這事沒有完全理解清楚。請妳告訴另外幾位先生，我們希望今晚見到你們所有的人。我擔心出現什麼誤會，希望妳特別轉告哈爾維海軍上校和溫特沃思海軍上校，就說我們希望見到他倆。」

「哦！親愛的，我向妳擔保，這大家都明白。哈爾維海軍上校是一心一意要去的。」

「妳果眞這樣認爲？可我有些擔心。他們要是不去，那就太遺憾了！請妳答應我，妳再見他們的時候，務必說一聲。妳今天上午想必還會見到他們倆的。請答應我。」

「既然妳有這個要求，我當然可以做到。查爾斯，不管在哪裡見到哈爾維海軍上校，記住把安妮小姐的話轉告他。不過，親愛的，妳的確不需要擔心。我敢擔保，哈爾維海軍上校肯定要光臨的。我敢說，溫特沃思海軍上校也是如此。」

安妮只好就此作罷！可她總是預見會有什麼閃失，給她那萬分幸福的心頭潑上一瓢冷水。然而，這個念頭不可能是一成不變的。即使溫特沃思海軍上校本人不來卡姆登巷，她完全可以托哈爾維海軍上校捎個明確的口信。霎時間，又出現了件令人煩惱的事情。查爾斯出於眞正的關心和善良的天性，想要把她送回家，怎麼阻攔也阻攔不住。這簡直是無情。可她又不能老是不知好歹。查爾斯本來要去找軍械師，可他爲了陪安妮回家，寧可犧牲這次約會。於是安妮同他一起出發了，表面上裝出一副十分感激的樣子。

兩人來到聯盟街，只聽到後面有急促的腳步聲，這聲音有些耳熟，安妮聽了一陣以後，才見到溫特沃思海軍上校。他追上了他們倆，但彷彿又有些猶豫不決，不知道該陪著他們一起走，還是超到前面去。他一聲不響，只是看著安妮。安妮能夠控制自己，可以任他那樣看著，而且並不反感。頓時，安妮蒼白的面孔現在變得緋紅，溫特沃思的動作也由躊躇不決變得果斷起來。溫特沃思海軍上校在她旁邊走著。

過一會，查爾斯突然興起一個念頭，便說：「溫特沃思海軍上校，你走哪條路？是去歡樂街，還是去城裡更遠的地方？」

「我也不知道，」溫特沃思海軍上校詫異地答道。

「你是不是要走到貝爾蒙特街？是不是要走近卡姆登巷？如果是這樣的話，我將毫不猶豫地要求你代我把安妮小姐攙到她父親門口。她今天上午太疲乏了，走這麼遠的路沒有人攙扶可不行。我得到市場巷那個傢伙的家裡。他有一支頂呱呱的槍馬上就要發貨，答應給我看看。他說他要等到最後再打包，以便讓我瞧瞧。我要是現在不往回走。就沒有機會了。從他的描述來看，很像我的那二枝號雙管槍，就是你有一天拿著在溫思羅普附近打獵的那一枝。」

這不可能遭到反對。在公衆看來，只能見到溫特沃思海軍上校極有分寸、極有禮貌地欣然接受了。他收斂起笑容，心裡暗中卻欣喜若狂。過了半分鐘，查爾斯又回到了聯盟街街口，另外兩個人繼續一道往前走。他們經過商量，決定朝比較背靜的鵝卵石鋪道走去。在那裡，他們可以盡情地交談，使眼下成爲名副其實的幸福時刻，當以後無比幸福地回憶他們自己的生活時，也好對這一時刻永誌不忘。

於是，他們再次談起了他們當年的感情和諾言，這些感情和諾言一度曾使一切都顯得萬無一失，但是後來卻使他們分離疏遠了這麼多年。談著談著，他們又回到了過去，對他們的重新團聚也許比最初設想的還要喜不自勝；他們了解了相互間的性格、忠誠和感情，雙方變得更加親切，更加忠貞，更加堅定，同時也更能採取行動，更有理由採取行動。最後，他們款款步向緩坡上爬去，全然不注意周圍的人群，既看不見逍遙的政客。忙碌的管家和調情的少女，也看不見保母和兒童，一味地只顧得回憶過去，承認現實，特別是相互說明最近發生了什麼情況，這些情況是令人痛楚的，而又具有無窮無盡的興趣。上星期的一切細小的異常現象都談過了，一說起昨天和今天，簡直沒完沒了。

安妮沒有看錯他。對艾略特先生的妒嫉成了他的絆腳石，引起了他的疑慮和痛苦。他在巴斯第一次見到安妮時，這種妒嫉心便開始作祟，後來收斂了一個短時期，接著又回來作怪，破壞了那場音樂會。在最後二十四小時中，這種妒嫉心左右著他說的每句話，做的每件事，或者左右他不說什麼，不做什麼。這種妒嫉逐漸讓位給更高的希望，安妮的神情、言談和舉動偶爾激起這種希望。當安妮同哈維爾海軍上校說話時，他聽到了她的意見和語氣，妒嫉心最後終於被克服了，於是他抑制不住內心的激動，抓起一張紙，傾吐了自己的衷腸。

他信中寫的內容，句句都是眞情實話，一點也不打折扣。他堅持說，除了安妮以外，他沒有愛過任何人。安妮從來沒有被別人取代過。他甚至認為，他從沒見過有人能比得上她，的確，他不得不承認這樣的事實：他的忠誠是無意識的，或者說是無心的。他本來打算忘掉她，而且相信自己做得到。他以為自己滿不在乎，其實他只不過是惱怒而已，他不能公平地看待她的那些優點，因為他吃過它們的苦頭。現在，她的性情在他的心目中被視為十全十美的，剛柔適度，可愛至極。不過他不得不承認：他只是在萊姆才開始公正地看待她，也只是在萊姆才開始了解他自己。在萊姆，他受到了不止一種教訓。艾略特先生在那一瞬間的傾慕之情至少激勵了他，而他在碼頭上和哈維爾海軍上校家裡見到的情景，則使他認清了安妮的卓越才幹。

先前，他出於嗔怒與傲慢，試圖去追求路易莎．默斯格羅夫，他說他始終覺得那是不可能的，他不喜歡、也不可能喜歡路易莎。直到那天，直到後來有時間仔細思考，才認識到安妮那崇高的心靈是路易莎無法比擬的，這顆心無比牢固地攫住了他自己的心。從這裡，他認清了堅持原則與固執己見的區別，膽大妄爲與冷靜果斷的區別。從這裡，他發現失去的這位女人處處使他肅然起敬。他開始懊悔自己的傲慢、愚蠢和滿腹怨恨，由於有這些思想在作怪，等安妮來到他面前時，他又不肯努力重新獲得她。

自從那時起，他便感到了極度的愧疚。他剛從路易莎出事後頭幾天的驚恐和悔恨中解脫出來，剛剛覺得自己又恢復了活力，卻又開始認識到，自己雖有活力，但卻失去了自由。

「我發現，」他說：「哈維爾認爲我已經訂婚了！哈維爾和他妻子毫不懷疑我們之間的鍾情。我感到大爲震驚。在某種程度上，我是可以立即表示異議的，可是轉念一想，別人可能也有同樣的看法——她的家人，也許還有她自己——這時我就不能自己作主了。如果路易莎有這個願望的話，我在道義上是屬於她的。我太不審愼了，在這個問題上一向沒有認眞思考。我沒有想到，我同她們的過分親近竟會產生如此衆多的不良後果。我沒有權利試圖看看能否愛上兩姊妹中的一個，這樣做即使不會造成別的惡果，也會引起流言蜚語。我犯了一個嚴重的錯誤，只得承擔後果。」

總而言之，他發覺得太晚了，他已經陷進去了。就在他確信他壓根兒不喜歡路易莎的時候，他卻必須認定自己同她拴在一起，假如她對他的感情確如哈維爾夫婦想像的那樣。爲此，他決定離開萊姆，到別處等候她痊癒。他很樂意採取任何正當的手段，來削弱人們對他現在的看法和揣測。因此他去找他哥哥，打算過一段時間再回到凱林奇，以便見機行事。

「我和愛德華在一起待了六個星期，」他說：「發現他很幸福。我不可能有別的歡樂了。我不配有任何歡樂。愛德華特地詢問了妳的情況，甚至還問到妳人變樣了沒有，他根本沒有想到：在我的心目中，妳永遠不會變樣。」

安妮嫣然一笑，沒有言語。他這話固然說得不對，但又非常悅耳，實在不好指責。一個女人活到二十八歲，還聽人說自己絲毫沒有失去早年的青春魅力，這倒是一種安慰。不過對於安妮來說，這番溢美之詞卻具有無法形容的更加重大的意義，因爲同他先前的言詞比較起來，她覺得這是他恢復深情厚意的結果，而不是起因。

他一直待在希羅普郡，悔恨自己不該盲目驕傲，不該失算，後來驚喜地聽到路易莎和本威克訂婚的消息，他立刻從路易莎的約束下解脫出來。

「這樣一來，」他說：「我最可悲的狀況結束了，因爲我至少可以有機會獲得幸福。我可以努力，可以想辦法。可是，如果一籌莫展地等了那麼長時間，而等來的只是一場不幸，這眞叫人感到可怕。我聽到消息之後，不到五分鐘，我就這樣說：『我星期三就去巴斯。』結果我來了。我認爲很值得跑一趟，來的時候還帶著幾分希望，這難道不情有可原嗎？妳沒有結婚，可能像我一樣，還保留著過去的情意，碰巧我又受到了鼓勵。我決不懷疑別人會愛妳，追求妳，不過我確知妳至少拒絕過一個條件比我優越的人，我情不由己地常說：『這是爲了我吧？』

他們在米爾薩姆街的頭一次見面有許多東西可以談論，不過那次音樂會可談的更多。那天晚上似乎充滿了奇妙的時刻。一會兒，安妮在八角廳裡走上前來同我說話；一會兒，艾略特先生進來把她拉走了；後來又有一、兩次，或是重新浮現出希望，或是愈發感到失望，兩人談得十分帶勁。

「看見妳待在那些不可能對我友好的人們當中，」他大聲說道：「看見妳堂兄湊在妳眼前，又是說又是笑，覺得你們眞是天造地設的一對！再一想，這肯定是那些想左右妳的每個人的心願！即使妳自己心裡不願意，或是不感興趣，想想看他有多麼強大的後盾！我看上去傻呼呼的，難道這還不足以愚弄我？我在一旁看了怎不痛苦？一看見妳的朋友坐在妳的身後，一回想起過去的事情，知道她有那麼大的影響，對她的勸導威力留下不可磨滅的印象，難道這一切不都對我大爲不利嗎？」

「你應該有所區別，」安妮回答：「你現在不應該懷疑我。情況大不相同了，我的年齡也不同了。如果說我以前不該聽信別人的勸導，請記住他們那樣勸導我是爲了謹愼起見，不想讓我擔當風險。我當初服從的時候，我認爲那是服從義務，可在這個問題上不能求助於義務？假如我嫁給一個對我無情無意的人，那就可能招致種種風險、違背一切義務。」

「也許我該這麼考慮，」他答道：「可借我做不到。我最近才認識了妳的人品，可我無法從中獲得裨益。我無法使這種認識發揮作用，這種認識早被以前的感情所淹沒，所葬送，多少年來，我吃盡了那些感情的苦頭。我一想起妳，只知道妳屈從了，拋棄了我，妳誰的話都肯聽，就是不肯聽我的話。我看見妳和在那痛苦的年頭左右妳的那個人待在一起，我沒有理由相信，她現在的權威不及以前高了。這還要加上習慣勢力的影響。」

「我還以爲，」安妮說：「我對你的態度可能消除了你不少、甚至全部的疑慮。」

「不，不！妳的態度可能只是妳和別人訂婚後帶來的心情舒坦。我抱著這樣的信念離開了妳，可我打定主意還要再見見妳。到了早上，我的精神又振作起來，我覺得我還有個動機要待在這裡。」

最後，安妮又回到家裡，一家人誰也想像不到她會那麼快樂。早晨的詫異、憂慮以及其他種種痛苦的感覺，統統被這次談話驅散了，她樂不可支地回到屋裡，以至不得不設法打個岔，一時間擔心起這會好景不長。

在這大喜過望之際，要防止一切危險的最好辦法，還是懷著感激的心情，認眞地思考一番。於是她來到自己的房間，在欣喜感激之餘，變得堅定無畏起來。

夜幕降臨了，客廳裡燈火通明，賓主們聚集一堂。所謂的晚會，只不過打打牌而已！來賓中不是從未見過面的，就是見得過於頻繁的。眞是一次平平常常的聚會，搞得親熱一些吧！又嫌人太多，搞得豐富多彩一些吧！嫌人太少！可是，安妮從沒感到還有比這更短暫的夜晚。她心裡一高興，顯得滿面春風，十分可愛，結果比她想像或是期望的還要令衆人贊羨不已，而她對周圍的每個人，也充滿了喜悅——或也可說是包涵之情。

艾略特先生也來了，安妮盡量避開他，不過尚能給以同情。沃利斯夫婦，她很樂意了解他們。達爾林普爾夫人和卡特雷特小姐——她們很快就能成爲她的不再是可憎的表親了。她不喜歡克萊夫人，對她父親和姊姊的公開舉止也沒有什麼好臉紅的。她同默斯格羅夫一家人說起話來，自由自在，好不愉快。與哈維爾海軍上校談得情懇意切，如同兄妹。她試圖和拉塞爾夫人說說話，但幾次都被一種微妙的心理所打斷。她對克羅夫特海軍少將和夫人更是熱誠非凡，興致勃勃，只是出於同樣的微妙心理，千方百計地加以掩飾。她同溫特沃思海軍上校交談了好幾次，但總是希望再多談幾次，而且總是曉得他就在近前。

就在一次短暫的接觸中，兩人表面上是在欣賞豐富多彩的溫室植物，安妮說道：「我一直在考慮過去，想公平地明辨一下是非，我是說對我自己。我應該相信，我當初聽從朋友的勸告，儘管吃盡了苦頭，但還是正確的，完全正確的。將來你會比現在更喜愛我的這位朋友。對於我來說，她是處於做母親的地位。不過，請你不要誤解我。我並非說，她的勸告沒有錯誤。這也許就屬於這樣一種情況：勸告是好是壞只能由事情本身來決定。就我而言，在任何類似情況下，我當然決不會提出這樣的勸告。不過我的意思是說，我聽從她的勸告是正確的，否則，我若是繼續保持婚約的話，將比放棄婚約遭受更大的痛苦，因爲我會受到良心的責備。只要人類允許良知存在的話，我現在沒有什麼好責備自己的。如果我沒說錯的話，強烈的責任感是女人的一份不壞的嫁妝。」

溫特沃思海軍上校先瞧瞧她，再看看拉塞爾夫人，然後又望著她，好像在沉思地答道：

「我尚未原諒她，可是遲早會原諒她的。我希望很快就能寬容她。不過我也在考慮過去，腦子裡浮現出一個問題：我是否有一個比那位夫人更可惡的敵人？我自己。請告訴我：一八〇八年我回到英國，帶著幾千鎊，又被分派到『拉科尼亞號』上，假如我那時候給妳寫信，妳會回信嗎？總之一句話，妳會恢復婚約嗎？」

「我會嗎？」這是她的全部回答，不過語氣卻十分明確。

「天啊！」他嚷道：「妳會的！這倒不是因爲我沒有這個想法，或是沒有這個欲望，實際上，只有這件事才是對我的其他成功的報償。可是我太傲慢了，不肯再次求婚。我不了解妳。我閉上眼睛，不想了解妳，不想公正地看待妳。一想起這件事，我什麼人都該原諒，就是不能原諒自己。這本來可以使我們免受六年的分離和痛苦。一想起這件事，還會給我帶來新的痛楚。我一向總是自鳴得意地認爲，我應該得到我所享受的一切幸福。我總是自恃勞苦功高，理所當然應該得到報答。像其他大人物遭到挫折時一樣，」他笑吟吟地補充道：「我一定要使自己的思想屈從命運的安排，一定要學會容忍自己，使妳比應得的更加幸福。」

第二十四章

誰會懷疑事情的結局呢？無論哪兩個青年人，一旦心血來潮地想到要結婚，他們準會不屈不撓地達到目的，儘管他們是那樣清貧，那樣輕率，那樣不可能給相互間帶來最終的安適。得出這樣的結論可能是不道德的，但我相信事實如此。如果這種人尚能獲得成功，那麼像溫特沃思海軍上校和安妮．艾略特這樣的人，既有思想成熟、明白事理的優點，又有一筆足以維持獨立生活的財產，豈能衝不破種種阻力？其實，他們或許可以衝破比他們遇到的大得多的阻力，因爲除了受到一些冷落怠慢之外，他們沒有什麼好苦惱的。

沃爾特爵士並未表示反對，伊麗莎白只不過看上去有些漠不關心。溫特沃思海軍上校具有二萬五千鎊的財產，赫赫功績又把他推上了很高的職位，他不再是個無名小卒。現在，人們認爲他完全有資格向一位愚昧、奢侈的從男爵的女兒求婚，這位從男爵既缺乏準則，又缺乏理智，無法保持上帝爲他安排的地位。她的女兒本該分享一萬鎊的財產，可是目前只能給她其中的一小部分。

的確，沃爾特爵士雖說並不喜歡安妮，其虛榮心也沒有得到滿足，因而眼下不會爲之眞心高興，但他決不認爲這門親事與安妮不相匹配。相反，當他再多瞧瞧溫特沃思海軍上校，趁白天反覆打量，仔細端詳，不禁對他的相貌大爲驚羨，覺得他儀表堂堂，不會有損於安妮的高貴地位。所有這一切，再加上他那動聽的名字，最後促使沃爾特爵士欣然拿起筆來，在那卷光榮簿上加上這樁喜事。

在那些有對立情緒的人們當中，唯一令人擔憂的是拉塞爾夫人。安妮知道，拉塞爾夫人在認識和拋棄艾略特先生的過程中，一定會感到有些痛苦。她要經過一番努力，才能眞正了解和公平對待溫特沃思海軍上校。不過，這正是拉塞爾夫人現在要做的事情。她必須認識到：她把他們兩個人都看錯了，對兩人的外表抱有偏見，因爲溫特沃思海軍上校的風度不中她的意，便馬上懷疑他是個危險的烈性子人；因爲艾略特先生的舉止穩妥得體，溫文爾雅，正合她的心意，她便立即斷定那是他教養有素、富有眞知灼見的必然結果。拉塞爾夫人無可奈何，只得承認自己完全錯了，並且產生了新的看法，新的希望。

有些人感覺敏銳，善於看人。總之，一種天生的洞察力，別人再有經驗也是比不上的。在這方面，拉塞爾夫人就是沒有她的年輕朋友富有見識。不過，她是個十分賢慧的女人，如果說她的第二目標是要有眞知灼見，那麼她的第一目標便是看著安妮獲得幸福。她愛安妮勝過愛她自己的才智。當最初的尷尬消釋之後，她覺得對於那個給她的教女帶來幸福的人，並不難以像慈母般地加以疼愛。

一家人裡，瑪麗大概對這件事最感到滿意啦！有個姊姊要出嫁，這是件光彩事兒。她得意地認爲：多虧她讓安妮在秋天去陪伴她，爲促成這門親事立下了汗馬功勞。因爲她自己的姊姊比她丈夫的妹妹要好，她十分樂意溫特沃思海軍上校比本威克海軍中校和查爾斯·海特都有錢些。當他們重新接觸的時候，眼見著安妮恢復了優先權，成爲一輛十分漂亮的四輪小馬車的女主人，她心裡不禁有些隱隱作痛。不過，展望未來，她有個莫大的慰藉。安妮將來沒有厄潑克勞斯大宅，沒有地產，也做不了一家之主。只要能使溫特沃思海軍上校當不成從男爵，她就不願意和安妮調換位置。

若是那位大姊也能如此滿意自己的境況，那就好了，因爲她的境況不大可能發生變化。過了不久，她傷心地看著艾略特先生離開了。她本來捕風捉影地對他抱著希望，現在希望破滅了，而且此後再也沒有遇見一個條件合適的人，來喚起她的這種希望。

且說艾略特先生聽到他堂妹安妮訂婚的消息，不禁大爲震驚。這樣一來，他那尋求家庭幸福的美妙計劃破產了，他那企圖利用做女婿之便守在旁邊，不讓沃爾特爵士續娶的美夢也破滅了。不過，他雖說受到挫敗，感到失望，但他仍然有辦法謀求自己的利益與享受。他很快便離開了巴斯。過了不久，克萊夫人也離開了巴斯，隨即人們便聽說，她在倫敦做了他的姘頭。明擺著，艾略特先生一直在耍弄兩面手法，起碼下定決心，不能讓一個狡黠的女人毀了他的繼承權。

克萊夫人的感情戰勝了她的利欲，她本來可以繼續追求沃爾特爵士，可是爲了那個年輕人，她寧可放棄這場追求。她不僅富有感情，而且卓有才能。他們兩人究竟誰的狡黠會取得最後的勝利，艾略特利先生在阻止她成爲沃爾特爵士夫人以後，他自己是否會被連哄帶騙地最終娶她做威廉爵士夫人，這在現在還是個謎。

毋庸置疑，沃爾特爵士和伊麗莎白在失去自己的夥伴，發現受了欺騙之後，感到又氣又羞。當然，他們可以到顯貴的表親那裡尋求安慰，但是他們總會感到，光是奉承和追隨別人，而受不到別人的奉承和追隨，那只有一半的樂趣。

早在拉塞爾夫人剛剛打算像她理所應當的那樣喜愛溫特沃思海軍上校的時候，安妮就感到大為滿意。她沒有什麼其他因素妨礙她未來的幸福，唯獨覺得自己沒有一個聰明人所能器重的親戚供丈夫來往。他們在財產上的懸殊倒無所謂，沒有使她感到一時一刻的悔恨。她在他哥哥、姊姊家裡被尊為上賓，受到熱情的歡迎，可是她卻沒有個家庭可以妥善地接待他，恰當地評價他，無法給他提供個體面、融洽、和善的去處，這就使她在本來極為幸福的情況下感到心裡十分痛苦。她總共只能給他增添兩個朋友，拉塞爾夫人和史密斯夫人。不過，他還是很願意同她們結交的。拉塞爾夫人儘管以前有過這樣那樣的過失，他現在卻能真心實意地敬她。他還沒有達到迫不得已的地步，說什麼他認為她當初把他們拆開是對的，但是別的恭維話他幾乎什麼都肯說。

至於史密斯夫人，由於種種理由，很快便受到他的始終不渝的尊崇。

史密斯夫人最近幫了安妮的大忙，安妮同溫特沃思海軍上校結婚後，她非但沒有失去一位朋友，反而獲得了兩位朋友。她等他們定居下來以後，頭一個去拜訪他們。而溫特沃思海軍上校則幫助她有機會重新獲得她丈夫在西印度群島的那筆財產，替她寫狀子，做她的代理人，眞是個無畏的男子漢和堅定的朋友。經過他的努力斡旋，幫助史密斯夫人克服了案情中的種種細小困難，充分報答了她給予他妻子的幫助，或者打算給予她的幫助。

史密斯夫人的樂趣沒有因爲提高了收入，增進了健康，得到了經常來往的朋友而有所損害，因爲她並未改變她那快樂爽朗的性格。只要這些主要優點還繼續存在，她甚至可以藐視更多的榮華富貴。她即使家財萬貫，身體安康，也還會高高興興的。她幸福的源泉在於興致勃勃，正像她朋友安妮的幸福源泉在於熱情洋溢。

安妮溫情脈脈，完全贏得了溫特沃思海軍上校的一片鍾情。他的職業是安妮的朋友們所唯一擔憂的，唯恐將來打起仗來會給她的歡樂投上陰影，因而希望她少幾分溫柔。她爲做一個水兵的妻子而感到自豪；不過，隸屬於這樣的職業，她又必須付出一定的代價，戰事一起，便要擔驚受怕。其實，那些人如果辦得到的話，他們在家庭方面的美德要比爲國效忠來得更爲卓著。

（全書完）

國家圖書館出版品預行編目資料

勸導／珍・奧斯汀／著　孫致禮／譯
-- 修訂一版-- 新北市：新潮社，2018.10
面；　公分
譯自：Persuasion
ISBN　978-986（平裝）

873.57　　107014772

勸 導

珍・奧斯汀／著
孫致禮／譯

【策　劃】林郁
【出版人】翁天培
【企　劃】天蠍座文創
【出　版】新潮社文化事業有限公司
電話：(02) 8666-5711
傳真：(02) 8666-5833
E-mail：service@xcsbook.com.tw

【總經銷】創智文化有限公司
新北市土城區忠承路89號6F（永寧科技園區）
電話：(02) 2268-3489
傳真：(02) 2269-6560

印前作業　東豪印刷事業有限公司

修訂一版　2018年10月